AF202062

1960

Das Buch

Im idyllischen Dörfchen Glaubenthal ist die Hölle los. Die demente Brucknerwirtin erstickt an ihrem Kaiserschmarrn, ihr trauernder Sohn, der Brucknerwirt (Position rechts außen), wird neuer Bürgermeister. Und kurz darauf liegt auch noch die Tante Herta in der Stube. Ermordet. An ihrem 99. Geburtstag. Höchste Zeit für Hannelore Huber, endlich die Ärmel hochzukrempeln und ordentlich umzurühren, in diesem braunen Dreck, der hier in ihrer Gegend so gewaltig zum Himmel stinkt. Glücklicherweise ist die Huberin dabei nicht allein. Sich mit den Dorfältesten, der letzten Generation hiesiger Zeitzeugen, anzulegen, kann nämlich gewaltig nach hinten losgehen …

Der Autor

Thomas Raab, geboren 1970, lebt nach abgeschlossenem Mathematik- und Sportstudium als Schriftsteller, Komponist und Musiker mit seiner Familie in Wien. Zahlreiche literarische und musikalische Nominierungen und Preise, u. a. den »Buchliebling« 2011 und den Leo-Perutz-Preis 2013. Die Kriminalromane rund um den Restaurator Willibald Adrian Metzger zählen zu den erfolgreichsten in Österreich. Zwei davon wurden bereits für die ARD verfilmt. Außerhalb der Metzger-Reihe erschien 2015 der vom Feuilleton hochgelobte Serienmörderroman »Still. Chronik eines Mörders«. 2017 wurde Thomas Raab mit dem erstmals verliehenen Österreichischen Krimipreis ausgezeichnet. »Peter kommt später« ist nach »Walter muss weg« (2019) und »Helga räumt auf« (2020) der dritte Band der Bestsellerreihe um die Ermittlerin Hannelore Huber.

Thomas Raab
Peter kommt später

Frau Huber ermittelt.
Der dritte Fall

Roman

Kiepenheuer & Witsch

1. Auflage 2024

© 2023, 2024, Verlag Kiepenheuer & Witsch, Köln
Alle Rechte vorbehalten
Die Nutzung unserer Werke für Text- und Data-Mining
im Sinne von § 44b UrhG behalten wir uns explizit vor.
Covergestaltung Barbara Thoben, Köln
Covermotiv © Rüdiger Trebels; © UfimtsevaV/Istockimages;
© Geo Images / Alamy Vektorgrafik
Gesetzt aus der Minion und der Nimbus Sans
Satz Buch-Werkstatt GmbH, Bad Aibling
Druck und Bindung CPI books GmbH, Leck
ISBN 978-3-462-00726-8

*Erinnerung
an Morgen*

I
APRIL, APRIL

1 Lionel

Kaiserschmarrn.

Rund um ihn nur Kaiserschmarrn.

Ein Königreich für Cremespinat und Haferschleim.

Futtertechnisch einer seiner schlimmsten kulinarischen Albträume, dieser Hüttenfraß. Seit Kindertagen schon.

Kaiserschmarrn. Klingt, als stamme er aus Großmutters heimlichem K&K-Kochbuch: *Rezepte aus der Kannibalen-Küche.*

Kapitel: Resteverwertung Hochwohlgeborener.

Von Blaublutwurst über Esterházy-Schnitzel, Kavalierspitz in Blaufränkischem gedünstet, Freiburger Fondue, Sissi-Schnitten und Prinzenrollen, in diesem Fall als butterweiche Jungfrau-Rouladen, bis Eierspeise in jeder erdenklichen Ausführung und natürlich Kaiserschmarrn nach Habsburger Art: Man nehme zwei Kilo Bauchfleisch vom Feinsten …

Und jetzt steckt er selbst mittendrin, bis zur Brust. Als Strafverschärfung gespickt mit Rosinen und eingeschneit mit Staubzucker! Schwere Schritte sind es, die ihn durch die blasse, handwarm flaumige Masse vorwärtsbewegen, immer der Nase nach. Denn etwas stimmt hier nicht. Etwas fehlt. Kein penetrantes Eier-Butter-Vanille-Aroma hängt wie sonst in der Luft. Kein süßlicher Duft, der ihm bereits vor dem ersten Bissen den Brechreiz hochsteigen lässt.

»Eisen!«, schnuppert er. »Es riecht nach Eisen!«

Bis an den Rand seiner Silit-Silargan-Professional-Stiel-
pfanne – Höchstleistung für natürlichen Geschmack –
müht er sich, wirft einen Blick über die Kante hinaus, sieht
ein rubinrotes Meer aus Zwetschkenröster und erkennt
seinen Irrtum.

Blut. Überall Blut.

Dickflüssig, gestockt, durchzogen mit großen Brocken,
kein Fruchtfleisch, sondern …

»Weg!«, brüllt er. Nur noch weg hier. Losstarten, sofort.
Als Passagier des eigenen Kochgeschirrs. Mit seiner fliegenden Unterpfanne in die Sterne. Silit Reisen Interstellar,
kurz SIRI.

»Hoch mit dir, los!« Die ersten Signaltöne des Bordcom-
puters dudeln ihm ins Ohr, klingen wie Musik. Eindeutig
der Schmachtfetzen *Hello* von Lionel Richie.

»Hey SIRI, hebe ab!«, brüllt er, »Los, hoch, hoch!«

»Hallo? Alles in Ordnung?«

»Flieg, flieg …«

»Kollege Swoboda?«

Schweißgebadet reißt es Wolfram Swoboda empor. Orien-
tierungslos. Es braucht ein Weilchen, bis er aus seinem
gigantischen Kaiserschmarrn-Spaceshuttle wieder in sein
Schlafzimmer zurückkehrt und nur das Übliche darin erkennt: diese Marter, fast jede Nacht. Ewig hat er nicht geträumt, und nun folgt wie aus heiterem Himmel seit Wochen schon ein nächtliches Abenteuer dem nächsten.

»So ein Schmarrn!«, blickt er auf sein Handy. »Wer
spricht?«

»Unterberger-Sattler hier!«

»Um halb vier?«

Logisch hätte er sie an ihrem personalisierten Klingelton erkennen müssen.

Hello, is it me you're looking for?

Allein diesen Lamourhatscher zu hören, versetzt ihn mittlerweile in Wallungen. Von ihrer Stimme ganz zu schweigen. Keine einzige Nachricht seiner Mailbox hat er gelöscht. Angelika Unterberger-Sattler, von ihm stets nur Untersattler genannt. Und wenn sie eine Ahnung hätte, woran er mittlerweile dabei denkt. Untersattler. So gern wüsste er es, wie, wie … Ach Angi.

Ihretwegen hat Wolfram Swoboda die letzten drei Jahre dreißig Kilo abgespeckt. Er fing zu joggen und auf dem Hometrainer zu hocken an, hört Musik, mit der er rocken kann, isst Brot mit Roggen dran, zieht täglich frische Socken an …

»Muss ich mir Sorgen machen, Herr Kollege?«

»Nicht um mich! Haben S' schon auf die Uhr g'schaut, Untersattler? Es gibt Leut', die schlafen um diese Zeit.«

»Es gibt aber auch Leut', die haben ständig Hunger, Blähungen, verlangen permanent nach Aufmerksamkeit, und damit sind ausnahmsweise einmal nicht Sie gemeint, Kollege Swoboda! Obendrein bekommt der Willi grad seine Backenzähne!«

Der Willi also, Gschrapp Nummer zwei. Und wenn's halb drei wäre oder halb fünf, für seine Untersattlerin ist ihm jede Stunde recht. Obendrein, wenn sie ihn so wie grad von einem seiner ständigen Albträume erlöst.

»Mein Anruf ist dienstlich, Herr Kollege.«

»Wieso dienstlich?«, fragt er und denkt: *Schad!* Ein Schluck aus der Wasserflasche neben seinem Bett löst ihm ein wenig den Geist, samt trock'ner Zunge: »Ihr aktueller Einsatz hat einen Namen und heißt nicht zufällig Mutterschutz, Untersattler!«

»Die Zeiten für uns Frauen haben sich aber verändert, Swoboda. Wissen S' ja eh: die Gleichberechtigung. Da heißt es im Mutterschutz schön auch an den Vaterschutz denken. Drum hab ich meinen Mann zu seiner Mama übersiedeln lassen, damit wir keine Belastung mehr für ihn sind und er in Ruhe seinen Roman fertig schreiben kann!«

Martin Sattler. Das Paradebeispiel eines Blutegels. Ein Dauerleidender. Lässt sich aus Mitleid heiraten, natürlich von einer fähigen gestandenen Frau, die einem anständigen Beruf wie dem der Ordnungshüterin nachgeht, ergo ordentlich einstecken kann und fleißig Geld nach Hause bringt. Und was macht der nutzlose Schmarotzer? Hängt ihr Kinder an, und anstatt für seine Familie zu sorgen, sattelt der Sattler zu allem Überfluss auf Schriftsteller um. Als ob's nicht schon genug Schund gäb auf dieser Welt. Logisch schreibt er blutrünstige Krimis und die Morde allesamt aus den Erzählungen seiner Frau ab, ebenso die Ermittlungsstränge, grad dass er nicht die Klarnamen verwendet. Fantasieloser Blindgänger. Jämmerlich, das alles.

»Haben S' ihn also endlich rausg'schmissen?«, freut er sich und kann ihr Schmunzeln ebenso hören wie sie hoffentlich seine Gedanken:

Ach, Untersattler, die Türen zu meinem trauten
Heim stehen Ihnen jederzeit offen. Wir können
anfangs sogar getrennt schlafen, wenn Sie das
wollen. Und selbst wenn wir zusammen oder
gar miteinander schlafen, können Sie mich
selbstverständlich noch Swoboda und ich Sie
Untersattler nennen. Und Sie müssten vorher
keinen Ihrer Gschrappen loswerden! Auch wenn
die Hosenscheißer nicht mit meinem Erbgut
gesegnet sind: Ich mag sie ja trotzdem. Gottlieb
den ersten, Winfried den zweiten, und der dritte
wird hoffentlich ein Mäderl!

»Also, Untersattler. Wann ist die Scheidung? Ich bring die
Torte!«

»Das passt schon, Herr Kollege. Als Schwangere mit
zwei Kleinkindern fühlt sich das doch gleich deutlich besser an, so ganz ohne Hilfe!«

»Das glaub ich bei Ihrem Mann aufs Wort!«

Jetzt lachen sie beide. Wolfram Swoboda in seinem Bett,
Angelika Unterberger-Sattler neben dem Küchentisch der
alten Brucknerwirtin. Ja, man versteht sich blind.

Auch wenn der Spaß nun sein Ende nimmt.

»Also, was ist passiert?«

»Die Brucknerwirtin ist tot.«

»Welche Brucknerwirtin? Die junge oder die alte?«

»Die Antonia. Mit achtundsiebzig.«

»Die alte also. Und deswegen rufen S' mich an? Oder hat
ihr Elektrorollstuhl plötzlich auf 78 Km/h beschleunigt?«

»Achtundsiebzig ist aber wirklich kein Alter heutzutage, Herr Kollege, das sollten Sie sich kurz vor Ihrer Pensionierung zu Herzen nehmen! Also: Die Brucknerwirtin hat mich gleich angerufen, und …«

»Als Tote? Gehen die da oben mit der Zeit? Frisch empor in den Himmel und schon gibt's so ein hässliches Emporia-Wertkartenhandy?«

»Sie übertreffen sich als Alleinunterhalter heut mal wieder selbst. Die Junge natürlich! Laut Schwiegertochter, der Brucknerwirtin Elfie, ist die alte Brucknerwirtin also in ihrem Abendessen erstickt und …«

»In?«, unterbricht Wolfram Swoboda neuerlich, »Sie meinen wahrscheinlich *an* ihrem Abendessen!«

»Nein, ich mein schon *in!* Kopf eingetunkt. Und …«

Wie eine Erleuchtung strahlt Wolfram Swoboda nun sein Handydisplay entgegen und öffnet ihm die Augen: »Untersattler. Sie Wahnsinnige. Das schreit nach Rache. Ein blöder Schmäh ist das alles, oder? Hab ich recht?«

In nüchternem Tonfall setzt Angelika Unterberger-Sattler fort: »Der 1. April war vor zwei Wochen, auch ein Samstag, heut ist Samstag, der 15. April. Also kein Aprilscherz. Leider! Die Brucknerwirtin regt sich irrsinnig darüber auf, den Doktor Stadlmüller nicht erreicht zu haben, vielleicht hätte der als Hausarzt ja noch etwas tun können. Weiters spricht sie den Verdacht aus, es könnt ein Mord gewesen sein.«

»Eröffnet die Elfie jetzt auch noch ein Detektivbüro?«

Und wenn sie lacht, lacht auch alles in ihm, sogar der Wolf ohne Ram dahinter, der Boda *(spanisch: Hochzeit)* ohne Swo davor sowieso, sein ganzes Wolfram-Swoboda-Ich und -Überich.

»Vielleicht können S' ja dann bei ihr anfangen, Chef, wenn Ihnen in der baldigen Rente langweilig wird!«

»Mir würd aber viel lieber mit Ihnen nicht langweilig werden, Untersattler!«, läge es Swoboda auf der Zunge und weiß der Teufel wo noch, trotzdem wird es nur ein: »Ich vermute, fürs Ermitteln hab ich dann keine Zeit, weil, wenn sie weiter so emsig Kinder in die Welt setzen, Untersattler, werden Sie mich dringend als Leihopa brauchen. Also weiter: Ich vermute, Sie sind dann auch gleich hin zur Brucknerwirtin, anstatt mich anzurufen, weil Sie wohnen ja quasi ums Eck, wenn ich mich nicht irr. Wobei: Irr ist's schon. Ein Rätsel ist mir das, wie Sie von Sankt Ursula in diese Einöde ziehen konnten.«

»Vielleicht hatte ich einfach genug Metropolenluft geschnuppert? Ein bisschen *Ruhe* wird mir jedenfalls nicht schaden, Herr Kollege. Ich wart jetzt kurz auf Sie, damit alles schön so bleibt, wie ich es vorgefunden habe, dann muss ich zurück zu den Kindern, bevor mir noch eins aufwacht.«

Und hier steht er nun und traut seinen Augen nicht. Ein wenig mit der Angst bekommt er es schon. Nicht dass ihm da auf seine alten Tage noch ein paar hellseherische Talente einschießen. Weil lustig ist so eine Gabe nicht, plötzlich unterscheiden zu müssen, welches Hirngespinst jetzt prophetisch war und welches eben nicht.

Der Anblick dieses Gesamtkunstwerkes hat jedenfalls

schier Unheimliches an sich: Mit dem Kopf vornüber auf die Tischplatte gekippt sitzt Antonia Bruckner in ihrer ebenerdigen Wohnung. Ein kleines Ausgedinge gleich hinter der Brucknerwirt-Küche. Ihr Gesicht steckt tief versunken in einer vollen Silit Silargan Professional. Das allein ist schon ein Zufall sondergleichen. Alles Weitere ist aber noch unglaublicher. Denn in der Pfanne:

Kaiserschmarrn.

Grauenhaft nach abgekühltem Kaiserschmarrn stinkender Kaiserschmarrn. Irgendjemand, so ist sich Elfie Bruckner sicher, hat ihrem Ehemann, dem völlig am Boden zerstörten Dorfwirt Toni Bruckner, die Mutter und somit ihr, Elfie selbst, die Schwiegermama ermordet. Sich angeschlichen, den leider schon recht dementen Kopf der Antonia in die Silit Professional gedrückt und sie an der Henkersmahlzeit ersticken lassen. Auch wenn Toni Bruckner das für absolut unwahrscheinlich hält: »Ich will das nicht glauben, Elfie, die Mama war schwer krank, hat eh schon immer alles vergessen, vielleicht ja sogar das Atmen. Nur, nur ...« Das Sprechen fällt schwer.

»Was denn?«

»Nur an eines hat sie immer gedacht und darum gebeten. Dass sie eines Tages nicht in einer Kiste beerdigt wird, sondern in eine U-U-Urne will –!« Nur noch Tränen. Und das einen Tag vor dem Urnengang hier in Glaubenthal. Bürgermeisterwahlen.

Grausame Welt.

Mitte-rechts-konservativ gegen weniger-konservativdafür-noch-weiter-rechts. Und bevor in Glaubenthal eine dritte Partei ernsthaft Fuß fassen kann, wird hier noch der Königspinguin heimisch.

»Ein Mord!«, hat Wolfram Swoboda nun mit seiner Kollegin via Videotelefonie Kontakt aufgenommen: »So eine rege Fantasie will ich haben. Obendrein, wo drunten in der Gaststube kein Mucks zu hören war. Niemand ist plötzlich eilig davon! Kein Stammgast hat was Verdächtiges gesehen, nicht mal ein fremdes Gesicht!«

»Wir dürfen trotzdem nichts übersehen, Chef. Wenn sie ebenerdig wohnt, vielleicht ist jemand über das Fenster eingestiegen. Schauen S' vielleicht draußen nach!«, kommentiert Angelika in die Swoboda-Stöpsel hinein, während Wolfram den Tatort absucht.

Und voilà.

»Ich glaub's nicht!«

»Sie müssen die Linse hinhalten!«

»Da liegt eine Herrenuhr im Gemüse!«, wird Wolfram Swoboda zuerst fündig, dann übermütig: »Mit unterschriebenem Lederarmband! Na, das passt ja!«, hält er den Schriftzug in seine Handykamera.

»Da steht Peter drauf, mit irgendeinem Gekritzel dahinter. Wieso passt das?«

»Das ist eine Originalunterschrift, Untersattler!«

»Ja, und? Oder ist sie von Peter Hase, Peter dem Grausamen, dem Gerechten …«

»Dem Großen, Untersattler. Von Peter Alexander. Was sagt Ihnen das?«

»Wer um Himmels willen ist Peter Alexander?«

»Meine Güte, das war der begnadetste aller Enter…«

»War ein Schmäh! Also wenn Peter Alexander nicht extra von den Toten auferstanden ist, um die achtundsiebzigjährige Antonia Bruckner vor ihrem Fenster ein bisserl zu entertainen, dann gehört die Uhr seinem größten Fan!«

Richtig euphorisiert ist er jetzt. Wolfram Swoboda.

Immer eine Freude, wenn das eine derart wunderbar ins andere greift und plötzlich Sinn ergibt. So wie es Elvis- und Michael-Jackson-Imitatoren gibt, ist der geistig ein wenig schmalspurbegabte, feinmotorisch aber durchaus talentierte Motorsägenschnitzer und Gleitschirmflieger Waldemar Wurm, sprich der hiesige Dorfsonderling, eben nicht nur ein glühender Verehrer des amtierenden Bürgermeisters Doktor Kurt Stadlmüller, sondern ein Peter-Alexander-Plagiat. Da glauben dann selbst die Eingefleischtesten unter den Katholiken ein paar Minuten nicht mehr an die Auferstehung, sondern Wiedergeburt!

»Und das einen Tag vor den Bürgermeisterwahlen. Hoffentlich hab ich meine Handschellen im Wagen!«

»Handschellen? Schön!«, haucht ihm Angelika in seine Stöpsel, und Wetten traut sich Wolfram Swoboda jetzt keine abzuschließen, wie lang er es noch schafft, so passiv zu bleiben.

Prinzessinnen gibt es, die müssen eben gerettet werden.

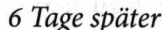

6 Tage später

II
GUGELHUPF

2   Wer A sagt, kann auch A sagen

So angeheitert wie an diesem Morgen ist die alte Huber schon lang nicht mehr vor ihrem Kosmetikspiegel gesessen, die Lesebrille auf der Nasenspitze, die Pinzette in der Hand.

Ausnahmsweise mit einem Schuss Eierlikör als Mutmacher hat sie das nächste Glas Prosecco verlängert, ihren Philips-Phonokoffer-Plattenspieler von der jahrelangen Last seines Häkeldeckchens befreit und Caterina unter die Nadel gelegt.

Aus rein medizinischen Gründen.

Das einzig patente aller Medikamente gegen trübe Momente ist eben die Valente. Punkt. Da breitet sich die ersehnte Leichtigkeit dann ganz von selbst aus, wie eine hochansteckende Genesung. Obendrein zupft es sich mit Trallala im Blut und Cha-Cha-Cha in den Ohren gleich deutlich leichter.

> *Bab, bab, bab, bab, ba-bab-bab-bab:*
> *Am Strand von Florida ging sie spazieren*
> *Und was sie trug, hätte keinen gestört.*
> *Nur eine einsame, piekfeine Lady*
> *Fiel bald in Ohnmacht und war sehr empört.*
> *Acht, neun, zehn, na, was gab›s denn da zu*
> *seh'n?*

Wahrscheinlich deutlich mehr g'sunde Leut', denkt sich Hannelore. Also wäre der frisch abgesetzte Ex-Bürgermeister und Allgemeinmediziner Kurt Stadlmüller nicht schwer gekränkt auf die Idee gekommen, mit seinem Sohn Kurti auf unbestimmte Zeit in den Urlaub abzurauschen.

ORDINATION BIS AUF WEITERES GESCHLOSSEN
Vertretung: Gruppenpraxis Brucknerwirt

So steht es auf seiner Haustür, gefolgt von einem Postskriptum, da muss es der Herr Doktor schon wieder recht lustig gehabt haben.

> *PS: Wer braucht schon Spritzen und Tabletten,*
> *wenn Schweinebraten und Koteletten,*
> *Gammelfleisch in den Bouletten,*
> *Schnitzel, Pommes und Kroketten,*
> *herausfrittiert in alten Fetten,*
> *Schnaps zum Bier mit Zigaretten*
> *und irgendwann die Sterbebetten*
> *Euch fix vor jeder Krankheit retten?*
> *Gruß an alle Marionetten*
> *von Kurt und Kurti aus Manhattan*

»Deine A-A-Reime sind für die Toilett'n – sprich für'n A!«, hat ihm eine anonyme Hand, die dank Schweinsklaue als garantiert männlich identifiziert wurde, daruntergeschrieben. Logisch samt Postskriptum. »*PS: Wer A sagt, sollte lieber auch B sagen!*«

Inhaltlich leider ein Eigentor. Vor allem für jene, die A) akut einen Arzt brauchen und B) bisher jederzeit mit Kurt Stadlmüllers Hilfe rechnen konnten. Egal ob wochenends oder während seines Urlaubs, den er meist zu Hause verbrachte.

»Und jetzt Manhattan! Nicht grad hinter der nächsten Hügelkett'n!«, blickt die gute Hannelore mit ihrer Pinzett'n in der Hand aus dem Küchenfenster.

Dicht wie ein Betrunkener hängt noch der Nebel vor den Fenstern, stülpt seinen Tarnmantel über die Dächer und lässt die weit in das Land hineinreichenden Höfe der Streusiedlung Glaubenthals verschwinden.

Jedes Kommen, jedes Gehen ein heimliches.

Einzig die Musik trägt es lautstark über die Wiesen und Felder bis in das nahe gelegene Hochmoor hinaus.

Schlagerwelle mit Schwefelduft. Rundum schlohweiße Schleier. Wer sich da verirrt, dem hilft auch die Valente nichts.

Wer hingegen grad bis zur Unterlippe versunken jeden Millimeter seines Lebensweges zu schätzen lernt, dem wird zum Abschied als leises Servus ein würdiger Ohrwurm und letztes schönes Hirngespinst geboten.

Es war ihr Itsy Bitsy Teenie Weenie Honolulu Strandbikini.
Er war schick und er war sehr modern.
Ihr Itsy Bitsy Teenie Weenie Honolulu Strandbikini,

ja, der gefiel ganz besonders den Herr'n.
Eins, zwei, drei, na was ist denn schon dabei?

Und selbstverständlich singt sie längst mit, die angedudelte alte Huber, leise zwar, dafür textsicher, zupft da, zupft dort und hört Carusos verspäteten Morgengruß.

Hannelores stolzer Italiener.

Farbschlag Schwarz-Weiß-Columbia.

So selbstbewusst tiefenentspannt ist das liebe Vieh, da sitzt sie meist schon bei ihrem Frühstückskaffee, schlummert er immer noch auf seiner Holzstange, das Köpfchen unter den Flügeln, den Körper eng an das Federkleid seiner Lieblingshenne, der braunen Adele, gepresst. Ja, und heute ist die alte Huber sogar dem Streber-Gockel des Schusterbauern zuvorgekommen, ein Sulmtaler, blau-silber-weizenfarbig, so früh stand sie bereits unter ihrer obligaten Wechsel-Dusche, heiß-kalt, Blutgefäße und Blutdruck frotzeln, Kreislauf und Stoffwechsel ankurbeln. Alles nur, um gut in Schwung und keinesfalls ins Strudeln zu geraten.

Gut Ding will bekanntlich Weile haben.

Ja, und ungut Ding braucht Zeit.

Richtig viel Zeit.

Gibt schließlich Übungen, da fehlt es ihr mittlerweile gewaltig an Routine. Sie schlägt ja auch keine Räder oder Purzelbäume mehr, durfte weder als dreijährige Hanni die Kreissäge noch als zehnjährige Hannelore das Jagdgewehr bedienen. Wofür also hätte sie sich umgekehrt mit ihren bald fünfundsiebzig wieder als Prinzessin verkleiden sollen?

Und vor allem für wen?

Der in Glaubenthal nach wie vor als erstrebenswert geltende Bund der Ehe liegt bereits erledigt hinter ihr, Gemahl Walter folglich unter der Erde, ja, und so ein Liebhaber, sprich maroder Witwer, wie sich beispielsweise die ehemalige Pfarrersköchin Luise Kappelberger seit Ableben ihres Lebensgefährten Pfarrer Ulrich Feiler einen hält, kann ihr sowieso gestohlen bleiben. Halbwegs reinlich wäre er ja, der Hermann Windisch, und garantiert die bessere Wahl als irgend so ein hatscherter Casanova, dem im plötzlichen Bewusstsein der eigenen Endlichkeit die Sehnsucht nach Ganztagsbetreuung durch seine knirschenden Hüften schießt! Gockel kommt der alten Huber jedenfalls keiner mehr ins Haus, Caruso draußen in seinem Hühnerstall reicht da völlig. Und so ein Hahn lässt sich notfalls ja wenigstens prächtig weiterverarbeiten, weil gut beieinander ist der Hermann Windisch nun wirklich nicht mehr.

Ein Großeinkauf bei HSG sozusagen. Der Shoppingkanal des Alters.

Hört schlecht – Sieht schlecht – Geht schlecht.

»Wenn schon Pflegestufe, dann maximal die eigene, nicht wahr!«, hebt sie ihr Glas und prostet der Dame vis-à-vis entgegen. Reaktion darauf gibt es natürlich keine, was soll aus einem Kosmetikspiegel schon groß zurückkommen außer dem Blick auf sich selbst, und der hat es durchaus in sich.

Cha-Cha-Cha.

Die Caballeros am Copacabana,
die rannten ihr immerzu hinterher,

da lief sie weg und vor Schreck gleich ins Wasser.
Dabei ertrank sie beinah noch im Meer …
Acht, neun, zehn, na, was gab's denn da zu seh'n?

Ihr ansonsten in die Stirn gezogenes schwarzes Kopftuch hat sie gegen ein rosa-grün gestreiftes ausgetauscht, es sitzt locker hinterm Haaransatz; die stets glatt geföhnten, zu einem strengen Knoten geflochtenen Haare, nun luftgetrocknet zu exakt denselben Locken gekringelt wie schon vor siebzig Jahren; ja, und weil sich ihr Prosecco-Spritzer weiter zugunsten des Eierlikörs verbessert hat, ist auch noch das dunkelblaue Kittel- dem altrosa-grün geblümten Wickelkleid mit Bindegürtel gewichen.

Ja, ja, der Übermut.

»Hilft ja alles nix!«, beendet Hannelore Huber folglich die mühselige Prozedur, leert zügig ihr letztes Glas und schlüpft in ihre knöchelhohen Schnürschuhe. Nicht dass ihr noch das Zaudern und schließlich Kneifen kommt.

Denn Spaß wird das jetzt keiner.

Als hätte der unerfreuliche Ausflug am letzten Wahlsonntag nicht schon gereicht, muss sie nun neuerlich ins Dorf hinunter. Und diesmal ist die Aufgabenstellung weitaus komplizierter. Diesmal nämlich heißt es nicht, sich aus zwei angebotenen Übeln für das kleinere zu entscheiden, sondern drei ungute, möglicherweise pikante Aufgaben erledigen.

EINS: Der Kappelberger Luise eins auswischen,
weil zum Spaß schmeißt sich die alte Huber ja
schließlich nicht so *in Schale.*

ZWEI: Den hiesigen *Märchenprinz* besuchen
und der Dorfältesten Herta Wohlmuthseder
ihren gewünschten Geburtstagskuchen besorgen.

DREI: Den neuen Bürgermeister Toni Bruckner,
diesen Muttermörder, aufhussen, vor seiner
Nase mit einem *fetten Köder* die Angel werfen.

Ja, Muttermörder.

Da ist die alte Huber nämlich schon zu lange auf dieser
Welt, um sich einreden zu lassen, es könnte ein Zufall gewesen sein, wie da einen Tag vor dem Urnengang das Leben der
greisen Brucknerwirtin Antonia justament in ihrem ausgekühlten, heißgeliebten Kaiserschmarrn endet. Und prompt
wird auch der Dorftrottel Waldemar Wurm, der wohl glü-
hendste Verehrer des Bürgermeisters a. D. Kurt Stadlmüller
des Eintunkens bezichtigt. Grund: Seine im Vorgarten ge-
fundene signierte Peter-Alexander-Uhr. Weshalb indirekt
auch Kurt Stadlmüller selbst unter Verdacht steht. Anstif-
tung zum Mord. Er, der stets erreichbare Hausarzt, an diesem Abend aber ausnahmsweise tatsächlich nicht im Dienst
und auf Besuch seiner eigenen Wahlkampf-Abschlussver-
anstaltung. Klarerweise nicht drunten in der Gaststube seines Konkurrenten Toni Bruckner, sondern drüben auf Burg
Ebersfeld in der neu eröffneten Wacholder-, Wein- und
Käse-Bar namens *Gin, Vino & Veras Kas,* angelehnt an

IN VINO VERITAS
Im Wein liegt die Wahrheit.

Schön weit weg also, um kommod aus der Schusslinie zu sein, wenn der Parteifreund Waldemar Wurm hier in Glaubenthal das schäbige Kaiserschmarrn-Attentat verübt.

Logisch gewinnt dann tags darauf der Brucknerwirt die Wahl und holt nach Jahrzehnten endlich wieder das Bürgermeisteramt zurück in seine Familie.

Kurzum: Sie ist schon deutlich lieber ins Dorfzentrum spaziert, die alte Huber. Und das will was heißen, denn gern war sie noch nie dort unten. Folglich darf sich auch so ein Schuss Eierlikör ausnahmsweise auf das ein oder andere Glas Prosecco aufspritzen lassen.

Man gönnt sich ja sonst nichts.

Und Frau noch viel weniger.

Cha-Cha-Cha.

3 Hanni

Endlich ist sie aufgebrochen.

Heute, an diesem 21. April.

Hertas neunundneunzigstem Geburtstag.

Der Nebel hat ein kleines erstes Fenster geöffnet. Deutlich kann er durch sein Fernglas beobachten, wie sie den schmalen Pfad zwischen den Feldern ins Dorf hinab unterwegs ist. Bierflaschenhoch bereits die Wintergerste, weit ausschwingende Blätter, die Hannelores Schnürstiefeletten verschwinden lassen, das Braun des Ackers verdecken. Ein wenig wackelig wirkt ihr Schritt, aber beschwingt.

Müde ist er, nach dieser harten Nacht. Kein Schlaf. Kein Nachlassen. Kein Zögern.

Ein Fest hätte es werden sollen.

Ein großes Fest im kleinen Rahmen. Eine Freudenfeier.

Auf das Leben anstoßen. Einmal noch.

Nicht so wie es Kinder meinen: Noch einmal, noch einmal, noch einmal! Sondern ein letztes Mal.

Sich wiedersehen. Die Gemeinschaft spüren.

Sich als Teil der anderen erleben. Als wesentlich, nicht nur für sich allein. Es wertschätzen, was war, was gelungen und vielleicht auch was geworden ist. Einander danken, wenn nötig einander um Vergebung bitten. Und es ist anders gekommen.

Völlig anders.

Nicht das Leben wurde gefeiert, sondern der Tod be-
trauert.

»Geh jetzt Leni, du musst hier weg. Ich kümmere mich
um alles.«

»Aber was ist mit Hanni. Wir müssen ihr sagen, was sie
erwartet. Sie einweihen.«

»Müssen wir nicht. Niemanden wird es erfahren.«, war
seine Antwort. »Alles hat sich nun verändert, und die
Dinge werden ihren Lauf nehmen. Vielleicht bringt es Gutes. So wie der Frühling.«

Seine Zeit.

Kaum eine Phase des Jahres sehnt er so herbei wie diese.
Wenn er auch ohne Kalender weiß: Der April ist bald
überstanden.

Die Pointner Bettina steht wieder bauchfrei neben der
Glaubenthaler Bundesstraße und verkauft aus ihrem schä-
bigen Holzhäuschen heraus den ungarischen Spargel als
biologisch einheimischen. Die Jägersleut' schießen sich
emsig für ihre Maiböcke auf Wildschweine warm. Die Na-
tionalisten hissen gar nicht so heimlich ihre Flaggen und
Fähnchen. Die Allergiker niesen. Die Triebe sprießen. Die
Sprühregner gießen.

Rundum schließen die Hecken ihre letzten lichten Stellen, spannt der Frühling sein üppig grünes Tarnnetz aus,
und wenn das kein Segen ist, was dann?

Ein Dorf, das bereits zu Kaiserzeiten als Streusiedlung
gewachsen und mehr als ein Jahrhundert später immer
noch eine Streusiedlung geblieben ist, will eben mit sei-

ner Geselligkeit, seiner Weltoffenheit nicht groß in die Geschichte eingehen. Groß sind hier nur die Geheimnisse und Distanzen zwischen den einzelnen Adressen. Wer da mit dem Vorhaben »Seid fruchtbar und mehret euch!« außer Haus geht, kommt in den meisten Fällen gleich gar nicht mehr zurück.

So wie Heike Schäfer, die Eigentümerin der hiesigen Gemischtwarenhandlung. Nur der Gaudi halber ist sie letzten Sommer fünfzig Kilometer weit in die Disco *DreamOn* gefahren. Motto der Paartanzveranstaltung: *Die 70er für 50plus*. Getroffen hat sie dort den verzweifelten Ferdinand Schubert. Seines Zeichens wohl Legastheniker: »Ist das nicht der Abend: Die Fünfziger für Siebzig-Plus?« Herzergreifend. Slowfox. Rumba. Langsamer Walzer. Und offenbar fühlten sich die zwanzig Jahre Unterschied für Heike Schäfer bald ziemlich nahe an. Besser einmal zehn davon gemeinsam als beide einsam. Neues Leben irgendwo, die Gemischtwarenhandlung geschlossen.

Prächtigere Voraussetzungen, um in aller Ruhe endgültig auszusterben, könnte es für ein Dorf kaum geben.

Seinen Feldstecher muss er auf die Oberkante des halb geöffneten Seitenfensters legen. Zu schwer fällt es ihm sonst, still zu halten, sein Zittern zu kontrollieren. So lange waren sie verschwunden, und nun sind sie wieder zurück, mit aller Wucht:

Die Wut. Die Angst. Die Ohnmacht.

»Bist ein guter Mensch!«, flüstert er der wieder im Nebel verschwindenden Hannelore zu.

Weiches Herz in rauer Schale. So treu und verlässlich ist sie das letzte Jahr für Herta herummarschiert, weil Herta selbst nicht mehr konnte. Zu abgelegen ihr mächtiger Vierkanter, der Wohlmuthseder-Hof. Zu uneben das Gelände, zu unwahrscheinlich die Aussicht, mit ihrem Rollator den einzigen Nahversorger im Umkreis von fünf Kilometern, sprich Heike Schäfer, ohne Rettungseinsatz zu erreichen.

Also hat Hannelore der längst zur Freundin gewordenen Dorfältesten Grundnahrungsmittel aus dem Hofladen des Schusterbauern gebracht; Obst, Gemüse, Kräuter aus dem eigenen Garten; Eier aus Carusos Hühnerstall. Hat sie versorgt mit Eingemachtem, Gekochtem, Gebackenem.

So auch heute. Ein Kronberger-Gugelhupf zu Tante Hertas Geburtstag soll es sein. Ein erheblicher Aufwand, ja Umweg für Hanni wird es werden. Nur ist auch der Umweg ein Weg.

Seine Augen brennen, das so scharf reflektierende Weiß lässt ihn blinzeln. Und doch hält er stand, will nichts versäumen. Wie oft noch wird er diesem Wunder, dieser Verwandlung zusehen können, wenn sich die letzten Nebelschwaden verziehen, die Sonne durchbricht und dieses Land beleuchtet, wenn alles den Anschein erweckt, Glaubenthal wäre jene Idylle, nach der sich die Verlorenen sehnen, die Getriebenen, die Verdammten.

Um zur Ruhe zu kommen.

Frieden zu finden. Erlösung.

Alles Illusion.

Mit weit überhöhter Geschwindigkeit sticht der Kronberger-Bus aus dem Wald, rast wie üblich die Bundesstraße entlang auf Glaubenthal zu. Unwissend, welcher Stein dadurch ins Rollen gebracht, welche Gerölllawine losgetreten wird.

Zeit auch für ihn aufzubrechen.

Schön gemächlich.

Denn an sich selbst kommt auch der Schnellste nicht vorbei.

4 Tratschweib gegen Pegelsäufer

Sie hat ja mit vielem gerechnet, die alte Huber, in kürzester Zeit aber dermaßen die Nase voll zu haben, übertrifft nun wirklich ihre kühnsten Erwartungen.

Was waren das einst noch für herrlich naturbelassene Zeiten, als hier in Glaubenthal an jeder Ecke ein Misthaufen in Höhe und Breite schoss, je größer der Umfang, desto besser. Die ganze Gegend hat danach gerochen. Ja, und wer den größten und schönsten vor seinem Hof liegen hatte, wurde auch als der potenteste Bauer geachtet. So simpel, so effizient.

Scheiße als Statussymbol quasi.

Auf derart schlichte Ideen kann natürlich auch nur ein Mann kommen, und wenn sie ehrlich sein soll, die alte Huber: Die einfachsten Einfälle sind zwingend nicht immer nur die schlechtesten. Denn eine Duftwolke hängt nun zwecks weiblicher Standesbekundung über dem Hauptplatz, als wären in der Parfümerie Schmalzl drüben in Sankt Ursula alle Fläschchen explodiert.

Unerträglich, der Geruch, penetrant. Und nicht nur das.

Zig Glaubenthalerinnen haben sich hübsch gemacht zwischen Kriegerdenkmal und Sommerlinde eingefunden. Wo sollen sie auch sonst hin? Seit die Gemischtwarenhandlung Schäfer endgültig ihre Pforten geschlossen hat, öffnet sich eben nur noch zweimal wöchentlich das örtliche Einkaufsparadies, sprich die Schiebetür des weißen Kronberger-Busses, und gibt dem Zentrum kurzfristig seinen Mittelpunkt zurück. Dienstags und freitags. Feilgeboten werden frisches Brot und knackiges Gebäck, Semmeln, Salzstangerln, Vinschgerl, Kornspitz, mürbe Kipferl und weiß der Himmel was. Dazu Grundnahrungsmittel à la Milchprodukte, in Plastik eingeschweißter Scheibenkäse und Wurstaufschnitt, Marmelade, Aufstriche.

Gaifahren eben. Wenn der Kronberger-Bus durch die Gegend fährt, von Haus zu Haus, abgelegene Höfe versorgt, alten, kranken, weniger mobilen Menschen, Alleinstehenden ohne Führerschein, Müttern mit ihren Babys den weiten Weg zum nächsten Supermarkt erspart. Auch genannt Bauern-Gai. Aus dem Altdeutschen Gau. Region, Revier, Bezirk.

Wer hier im Dorf das Wort nicht kennt, ist garantiert noch keine zwölf Jahre alt. Alle anderen, die sich mit einem fahrbaren Untersatz auf die Straße wagen, egal ob Roller oder E-Scooter; Radl oder e-Bike; Moped, Maschin' oder KFZ, durften sich bereits von der hiesigen Polizei in Gestalt von Wolfram Swoboda oder Angelika Unterberger-Sattler mit folgenden Worten auf ihre Fahrtauglichkeit überprüfen lassen: »Bevor ich dich ins Röhrl blasen lass, wiederholst du mir folgendes kleines Gedicht, und zwar hochdeutsch und deutlich:

> *Heut' kommt der Hans zu mir!,*
> *freut sich die Lies'.*
> *Ob er aber über Oberammergau*
> *oder aber über Unterammergau*

oder aber überhaupt nicht kommt,
das ist net g'wiss!

Wird das unfallfrei nachgesprochen, heißt es mit ein bisschen Glück weiterfahren. Wehe aber, es wird ein »Obaübaabaobamagau« draus.

Kennt hier in Glaubenthal also von zwölf bis hundert aufwärts jeder, diesen launigen Kanon. Im Liederblatt der Hitlerjugend, 3. Jahresband 1937, stand er außerdem. Ja, und gar nicht so wenigen hier in der Gegend wäre beispielsweise so ein Pongau, Pinzgau, Lungau, Flachgau, Tennengau ohne Pon, Pinz, Lung, Flach und Tennen vorne dran immer noch das Liebste.

Gau. Als regionale Organisationseinheit der NSDAP.

GAU. Nicht umsonst zugleich die Abkürzung für *größter anzunehmender Unfall.* Ja, und für Hannelore Huber beginnt nun ein Abenteuer, dessen Auswirkungen in gewisser Weise in ihren persönlichen Super-GAU münden werden.

Zögerlicher als geplant nähert sich die alte Huber nun Glaubenthals Hauptplatz. Ein auf Anhieb ungutes Gefühl erfasst sie, bereits schon aus der Ferne beäugt. Von leeren, toten Augen. Was einzig an den immer noch zuhauf herumstehenden Plakatständern mit immer noch denselben beiden G'sichtern liegt.

Einmal abgebildet der Brucknerwirt, wie er in weißer Kochschürze auf irgendwelche Gäste zuspaziert, zwar niemand aus dem Dorf, aber doch recht lebensnah, weil durchweg Rentner. Launig sitzen sie vor ihren teils leeren

Krügerln und lächeln ihm erwartungsvoll entgegen. Wahrscheinlich bringt er grad Nachschlag oder serviert seine beliebten Schnitzelsemmeln. Darunter der Wahlslogan: *Einer, der auf unsere Werte schaut. Das ist mein Bürgermeister.* Gäriges und Gebackenes. Werte eben.

Einmal der Bürgermeister und Dorfarzt in Personalunion, Bürgerdoktor Kurt Stadlmüller. Sein Slogan: *Einer, der am Boden bleibt. Das ist mein Bürgermeister.* Künstlich lächelnd steht er leger gekleidet, sprich mit weißem Hemd und grauem Sakko, in seiner Praxis, einen unbekannten Gschrappen huckepack. Spitzenidee natürlich, sich extra ein ausgeborgtes Kind aufzuladen, um anderen grinsend zu dokumentieren, ja eh schön bodenständig geblieben zu sein. Bravo.

Ein Plakat also dämlicher als das andere und doch verdammt übereinstimmend. Wer da warum bei wem abgeschaut hat, bleibt ein Rätsel, auch wenn der Dorfälteste Alfred Eselböck dafür eine Erklärung hat: »Wahrscheinlich waren beide Kandidaten bei demselben Politberater auf Häfenbesuch?«

Ja, und auch die alte Huber wird nun betrachtet, als wäre in irgendeinem Knast grad Hofpause und sie die einzig Neue.

»Wer ist die Trulla?«

»Hams dem Feichtinger endlich eine Ganztagshilfe g'schickt?«

»Oder dem Birngruber Sepp so eine ausm Katalog?«

»Ich könnt wetten, ich hab die schon mal g'sehen?«

Dann endlich. Spargelprinzessin Betti Pointner sorgt für

Erlösung: »Des ist doch die Huberin! Ja, griaß di, Hanni. Was für eine Freud! Bist auf Shopping-Tour?«

»Griaß di, Pointnerin! Freu dich halt nicht zu früh, weil Spargel kauf ich dir keinen ab!«

Lautstark Bettis Lachen: »Das weiß ich doch, du Geizkragen bist ja nicht einmal beim Sparverein!« Ein erstes gelöstes Kichern auch in der Menge, dazu ein mehrstimmiges:

»Griaß di, Huberin!«, »Ja, Hanni!«,

»Lang nicht g'sehen!«, »Geht's leicht Semmeln holen?«

»Und ihr seid's leicht der Zoll? Weil's alles so genau wissen wollt«, will die gute Hannelore hurtig als Letzte in der Reihe Aufstellung nehmen, da saust ihr vor der Nase der Brunner Klaus vorbei. Älterer Sohn des hiesigen Postlers Emil. Grad, dass er ihr nicht über die Schnürschuhspitzen fährt, mit seinem Enduro-Plagiat. Eine Elektro-Kraxn.

»Ja, Herrschaftszeiten, will'st mich umbringen?«

Ein Elend so was. Sogar die Halbstarken mit ihren einst auffrisierten, hysterisch aufheulenden Mopeds, deren bedrohliches Heranrollen schon aus weiter Ferne zu orten war, haben die Vorteile der Lautlosigkeit entdeckt. Dennoch geht Klaus Brunner hier als Rowdy durch. Ein Fleischerlehrling. Sechzehn, breitschultrig, muskulös, stets durchgehend in schwarz gekleidet, nur das »N« am Rand seiner schwarzen Sneaker ist ein weißes. Tschick-Stummel, Energiedrink-Dosen, Bierflaschen die in der Gegend herumliegen, Kaugummis die am Boden Kleben, Speichelbatzen die herumhängen, alles seines – so das gewiss berechtigte Vorurteil. Dennoch scheint es bei so manchem im Dorf längst vergessen, wie wenig Licht es nach Heben der getönten Plexiglas-Front des entsprechenden Vollvisierhelme einst in der eigenen Birne wurde.

»Wo ist denn der Eselböck? Der sitzt doch immer unter der Linde vor seiner Bücherei!«, ruft Klaus nun unter seinem Kopfschutz heraus, entsprechend die Antworten aus Hannelores Hintergrund. »Willst dir leicht was für Erstleser ausborgen?«

»Immer noch besser als für Letztklassige!«, zieht Klaus davon. So blöd war die Antwort jetzt nun auch wieder nicht, denkt sich die alte Huber, dreht sich um – Und logisch kommt, was kommen muss.

5 In Schale

Luise Kappelberger und ihr Schatten sind im Anmarsch.

Wobei von Marsch keine Rede sein kann, denn wie gesagt. Großeinkauf bei HSG. *Hört schlecht – Sieht schlecht – Geht schlecht.*

Hermann Windisch. Einstiger scharfsichtiger Oberförster der Burg Ebersfeld und somit irgendwie adäquater Nachfolger von Pfarrer Feiler. Spitzname: Der Aufsichtsrat. Mittlerweile Brillen wie Flaschenböden. »Schnapsglasn« werden sie in Glaubenthal liebevoll genannt. Wenn er nicht grad bei Luise nächtigt, präpariert er in seiner Jagdhütte erlegte Tierchen, und ja, da kann es dann sogar ohne Alkoholisierung durchaus vorkommen, dass so ein Mader-Obergestell irrtümlich mit dem Untergestell einer räudigen Fuchse versehen wird, oder sich so ein Biber aus Bisamratte, Fischotter und überfütterte Hauskatze zusammensetzt.

»Na bitte, Mandi, ich hab's dir ja g'sagt«, schiebt Luise ihren Neuen nun durch die Gegend, »so viel Leut' sind schon da. Aber nein. Du wolltest ja nicht folgen!« Lauter wird die Stimme, auf dass sie auch schön Gehör findet: »Du hättest z'haus bleiben sollen, mit deiner Hüftn!« Noch lauter: »Dort, schau, nach dem Blumenkleid stellen wir uns an. Jetzt komm, Mandi!«

Das muss man natürlich mögen, sich, ohnedies nicht grad mit Größe beschenkt, als »Mandi« bezeichnen und dann noch herumschieben zu lassen. Ruckzuck steht der hatscherte Hermann Windisch entsprechend angestupst hinter Hannelores Wickelkleid, und seine Domina Luise Kappelberger direkt daneben.

»Wär's recht, wenn wir vielleicht vordürften? Mein Mandi kann nicht so lang stehen.« Höchst neugierig streckt sie dabei den Kopf nach vorn. Und Hannelores Antwort läge an sich auf der Hand. Eins zu eins dieselbe wäre sie wie 5 Tage zuvor.

16. April. Wahlsonntag.
Wenige Stunden nach dem Tod der Bruckner Antonia.

Über dem ganzen Dorf hing der Phantomschmerz. Wenn die Alten wegsterben, gehen ihre Geschichten eben in die Gliedmaßen der Lebenden über, beeinflussen unweigerlich die Schritte und die Taten. Nichts baut auf nichts auf. Alles aufeinander.

Und genau deshalb standen an diesem Morgen vor allem die Alten vor Öffnung des Wahllokals bereits Schlange. Gar nicht erst wählen zu gehen, versteht nur jemand, der nie erleben musste, keine Wahl zu haben. Entsprechend feierlich wurde also der Mehrzweckraum der ehemaligen Volksschule geöffnet, sprich der Sitzungssaal des Gemeinderates, das Übungszimmer der Blasmusik, hin und wieder Treffpunkt der Goldhauben-Damen, ja, und gelegentlich eben des ganzen Dorfes, weil Aufbahrungshalle oder eben Wahllokal.

»Na, wo machst nach dem Mord jetzt dein Kreuzerl, Huberin?«, wurde ihr von der als Wahlhelferin zwischen ihrem Hermann Windisch und Richi Kronberger hinter einem Tisch sitzenden Luise Kappelberger zugerufen, während die gute Hannelore hinter der Holzwand stand, bereits den seit Jahrzehnten stets selben abgekauten, an seiner speckigen Schnur hängenden Sparkassa-Kugelschreiber in der Hand.

»Was hat der Mord mit meinem Kreuerl z' tun!«, war sie sich um keine Antwort verlegen.

»Viel. Da wett ich drauf. Aber jetzt sag schon, Huberin!«, schrillte die Stimme der ehemaligen Pfarrersköchin, garantiert bis hinaus auf den Hauptplatz zu hören: »Wen wählst? Den Stadlmüller oder den Brucknerwirt? Wartezimmer oder Gaststube?« Eine Unart natürlich, so etwas zu fragen. Entsprechend forsch die Antwort.

»Du meinst Tratschweib oder Pegelsäufer?«

Schlagartig wurde es still. Nur der schneidende Tenor des Richi Kronberger fand Freude daran, sich endlich entfalten zu können: »Die Huberin hat eben keinen Mann mehr daheim, der ihr sagt, was Sie z' tun hat! Wie soll sie da auch wissen, wen Sie wählen darf?« Gelächter bis hinaus auf den Hauptplatz. Wer allerdings hofft, unter der Gehässigkeit irgendeine Ironie zu finden, täuscht sich gewaltig.

Richi Kronberger, das Abbild eines der mittleren Daltons, sprich: keiner der großen, der seine Militärzeit als Rekrut, Gefreiter, Korporal – mehr war nicht drinnen – begeistert ein paar Jahre ausgedehnt und sich bis zu seiner unrühmlichen Entlassung unvergesslich in die Biografie Hunderter Grundwehrdiener eingetragen hat, schiebt nun in der Soldatenkantine keine mit Tinte gefüllten Nadeln mehr in nackte Haut, sondern in der Bäckerei seines Vaters mit rumhaltiger Marmelade gefüllte in Faschingskrapfen. Wodurch in so einem Krapfen mit nur einem einzigen Drücker eine größere Menge Geist steckt, als aus Richis Hirn jemals herauszubekommen wäre.

Folglich hat die alte Huber seinen Verstand gar nicht erst strapaziert, nur noch den Wahlzettel in das Kuvert geschoben, die Holzzelle verlassen und sich jeden weiteren Kommentar erspart. Anders Luise Kappelberger: »Kann eben nicht jede im Dorf noch so einen feschen Hermann finden wie ich, gell, Mandi!« Lustig. Daraufhin der so schlechtsichtige Windisch. »Zwei sogar! Einen Herrn und Mann!« Noch lustiger. Was für eine Gaudi.

Die gute Hannelore stand da bereits vor dem Wahlhelfertisch, warf ihr Kuvert in die Box, dachte sich nur: ›Wenn schon Pflegestufe, dann maximal die eigene!‹, und ging. Jetzt darf natürlich jeder denken, was er nur will, sei es auch noch so boshaft. Solange da kein ehrlicher, guter Draht herrscht zwischen Hirn und Sprachzentrum, ergo die Message Control funktioniert, ist ja alles kein Malheur. Nur leider.

»Pflegestufe? Hab ich dich grad richtig verstanden?«, blutrot das Haupt der ehemaligen Pfarrersköchin, problemlos hätte sie sich bei Stromausfall als Signallicht neben einen besetzten Beichtstuhl stellen können. Blöde Sache natürlich. Aber verständlich. Schließlich lebt die alte Huber allein und spricht demzufolge tagsüber bevorzugt mit sich selbst. Da kann einem dann irrtümlich schon was herausrutschen.

»Ob ich dich grad richtig verstanden hab, Huberin?«

»Kommt natürlich drauf an, ob du dein Hörgerät drin-

nen hast, Kappelbergerin!«, und weg war sie. Hinter ihr die
Sintflut. Sprich das Amüsement des Hermann Windisch,
»Wo Sie recht hat, hat Sie recht!«, er ist eben ein recht Lus-
tiger. Das höhnische Lachen des Richi Kronberger. Das
Fluchen der Luise: »Grad du red'st von Pflege, Huberin!
Du? Kommst daher, als würd'st gern bei deiner eigenen
Verwesung zuschauen wollen! Und von einer Pinzett'n, in
deinem Fall Rasierer, hast auch noch nie was g'hört!« Lo-
gisch setzt so etwas zu.

Kränkt. Rüttelt auf.

Ja, und jetzt steht sie hier, die gute Hannelore, wie ver-
wandelt, mit gewiss wahrnehmbarem Eierlikör-Prosecco-
Fähnchen um sich, gewaltigem Herzklopfen in sich und
Luise Kappelberger vor sich. »Ich glaub's nicht! Hanni?«
Und allein dieses *Hanni* überrascht, von dem freundlichen
Tonfall ganz abgesehen. »Bist von den Toten auferstanden
und willst uns alle schrecken?« Trotz der kleinen Spitze lä-
chelt Luise Kappelberger, freundschaftlich fast. Befremd-
lich, auch alles weitere. »Die Hanni kann sich sehen lassen!
Was meinst, Mandi?«

Hermann Windisch holt schon mit bewundernder
Geste tief Luft, doch weit kommt er nicht. »Na, untersteh
dich jetzt wirklich was zu sagen!« Gelächter bei den um-
stehenden Damen. »Ernsthaft, Hanni, gut schaust aus! Ich
hätt dich fast nicht erkannt.«

»Wie? Weil ich gut ausschau, erkennst mich nicht? Na
bravo!«, ringt sich Hannelore ein Schmunzeln ab, erntet
auch dafür fröhliche Gesichter und versteht die Welt nicht

mehr! Warum dieser Sinneswandel? Diese Freundlichkeit? Weil Hanni sich herausgeputzt hat und somit dazugehört? Oder soll hier zwanghaft ein »Ich war's nicht!« dokumentiert werden? Ein Verleugnen der sonntags abgegebenen Stimme, so als würde man sich lautstark über den Gestank einer flüsterleisen Flatulenz beschweren, und in Wahrheit war der Übeltäter die eigene Verdauung?

»Was ist eigentlich los hier?«, geht es die alte Huber frontal an, und mehr als eine patscherte Überleitung, um in Richtung der eigentlichen Fragen zu kommen, fällt ihr nicht ein: »Warum seid's denn alle so, so nett, so mit Frosch, Tandil, Quando weichgespült?«

Rundum Erheiterung à la: »Ist das weich, ist das neu?« Waschmittelmarken werden einander zugeworfen, verbal: *Ariel, Persil, Lenor, Fewa.* »Hat die Hanni Quando g'sagt?« Gelächter. »Das gibt's nicht!«, räuspert sich Luise Kapperlberger und legt los: »Außer vom Peter Alexander: *Sag mir quando, sag mir wann, sag mir ...*« Und ruckzuck sind schon die ersten Damen mit dabei.

> »*... quando, quando, quando,*
> *Ich dich wiedersehen kann,*
> *Ich hab immer für dich Zeit ...*«

»Beim Waldemar Wurm klingt's besser!«, freut es die alte Huber, endlich beim Thema zu sein. »Wie geht's ihm denn?« Und los geht der Reigen, Hannelore muss dem Stimmengewirr nur noch zuhören: »Keine Ahnung! Hat den wer g'sehn?« – »Ist der nicht in Untersuchungshaft?« –

»So lang? Dann war er es womöglich wirklich?« – »Nie und nimmer. Der Wurm gehört höchstens in den Narrenturm, aber in kein G'fängnis.« – »Der ist doch längst wieder heraußen und mit irgendeiner Freundin nach Italien.« – »Wo hast denn so einen Blödsinn her?« – »Wahrscheinlich hat ihn die Regina vom Seniorenbund genauso in Grado g'sehen, wie ja jeder jeden schon einmal in Grado g'sehen haben will, selbst wenn keiner von denen jemals dort war!« Gelächter, das in ein plötzlich aufwallendes, aufgeregtes Stimmengewirr übergeht: »Dort, der Kronberger-Bus!«

»Sag mir quando, sag mir wann ...«

»Der Bread Pitt!«

»Sag mir quando, quando, quando ...«

»Da legert i gern mein Gwand o!«

»Ich dich wieder küssen kann ...«

Nervosität bricht aus, lässt manche der Damen kleine Handspiegel aus den Taschen fischen, Frisur, Kragen, Ausschnitt zurechtzupfen. Denn das wahre Herzstück des nun eintreffenden Kronberger-Busses liegt nicht als knuspriges Gebäck hinter der Schiebetüre, sondern öffnet diese. Lässt nicht nur den herrlichen Bäckerduft ins Freie strömen, sondern überflutet die Menge mit seinem sonnigen Lächeln, gespickt mit jeder Menge Charme, kleinen Aufmerksamkeiten, würziger Verführung, einer Prise Erotik. Und ja, vielleicht ergibt sich eine zwar nur winzige, aber immer noch realistischere Chance als jeder Lottoschein. Denn im Inneren des Busses steht kein Geringerer als Peter Pointner, besser bekannt als der schöne Pitt.

Blonde, kinnlange Locken, große dunkle Augerln, Oberkörper eins a durchtrainiert. Als wäre ein Disney-Prinz aus einem Sammelalbum in die Wirklichkeit gesprungen. Gegen Bäckermeister Peter, sprich Bread Pitt kann der Brad Pitt einpacken. Und nur ein Traummännlein glaubt, es wäre der Damenwelt noch nicht eingefallen, zu Peter Pointners Ehren dem Bauerngai ein »l« hinten dranzuhängen.

Niemals würde sie es öffentlich zugeben, die alte Huber, aber wie sie da so vor dem Bus wartend dem Peter Pointner bei seiner Arbeit zusieht, seiner Emsigkeit, seiner so sprühenden Freude, kommt ihr doch der Gedanke, er könnte sich tatsächlich verändert haben. Die Boshaftigkeit abgelegt, den linkischen Schönling verbannt aus seinem Innern.

Wird er sie erkennen? Wird er sich erinnern?

Schiebetür auf, Peter in Stellung, und schon nimmt das Schauspiel seinen Lauf:

»Hübsch ist sie heut wieder, die Schicklgruber Rosemarie!«

»Sind ganz frisch die Käsestangerl, bitte gerne kosten!«

»Mit der Bachingerbäuerin geht natürlich sofort eine zweite Sonne auf!«

»Dank dir für den Einkauf, Conny!«

»Gern, Peter, kommst eh heut nach Sankt Ursula zum Karaoke?«

»Nachtdienst. Leider. Und Forstarbeiter-Meisterschaften sind auch.«

»Bist eben ein Tausendsassa!«, lächelt besagte Conny. Doch da wendet sich Peter Pointner schon seiner nächsten Kundin zu – der alten Huber. »Was darf's denn sein, junge Frau?« Eine Antwort kriegt er nicht. Zu sehr ist Hannis Aufmerksamkeit auf die Stimme hinter ihr gerichtet.

>»Bin gleich wieder weg.«
>»Es geht ja eh ganz schnell!«
>»So wie jeden Freitag. Danke.«
>»Dank fürs Vorlassen!«

»Hanni!«, flüstert ihr Luise Kappelberger zu: »Du bist dran!« Dazu der schöne Pitt: »Zwei Handsemmeln vielleicht, Madame?«

»Unsere berühmten Kümmel-Salzstangerln sind auch sehr zu empfehlen. Oder die mürben Kipferl zum Eintunken in den Kaffee?«, gibt sich der Peter Mühe, doch die abgelenkte Huber reagiert noch immer nicht.

Da reißt der Luise Kappelberger der Geduldsfaden: »Huberin! Schlafst?« Hellwach ist da immerhin der schöne Bäcker.

»Die Huberin!«, wiederholt er, sie endlich erkennend. Und wenn es könnte, das Mehl auf seiner knackigen Jeans würde sich nun als barockes Puder über sein sonnengebräuntes Gesicht legen, nur um diesem die schlagartig einsetzende Röte zu nehmen. Hannelore aber hat nur den hinter ihr angekommenen Sopran im Ohr.

»Darf ich!«, steht zack die Brucknerwirtin Elfie in Reihe eins, fährt ihre Ellbogen aus, streckt Peter Pointner vor Hannelores Körper die Arme entgegen, als stünde da niemand, und fordert die bestellte Ware: »Bread Pitt, gibst mir schnell den Korb mit den Sem…«

»Dann wär er ein Bad Pitt!«, fällt ihr die alte Huber nun mit ihren spärlichen, aber für diesen Zweck ausreichenden Englischkenntnissen unüberhörbar ins Wort. »Weil, ich bin dran. Ich nehm den Gugelhupf, für Tante Herta!« Und während Peter Pointner den Namen ungläubig wiederholt: »Tante Herta!«, darf sich Hannelore von der Brucknerwirtin mustern lassen, als wäre sie eine Terroristin.

»Was schaut's denn so, Bruckerin? Hast leicht g'laubt, i bin scho' g'storben! Ganz plötzlich? So wie deine Schwiegermutter?«

Ein zurückhaltendes Lächeln legt sich auf Elfies Lippen.

»Ja, Huberin? So eine Überraschung. Ich hätt dich gar nicht erkannt! G'storb'n? Was redst denn für'n Blödsinn! Wir freuen uns doch alle, dich zu sehen! Und extra herausgeputzt hast du dich auch! Fesch!«

Herrlich ist das, wie ungefragt so eine Einzelperson, kaum landet sie in einer, wenn auch nur vermeintlichen, Führungsposition – Bürgermeisterfrau ist schließlich nicht gleich Bürgermeisterin –, umgehend aus dem Ich ein Wir werden lässt, aus der Individualmeinung eine Mehrheit.

»Na, dann freust dich halt!«, erwidert die alte Huber unterkühlt, ihren Blick auf den regungslosen Peter gerichtet: »Ein Gugelhupf bitte, für die Wohlmuthsederin! Oder ist der aus?«

»Wie geht's ihr denn? Die haben wir hier ja schon lang nimma g'sehen!«, versucht Elfie Bruckner wieder in Spur zu kommen.

»Sie tut sich halt ein bisserl schwer bergab mit dem Rollator bis zu eurem Gulasch!«, wird es der guten Hannelore immer unmöglicher, sich zurückzuhalten. »Und weißt', Elfie, an sich ist es ja so üblich, dass der Bürgermeister seine etwas betagteren Bürgerinnen hin und wieder einmal besuchen kommt, sogar mit Blumen, vor allem, wenn sie so wie die Herta heut ihren neunundneunzigsten Geburtstag feiern. Oder glaubst, ich hab mich für dich oder sonst wen so herausgeputzt?«

Stille.

So schlagartig, um auch als solche wahrgenommen zu werden.

»Hier!«, reicht Peter Pointner sichtlich blass geworden den Gugelhupf weiter. »Geht aufs Haus. Und bitte richt der Tante Herta liebe Grüße von mir aus!«

So unterwürfig und sichtlich um Freundlichkeit bemüht kann er allerdings gar nicht dreinschauen, um sich bei der alten Huber ein Lächeln abzuholen.

Nur noch weg. In einem Tempo, mit dem hier wohl keiner gerechnet hat. Befreit, beflügelt und so schnell, da kann zu Fuß nur schwer jemand mithalten.

Es ist ein dunkelgrüner Jeep, wie ihn die Jägersleut' eben so fahren, der nach einer Weile zu ihr aufschließt.

»Komm, Hanni, ich bring dich rauf.«

»Nicht nötig, Bürgermeister«, versucht sie redlich, Toni Bruckner nicht gleich ihre ganze Verachtung spüren zu lassen.

»Jetzt sei nicht stur und steig schon ein. Mach ich doch gern!« Und ein Mannsbild, das grad etwas gern macht, hört sich definitiv anders an.

»Willst, dass der Gugelhupf als Ganzes ankommt?«

Viel zu schnell ist Bürgermeister Toni Bruckner unterwegs und auch mit seiner Antwort nicht zimperlich.

»Der Gugelhupf schon!«

Nein, da wird kein Theater gespielt. Wozu auch, wenn die Zuschauer fehlen und die Hauptdarsteller zu zweit in einem dahinrasenden Allrad sitzen.

»Wennst in den nächsten Baum fahren und somit eindrucksvoll deiner Mutter folgen willst, Bruckner, lass mich halt vorher aussteigen!«

Und logisch gibt es auch Schlaueres, als vom Beifahrersitz aus den Wagenlenker zu provozieren.

»Ich kenn kaum einen Sohn, der nach dem Tod seiner Mutter nicht selber ans Sterben denkt!«, wird Toni Bruckner nun laut wie eben jeder, der sich nun grad als Gabelfrühstück sein nächstes Bier genehmigen würde, stattdessen aber unfreiwillig neben einem unguten älteren Weib hocken muss. Und zu seiner Beruhigung trägt Hannelore nun nicht bei. »Und ich kenne kaum einen Sohn, der den Tod seiner Mutter für den eigenen Wahlsieg missbraucht und womöglich sogar seine Finger im Spiel hat!« Mit einem Aufschrei lenkt Toni Bruckner den Wagen vom rechten Weg ab, raus aus dem Asphalt, brüllt: »Das glaubst du von mir, ja?«, schießt durch die Wiese, immer schneller und schneller das Tempo, lauter und lauter sein Gebrüll, eindeutig die Richtung.

»Und du glaubst also, dein Dickschädel ist härter als der vom Zyklopen!«, versucht Hannelore Ruhe zu bewahren, denn direttissima steuert der neue Bürgermeister auf einen uralten, mächtigen Eierschädel zu. Seitlich darauf eine Einkerbung. Und weil das selbst für den fantasielosesten Menschen alles aussieht, als wäre hier ein einäugiger Riese bis zum Kopf in der Wiese vergraben worden, heißt dieser allein auf offener Flur herumliegende Wackelstein eben, wie er heißt: Zyklopen-Kopf. Leut' gibt's, die wollen ihn dezent nicken und sogar zwinkern gesehen haben.

»Das wär dann eine kurze Amtszeit!«, versucht es Hanni ein letztes Mal. Und logisch legt Toni Bruckner rechtzeitig eine Vollbremsung in die Futterwiese hin, alles andere wäre ja auch saudumm. Mit beiden Händen auf dem Armaturenbrett muss sich die alte Huber aufstützen, wegstemmen, um keinen Kieferchirurgen zu benötigen. Nur einen HNO womöglich. Denn ohrenbetäubend ist das Finale der nichtssagenden männlichen Brüllerei. Verständliche Worte bringt Toni dabei keine zustande. Nur sein Lenkrad reißt er hektisch vor und zurück, als wollte er gleich damit aussteigen und davonlaufen.

Hannelore ist klug genug, um sich jegliche Reaktion zu ersparen. Das weiß sie nach ihrer Ehe mit einem Trinker nur allzu gut, wie in solchen Situationen zu verfahren ist. Bloß nicht ankommen, körperlich, verbal. Warten, schweigen und sich im schlimmsten Fall selbst irgendwo ein- oder aussperren. Also steigt sie aus, schlendert ein Stück die Wiese entlang, stellt sich neben den Zyklopenkopf, dorthin, wo bereits das ansonsten ziegelrote Dach des Wohlmuthsederhofes hinter den Gräsern herausragt. Diesmal gespickt mit irritierenden schwarzen Flecken.

Lang dauert es nicht, und der schwere Atem des Bruckner Tonis ist zu hören. Breitbeinig stellt er sich neben die alte Huber auf, greift in seine rechte Hosentasche und –

»Das ist jetzt aber nicht dein Ernst?«

»Was?«

»Die ganze Gegend ist leer, kein Mensch weit und breit, und genau zu mir stellst dich her mit dem Gestank?«

»Weiber!«, zischt er, steckt seine Zigaretten wieder ein, greift in seine linke Hosentasche, zückt ein zerfranstes Zuckerl, das Silberpapier bereits im Zerfall, zigmal wahrscheinlich mitgewaschen. »Magst eins?«

»Ist das deine Visitenkarte als Wirt?«, rutscht es der alten Huber heraus.

»Ein Firn von Engelhofer? Kennt jeder.«

»Bestenfalls der Vorhof zu den Engerln ist das, so wie dein Zuckerl beisammen ist. Das letzte Sakrament!« Kurz scheint es, Toni Bruckner müsste ein aufkommendes Schmunzeln unterdrücken. Der Eindruck aber täuscht: »War das wirklich nötig, Huberin? Mich vor dem ganzen versammelten Haufen so zu blamieren? Was glaubst, hab ich mir von der Elfie anhören können wegen dem verschwitzten Neunundneunzigsten!«

»Du bettelst nach nur fünf Tagen im Amt jetzt aber nicht wirklich um mein Mitgefühl?«, bleibt Hannelore gnadenlos.

»Was das Amt betrifft, reichert mir schon Respekt, Huberin. Ich hab den Stadlmüller ja nicht weggeputscht, sondern demokratisch gewonnen.« Eindringlich wird seine Stimme: »Was mich aber als Mensch betrifft, wäre ich dir schon dankbar für das geringste Mitgefühl für jemand, der eben grad seine Mutter verloren hat!« Deutlich ringt er mit sich – und verliert. Dreht sich weg, mit sichtlicher Scham.

Keine Option in seiner Welt. Tränen.

Kein Schauspiel also, dieser Auftritt. Die alte Huber kann es spüren. Mehr, als ihr lieb ist.

Für ein Weilchen stehen Hanni und Toni, zwei sich in ihrer Gesinnung so Fremde, direkt vereint im Schmerz beisammen. Und recht ist ihr das nicht, der alten Huber. Mutter-Mörder ist er zwar voraussichtlich keiner, der Brucknerwirt. Ein besserer Mensch wird er in Hannelores Augen aber deshalb trotzdem nicht.

Zurück im Wagen stellt sie ihm die Frage: »Und glaubst du jetzt wirklich, Waldemar Wurm, der außer sich selbst keiner Fliege was zuleide tun kann, hat deine Mutter umgebracht?«

»Na, du lebst auch hinterm Mond, Huberin. Ich hab das weder behauptet noch gedacht!«, nimmt er mit Karacho wieder Fahrt auf und gleich die Abkürzung querfeldein direkt zum Wohlmuthsederhof. »Dass meine Frau, die Elfie, nichts hält vom Stadlmüller und ihm alles zutraut, weiß doch das ganze Dorf. Da war kein Kaiserschmarrn in den Atemwegen meiner Mutter, sondern einfach ihr Herz ein müdes! Der Wurm war sofort wieder draußen, und ich hab ihm als Wiedergutmachung einen Urlaub am Meer spendiert. Eh nur nach Grado!« Das »o« langgezogen als Laut des Staunens, deutet er auf den Wohlmuthsederhof.

Entsetzen bei Hannelore. Üble Vorahnung.

Eine finstere Wolke hängt über dem mächtigen Vierkanter.

Und sie bewegt sich. Schwirrt nur so herum.

Dracula kommt ihr in den Sinn. Nur Fledermäuse sind es keine.

»Was, was machen die ganzen Kräh da?«, flüstert sie.

»Grado!«, wiederholt Toni Bruckner. »Schon wieder!« Nur nach Lachen ist hier keinem zumute.

Saatkrähen verdunkeln den Himmel, stürzen sich herab.

Was immer die Vögel da im Hinterhof zerreißen, es muss sich um ein Festmahl handeln, wie es sonst im ganzen Jahr keines gibt.

»Hat sich die Wohlmuthsederin leicht wieder einen Misthaufen zugelegt, oder ist das der Kompost?«

»Raubvögel sind das«, korrigiert ihn die alte Huber, »Fleischfresser!« Und es ist auch Hannelore, die ihm gleich die nächste Erklärung liefert.

»Solche Schweine!«

Eindeutig einer ihrer Kübel steht da, umgekippt. Hat sich entleert, all die darin geretteten Kröten freigegeben, die sie mühselig durch eigenhändig am Rand der Bundesstraße gespannte, kniehohe Zäune in ebenso eigenhändig vergrabene Kübel umleitet. Eine Arbeit, die einst Tante Herta mit all ihren Kindern erledigt hatte und mittlerweile nur noch die alte Huber betreibt. Hinweisschilder à la *Achtung, Krötenwanderung, langsam fahren!* stellt sie hingegen keine mehr auf. Das geht nach hinten los. Selbst der Unterbelichtetste unter den Rasern hat längst überrissen: je geringer das Tempo, desto größer die Ausbeute, umso schöner der Matsch. Lustig!

Matsch: die aktuelle Währung hiesigen Heldentums neben den verdrückten Kronberger-Krapfen, den gewonnenen Disziplinen mit Axt und Motorsäge bei den Meisterschaften drüben auf der Burg Ebersfeld, dem leergesoffenen Krügerln beim Brucknerwirt, den heimgeschleppten Hasen, besser zwei- als vierbeinig, den aufgemotzten Blechkübeln und weiß der Teufel, worauf hier noch alles gewettet wird.

Matsch: nicht nur die fetten Patzen auf der Straße.

Matsch: auch in den Köpfen.

Und obwohl die Saison so gut wie vorbei ist, sind immer noch Kröten unterwegs. Ergo auch Krähen. Unmengen hier, direkt vor der Eingangstür des Wohlmuthsederhofes.

Mit eisernem Blick bleibt Toni Bruckner stehen, springt beherzt aus seinem Wagen, öffnet den Kofferraum, entnimmt das darin liegende Jagdgewehr und feuert in die Krähenwolke, samt entsprechendem Absturz.

»Spinnst! Nur in den Himmel tut's auch, Bruckner!«, schimpft die alte Huber und läuft schnurstracks den schlagartig freiwerdenden Weg zwischen den noch wild krächzenden Tieren entlang. »Die Viecher sind g'scheiter als du!«, und verschwindet im Inneren des Hofes. »Herta!«, ruft sie, »alles in Ordnung? Herta?«

Bereits mit Eintreten in den Flur drückt es der guten Hannelore diesen ihr ein Leben lang schon so vertrauten Duft entgegen. Und wie stets muss sie dabei sofort an die hier in der Gegend so beliebten hausgemachten Topfenmäuse, Polsterzipf, Bauernkrapfen und Strauben denken. Der Tod riecht nach Schmalzgebäck.

Ein Trick vielleicht, so als wolle er dadurch an Schrecken verlieren, die Angst nehmen: »Keine Sorge, ich bin's doch nur! Das Dessert, der krönende Abschluss eures Festmahls!« Im Grunde eine recht nette Idee. Wie so ein Schwergewichtsboxer, der sich vor dem sicheren Knockout des taumelnden Gegners noch schnell ein paar Herzerl auf die Schlagfläche seiner Handschuhe pickt, so von wegen: »Ist nicht bös g'meint!«

Dann schlägt er zu.

»Weg da!«, schiebt sich Toni Bruckner grob an ihr vorbei, sichtlich von Panik ergriffen, »Herta! Herta!«

Weit braucht er, gefolgt von Hannelore, nicht gehen, um auf den mit roten Flecken gesprenkelten weißen Teppichläufer des Flurs zu stoßen. Aus Richtung der offenen Küchentüre heraus müssen sie entstanden sein, und je näher Hanni und Toni nun kommen, desto offenkundiger die Tragödie.

Immer dichter werden die Tropfen, münden in eine rote Lacke, und schließlich in eine blasse Hand samt dazugehörigem noch deutlich blasserem Körper.

Ihren rechten Arm weit vorgestreckt, fast so als wollte sie noch durch die Türe hinausfliegen, Supergirl, liegt Tante Herta neben ihrer Eckbank in Bauchlage auf dem blutgetränkten Küchenboden. Hübsch hat sie sich gemacht. Rote Schuhe, eine Seidenstrumpfhose, ein blaues Kleid mit rotem Blumenmuster, das von Schulterblättern ausgehend bis zur Mitte ihres Rückgrats in ein dunkles Purpur übergeht. Dort eben, wo der Stoff durchlöchert wurde. Ein Messer mit schwarz umklebtem Griff steckt noch in der Einstichstelle. Tief in Hertas Körper muss es eingedrungen sein. Von Kopf bis Fuß reicht die Blutlache, breitet sich bis unter den Tisch aus. Auf ihrer Stirn eine klaffende Wunde.

Ihr Gesicht sieht friedlich aus, schlafend beinah, dezent geschminkt. Tante Hertas Haare sind so wie Hannis Naturfrisur in Locken gelegt, alles an ihr strahlt Eleganz aus. Auf dem Küchentisch eine Etagere mit überzuckertem Schmalzgebäck. Strauben. Überraschend lieblos zubereitete. Eine simple Teigmasse aus Mehl, Butter, Eiern wurde hier durch einen Trichter in eine Fritteuse hineingeschickt und nicht einmal goldgelb gebacken. Hässliche Strauben, wie fette Würmer. Dazu zwei Teller. Ein Weinglas mit den Resten eines kräftigen Roten. Daneben die dazugehörige leere Flasche mit schwarzem Etikett. Ein zweites Glas liegt zerbrochen in einer Ecke.

Zwei Teller also, zwei Gläser, all das deutet auf eine zweite Person hin, die entweder vor der tragischen Wendung zu Gast war und ging, bevor der Täter kam. Oder halt: der Täter.

Bürgermeister Bruckner legt sein Jagdgewehr auf den Diwan hinter sich, nimmt eine Häkeldecke zur Hand, will den Leichnam bedecken und darf sich von Hannelore dezent zurück an die Wand schieben lassen: »Das würd ich nicht machen, Toni, weil nach natürlichem Tod sieht mir das nicht aus!«

Kommentar- und kraftlos lässt sich Toni auf einem der leeren Stühle nieder. Dann wird geschwiegen, breitet sich eine drückende Stille aus im Inneren des Wohlmuthsederhofes.

So heimelig wirkt die Küche, fast so, als stünde die alte Huber in ihrer eigenen. Überall Erinnerungsstücke an Zeiten einstigen Küchenhandwerks. Eine antike Flotte Lotte, eine gusseiserne Nussmühle, eine hölzerne Kaffeemühle, eine Mohnmühle, alles mit Handkurbel, ein Bohnenschneider, ein Fleischwolf, eine kleine Gemüseraffel, eine Nudelmaschine. Viele Hände waren da also vonnöten, um all diese Geräte bedienen zu können. Und all diese vielen benötigten Hände waren hier einst auch zugegen. Das ganze Haus voll damit.

Kinderhände eben.

Ihre eigenen Finger betrachtet sie, wie knorrig und steif sie geworden sind in all den vielen Jahren, wie sie ihr als treue Diener stets zur Hilfe waren und langsam müde wurden, wie sie sich nun aufstützen, um standhaft Hannelores plötzlichem Anfall großer Schwäche widerstehen zu können. Bis zur Eckbank hangelt sie sich entlang.

Dort nimmt sie nun Platz, stützt sich auf ihren Gehstock. Betroffen und allein. Trotz Anwesenheit des Brucknerwirts. Und weint.

Ganz von selbst geht es los, und erst das spürbar Feuchte an ihren Wangen lässt sie begreifen: Tränen! Tatsächlich Tränen. So lange schon hat sie nicht mehr geweint, zuletzt vor drei Jahren, als die Familie Glück, Amelie und ihre Mutter, wieder in die Stadt zogen, sie eine kindliche Freundin verlor, einen Sonnenschein. Ja, und auch nun verdeutlichen diese Tränen, was ihr die regelmäßigen Besuche hier bei Herta stets zu nehmen imstande waren – auch wenn sie es niemals zugeben würde: ihre große Einsamkeit. Denn wenn es eine Konstante gibt in ihrem Leben, dann genau diese Einsamkeit.

In Glaubenthal geboren 1948. Von der Mutter verlassen mit vier. Den Vater beerdigt mit zwölf. Danach zwar hier in Glaubenthal untergekommen, aber trotzdem irgendwie in Sibirien gelandet, die schwere Arbeit, die Kälte der Bauernfamilie Huber. Mit siebzehn von ihrem Ziehvater Richard, dem dümmeren der beiden Söhne, sprich Walter, zur Frau gegeben. Dreiundfünfzig Jahre lang diese Frau geblieben. Seit 2018 Witwe.

Auch Toni Bruckner weint. Zu viel für ihn das alles.

Und logisch wird Hannelores Schmerz dadurch nur noch schlimmer. Als hätte es ihr die Schleuse eines Stau-

dammes weggerissen, so läuft es nun im Überfluss, über-
schwemmt sie förmlich. Traurigkeit wird durch gemeinsames Traurigsein eben nicht leichter. Ist ja auch der reinste
Rechenfehler, anzunehmen, geteiltes Leid wäre halbes
Leid. Von dieser Theorie hält die Witwe Hanni Huber nach
all den Jahren ihrer Ehe mit Walter Huber mittlerweile
genauso wenig wie von der Schnapsidee, durch ständige
Anwesenheit eines Zweiten automatisch weniger allein zu
sein.

»I hab so die Schnauze voll von, von …«, flüstert Toni
Bruckner, als würde er etwas loswerden wollen, und ver-
stummt wieder.

»I hab!«, wiederholt sie leise, die gute Hannelore. »I'
hab!«

Als wäre es gestern gewesen, so gut kann sich die alte Huber heut noch dran erinnern. Selbst noch war sie ein Mäderl, wie da an einem 1.11. die damals in der Blüte ihres Lebens stehende Wohlmuthsederin inmitten der bis auf den letzten Platz gefüllten Pfarrkirche aufgestanden ist.

Rundum die betende Masse, tief versunken in dem Hin und Her, zuerst der Pfarrer, dann die Menge. Jedes Jahr eben, die ganze Allerheiligenlitanei.

Da braucht es Zeit.

Heilige Maria, du Schutzfrau Österreichs –
Bitte für uns.
Heiliger Josef, du Patron der Kirche und der
arbeitenden Menschen –
Bitte für uns.
Heiliger Stephanus, du Märtyrer Christi –
Bitte für uns.
Heiliger Florian und seine Gefährten, ihr ersten
Blutzeugen unserer Heimat –
Bittet für uns.
Heiliger Severin, du Ratgeber und Führer in
gefahrvollen Zeiten –
Bitte für uns.
Heiliger –

und so weiter und so fort …

Ungerührt von dem mächtigen Klang all der Stimmen, hat sich Herta Wohlmuthseder in den Mittelgang gestellt, ungefragt zu reden begonnen, lauter noch als alle anderen, und erklärt:

»Jetzt sag ich euch, was mir mein Prophet, der heilige Ihab, verkündet hat!«

Still wurde es, nicht einmal ein Hüsteln war zu hören.

Und die alte Huber kann sich deshalb heut noch so gut daran erinnern, weil sie damals als vollwaise Zwölfjährige auf der Weiberseit'n neben ihrer neuen Ersatzmutter Tante Gertrude saß. Die Schwester mütterlicherseits, verheiratet mit dem Despoten Richard Huber, Vater von Walter Huber, Hannelores späterem Ehemann. Heut noch könnte die gute Hannelore die zehn Gebote des Ihab wiedergeben, wenn auch nicht wortgetreu:

»I hab g'nug Platz z' Haus, den ganzen
Vierkanthof für mich allein, um hier nicht
länger so eingepfercht zwischen den Weibern
herumhocken und mir das Geplapper eines
Mannes anhören zu müssen!«

–

»I hab auch g'nug von der Geschlechtertrennung
hier in der Kirch'n, drüben beim Brucknerwirt
und in der Schul! Da die Manderln, dort die
Weiberl! Nur noch zum Lachen ist das!«

–

»I hab weiters g'nug von der endlosen, schweren
körperlichen Arbeit als alleinstehende Bäuerin,
die mich nur weiter zum Krüppel macht!«

–

»I hab vor allem g'nug von der sinnlosen
Hoffnung, einen ordentlichen, speziell zu mir
passenden Mann zu finden!«

–

»I hab also g'nug von den Mannsbildern im
Allgemeinen und den Tratschweibern im
Besondern!«

–

»I hab ganz besonders g'nug allein von
der Vorstellung, mir als Ehefrau von einem
Ehemann überhaupt die Zustimmung einholen
zu müssen, arbeiten gehen zu dürfen. Denn
arbeiten, ja, das werd ich, drum!«

–

»I hab g'nug davon, mich dafür genieren zu
sollen, nicht einmal das erste der fünf bis
hoffentlich zehn Kinder g'boren zu haben! Ich
brauch auch keine eigenen mehr!«

–

»I hab trotzdem keine Lust, allein zu sein und keine Kinder um mich haben zu dürfen, drum ist mein Wohlmuthsederhof ab heut offen für all jene Frauen, die ihre Kinder tagsüber abgeben, einem Beruf nachgehen und ihr eigenes Geld verdienen wollen!«

–

»I hab kein Problem damit, wenn ihr mich alle jetzt verteufelt, weil den Teufel gibt's genauso wenig wie das, was ihr euch unter Gott vorstellt!«

–

»I hab nix mehr zu sagen. Auf Wiedersehen!«

Tiefste Bewunderung hatte sie damals empfunden, die alte Huber. Die Wohlmuthsederin war seither ihre Heldin. Ihr Vorbild. Gab ihr den Glauben an das Mögliche. Und diese Bewunderung hielt sich lange. Selbst als Tante Herta mit fünfundsechzig Jahren, schließen musste. Zu groß ihre körperlichen Beschwerden, zu groß der finanzielle Verlust, zu klein das Einkommen. Längst gab es sowohl den öffentlichen als auch den Pfarrkindergarten drüben in Sankt Ursula, immer mehr Frauen mit Führerschein und irgendwann sogar Zweitwagen, hier in Glaubenthal aber gleichzeitig immer weniger Kinder.

Nicht so wenig wie im Hause Huber. Denn Hannelore blieb Zeit ihres Lebens kinderlos, weshalb auch der Kontakt zu Tante Herta und all dem Gewurl, dem Frohsinn, der kindlichen Unbekümmertheit auf ihrem Wohlmuthsederhof abbrach – um dann letztes Jahr eben doch noch zu einer tiefen Freundschaft zu werden.

Und hier liegt sie nun, an ihrem neunundneunzigsten Geburtstag hinterrücks erstochen, zwischen dem neuen Bürgermeister und ihrer alten Freundin.

Tante Herta.

Nur das Ticken der Pendeluhr ist zu hören, das leise Surren des alten Kühlschrankes, das tiefe Atmen des Brucknerwirts. Völlig abwesend wirkt er, in sich zusammengesunken, und doch ist dieses schwere, immer schneller werdende Atmen, das nun in ein Schnauben übergeht, kein gutes Zeichen.

Die Ruhe vor dem Sturm.

Auch der alten Huber wird die Luft hier zu schwer.

»Wir sollten die Polizei anrufen!«, deutet sie zur Tür: »Komm!« Blitzartig schnellt Toni Bruckner hoch, ergreift die auf dem Tisch stehende Weinflasche, und ebenso energisch stellt sich Hannelore in die Tür: »Stell die Flasche wieder hin, aber sofort!«

»Weg da!«, brüllt er.

»Hast so großen Durst oder einen noch größeren Hieb? Z'rücklegen sollst du's!«

»Verschwind!«, schiebt er sie grob zur Seite und geht. Wie eine Flucht sieht es aus. Mehr als ihm hinterherzusehen bringt die gute Hannelore nicht zusammen. Und wundern kann sie ja sowieso nichts mehr, nach fast fünfundsiebzig Jahren hier in Glaubenthal.

Ein wenig den Kreislauf spürt sie, an die Kredenz muss sie sich stützen. Vor ihrer Nase hinter den Glastüren des Oberschrankes all die vielen Fotos. Gruppenfotos. Durchgehend schwarz-weiß. Und stets sind Kinder darauf zu sehen, aller Altersgruppen. Erinnerungen daran, was der Wohlmuthsederhof einst eben war. Einmal noch blickt sie auf Tante Hertas Leichnam. Welch bestialische Tat!

»Und wenn es mich das Leben kostet!«, flüstert sie, die gute Hannelore, »den Teufel find ich.«

Dazu ein Schnurren. Die getigerte Wohlmuthseder-Hauskatze schmiegt sich an die Beine der alten Huber, fast so, als würde sie ihr Trost spenden wollen, zieht eng auf Tuchfühlung einen zärtlichen Achter zwischen Hannis Unterschenkeln, schleicht auf Samtpfoten weiter zu ihrer einzigen Mitbewohnerin, kurz Kopf an Kopf, Minka und Herta, sieht sich noch einmal um, als wäre es ein Abschied auf immer, und huscht hinaus. Auf und davon.

Die alte Huber hinterher. Müde geworden, längst fordert der Alkohol seinen Schlaf, sie muss nach Hause, braucht Frischluft statt Schmalzgebäck-Aroma.

Ein gutes Stück vom Hof entfernt fährt Postler Emil Brunner mit seinem Elektrolastenrad davon. War er schon vorher hier?

Jedenfalls: Er fährt schnell.

III
ARMIN

Nur noch ein kleines Stück.

Er kann das Ziel bereits spüren:

Seinen Geburtsort. Seine Heimat.

Mit letzten Kräften versucht er sich an das Grau der Bundesstraße heranzuziehen. Die Schwerste aller Hürden.

Seine Beine schmerzen, Phantomschmerzen, nur seine Arme sind ihm geblieben. Durch das lichte Gras lassen sich die dunklen Flecken erkennen. All die Toten. Der Asphalt ein Friedhof.

Aus Vogelperspektive ein Schlaraffenland.

Saatkrähen hocken lauernd auf den Baumkronen, Stromleitungen, Giebeldächern und warten auf ihr Festmahl.

Kröten.

Überall Kröten. Vor, neben, hinter ihm.

Lebende. Tote. Halbtote. Bereits verstümmelt, bevor sie mit fehlenden Gliedmaßen und zerfetztem Körper überhaupt die Straße erreichen, unterwegs von Katze, Igel, Marder, Fuchs, Rabe und Greifvogel, Eichelhäher, Graureiher, Weißstorch … angefressen, ihre giftige Haut verschmäht, nicht aber das üppige Muskelfleisch der Hinterbeine, die Innereien.

Speisekarte auf Asphalt.

»Running Sushi!«, flüstert ihm sein noch intakter Nachbar zu. Ein Teichmolch. »Ich bin Nils!« Die Mundwinkel weit nach hinten gezogen zu einem seltsamen Grinsen. »Holgers Sohn. Und du?«

»Swobodas Sohn. Wolfram!«

»Running Sushi?«, kichert der Molch mit rollendem »r«.

»Was meinst du?«

»Schau dich doch an. Rohe Happen, die auf einem Förderband durch ein Restaurant fahren. Du sitzt daneben und frisst, bis dir der Magen platzt! Noch nie gehört?«

»Spaßvogel!«, hört er sich antworten, sieht ihm noch zu, wie der Molch munter auf allen vieren die Bundesstraße betritt. Und weg ist er. Nils, Holgers Sohn, fliegt mit den Krähen davon.

Das Krapfen-Fest drüben in Sankt Ursula kommt ihm in den Sinn. Viel besser kann sich die Menschheit ja gar nicht selbst beschreiben, als auf das Kommando »*An die Krapfen, fertig, los!*« in der Bäckerei Kronberger an jedem 11.11., um 11 Uhr 11, in 11 Minuten und 11 Sekunden, um die Wette Schmalzgebäck zu verschlingen. Der Rekord steht bei neununddreißig beziehungsweise liegt, denn von Stehen konnte für Posteler Emil Brunner danach keine Rede mehr sein. Wegtragen lassen hat er sich müssen, der Depp.

Weiter, er muss weiter. Immer weiter. Fortpflanzen lautet die Devise, ob mit oder ohne Unterkörper, egal. Von wegen also der Weg sei das Ziel. Völlig lebensfernes, übersinnliches Gedudel für verschlafene Träumer so was. Ohne dass irgendwer warum auch immer irgendwohin wollen hätt, gäb's keinen einzigen Weg auf dieser Welt. Heiß ist der Asphalt, einige der zarteren zermatschten Kollegen sind in der so starken Frühlingssonne bereits zu kleinen Wurfscheiben vertrocknet. Kinder, wie einst auch er eines war, werden sie wie Sticker von der Straße ziehen und nachts durch offene Fenster segeln lassen.

Wie gern er es selbst können würde. Segeln. Fliegen. Wie ein Vogel. Doch zu langsam kommt er voran. Es ist ein dunkler Schatten, der nun über seinem Restkörper steht und immer größer wird, dem er wie gelähmt entgegenblickt, den er singen hört.

Hello, is it me you're looking for?

An sein Sparbuch muss er denken. Die siebentausend Euro Reserve. Vielleicht ist der Vogel bestechlich?

»Sieben Riesen! Heb es ab!«, will er mit letzter Kraft losbrüllen und bringt doch nur noch die Wortanfänge heraus.

»Si-Ri-heb-e-ab!«

»Wunderschönen Vormittag, Chef!«

»Nimm das Geld, bitte, nimm es. Sieben –!«, gerät Wolfram Swoboda zuerst ins Stocken.

»Wie soll ich das verstehen, Herr Kollege?«

»Tausend –« Dann bricht er ab, den Straßenlärm neben sich.

»Und eine Nacht!«, setzt Angelika Unterberger-Sattler fort. »Schlafen Sie am helllichten Tag? Nur zur Info: Es ist Freitag, der 21. April. Wir schreiben das Jahr 2023.«

Wolfram Swoboda muss sich zusammenreißen. Mehr Wasser trinken, das richtige Gleichgewicht finden. Und Gewicht.

Wie eine Droge ist es, zu erkennen, mit welch deutlich geringerer Menge an Nahrung ein Körper auskommt, um wie viel mehr Energie frei wird, wenn die Zuckerzufuhr gegen null reduziert wurde. Essen verschwindet komplett aus der ersten Reihe, verliert die Vormachtstellung über das so schwache Hirn.

Heißhunger verspürt er kaum noch. Fressattacken gibt es keine mehr. Nur diese plötzlichen Schlafanfälle machen ihm Sorgen. Diese gelegentlich zentnerschwere Müdigkeit, als würde sich jedes seiner verlorenen Kilo auf diese Art an ihm rächen wollen. In seinem Streifenwagen sitzt er, eingeparkt vor dem kleinen Imbiss der Tankstelle Baumgartner, und noch bevor er von seiner Landjäger ohne Brot und ohne Semmerl abbeißen konnte, war er schon weg.

»Alles gut bei Ihnen, Chef?« Auffällig melodiös klingt ihre Stimme.

»Danke, Angelika. Passt schon.«

»Angelika? Wenn Sie mich Angelika nennen, ist nie alles gut!«

Sie kennt ihn eben.

»Also gut. Es war ein wirklich harter Nachtdienst heut!«

»Happy Birthday, oder? Wegen gestern?«

»Na, was glauben S', Untersattler. Eine Randale nach der anderen. Die Tätowierer haben sich garantiert alle einen Krampf und Blasen g'holt in den Fingern, und Schnürstiefel ist auch keiner zu Hause geblieben! Immer ärger wird das. Mittlerweile könnt ich mich am 20. April durch die ganze Gegend fressen, ausschließlich mit Eiernockerl, wahrscheinlich durch das ganze Land, vom Dorfbeisl bis zum Haubenlokal. Und wenn der Hitler lieber Stierhoden g'fressen hätt, gäb's wahrscheinlich längst nur noch Ochsen bei uns.«

Nicht einmal jetzt, wo er den Wahnsinn Jahr für Jahr miterlebt, kann es Wolfram Swoboda glauben.

»Es ist zum Kotzen, wessen Geburtstag nach dem Christkinderl hierzulande am inbrünstigsten gefeiert wird. Beziehungsweise *inn*brünstig!«, wird er nun putzmunter und gerät in Rage. »Nicht weil Innviertel und Braunau, sondern gleich ganzer Inn, 517 Kilometer lang samt seinen Vierteln Schweiz, Österreich, Deutschland, mit Mündung in die Donau, 2857 Kilometer, bis Schwarzes Meer. Nur am Papier ein Binnenmeer, weil wissen S' eh, Untersattler: stille Wasser. Verästelt weltumspannend. Werden lauter, immer lauter, stürzen da und dort längst als Platzregen herunter, je hohler die Gefäße, desto mehr davon geht rein! Und hohl ist keine Frage der Intelligenz, wirklich nicht!«

Atemlosigkeit bei Wolfram Swoboda.

Dann Stille. Lange Stille.

Irgendwann ein Kichern am anderen Ende der Leitung.

»Alles gut bei Ihnen, Untersattler? Haben Sie mir grad zugehört?«

»Jedes Wort hab ich verstanden, Chef! Und jedes Ihrer Worte ist meine Red. Was soll ich also Neues dazu sagen, außer, außer –!«, aus dem Kichern wird ein Lachen.

»Darf denn das wahr sein, Untersattler, was bitte ist daran komisch?«

»Gar nichts!« Ein Lachen, das etwas abflaut.

»Raus damit. Was war jetzt so Neues dabei?«

»Die 2857, also 2900!«

»Die Donau rundet man nicht. Also: Was ist damit?«

»Sie sind ja ein echtes Ass in Geo, Kollege Swoboda. Das wusste ich bisher nicht! Hobby-Landvermesser vielleicht, oder Höhlenforscher?« Aus dem Lachen wird ein tiefer Atemzug, ein schweres Atmen, und Wolfram Swoboda nervös. Richtig nervös.

»Sie haben aber hoffentlich nichts gesoffen, Angelika, hochschwanger?«

»Gesoffen? Was glauben Sie von mir! Nur ein kleiner Ofen!«

Und noch bevor der Chef des hiesigen Gesetzes zu einer Standpauke ausholen kann, setzt seine muttergeschützte Untergebene fort: »Mein Gynäkologe wollt mir ja tatsächlich die nach Homöopathie nächste, als Allheilmittel dem Volk unter die Nase geriebene Abzocke der Gegenwart andrehen. CBD-Öl, zum Baucheinreiben. Hab ich ihn gefragt, ob ich den Scheiß auch schlucken darf, wollt er mir tatsächlich zusätzlich CBD-Tropfen zum Einnehmen verpassen. Hab ich mir mit Emma statt dem Schampus ausnahmsweise ein echtes Tütchen gedreht! Das erste seit bald neun Monaten. Schließlich ist der 20. April auch der Weltkiffertag.«

»Dann sagen Sie Ihrer bescheuerten Freundin, das Zeug ist ...«

Nächster Lachanfall im gegenüberliegenden Universum, ein langer diesmal, nach dessen Erklärung Wolfram Swoboda sich gewiss liebend gerne ein ordentliches Bier öffnen würde, wenn es sein muss, sogar so ein Schampus-Gschloder – bliebe ihm die Zeit dazu.

»Ich hör Sie gern lachen, Untersattler, aber heut ...«

»Diese Emma!«, unterbricht sie ihn. »Diese Emma hatte es sehr eilig, wiegt ein bisserl mehr als die Donau lang ist, also 2900 Gramm, und wird hoffentlich bald auf ihrem Schoß sitzen, Chef.«

»Ein Mädchen! Es ist ein Mädchen.« Jetzt weint er vor Glück. »Emma. Gestern, am 20. April? Um wie viel Uhr?«

Keine Antwort, und wenn Wolfram Swoboda könnte, wäre er gewiss umgehend in die Säuglingsabteilung des Landeskrankenhauses unterwegs, käme da auf seinem Diensthandy keine Textnachricht herein.

Von Postler Emil Brunner.

»Mord am Wohlmuthsederhof!«, liest Wolfram Swoboda laut ab: »Tante Herta. Tot.«

»Hab ich Sie grad richtig verstanden, Chef?«, ist Angelika Unterberger-Sattler noch dran. Doch Swoboda beendet das Telefonat: »Ich muss aufhören, Untersattler, meld mich später.«

Es folgen Bildnachrichten von Brunner.

Fotos der auf dem Boden liegenden erstochenen Herta. Ein Meuchelmord. Die Wut treibt es Swoboda nur so durch die Zellen.

Fotos einer Rotweinflasche, deren Inhalt samt grauenhafter Etikette ihn wahrlich nicht überrascht in dieser Gegend.

Wobei, es geht auch anders.

»Ach Angelika!«, flüstert er. So schön war das, anfangs. Sie und er, zusammen in der neu eröffneten Wacholder-,

Wein- und Käse-Bar namens *Gin, Vino & Veras Kas* drüben auf Burg Ebersfeld. Vorgeschlagen wurde der Treffpunkt von ihm.

»Also, was verschafft mir die Ehre, Untersattler?«

»Ich muss Ihnen ein Geständnis machen, und es kostet mich wirklich sehr viel Überwindung!«

Aber ruckzuck schoss ihm da die Herzfrequenz schlagartig in hechelnde Höhen.

»Warum Überwindung?«

»Weil sich danach sehr viel ändern wird.«

Sein ganzer Körper in Wallung.

»Also … «, nahm sie kurz Anlauf, atmete tief durch. Ein wenig zu lang für Wolframs Geduld. »Soll ich raten?«

»Gute Idee!«, gab sie dem Kellner ein Handzeichen, worauf niemand anderer als Binduphala Foluke, Ex-Mann der Bäcker-Jungchefin Sabine Kronberger, an den Tisch kam, elegant gekleidet – und allein sein Erscheinen Angelika zum erröten brachte.

»Du, hier?«

»Immer nur beim Imbiss stehen, macht keinen Spaß, und der kleine Polizist hier«, deutet er auf Wolfram Swoboda, »hat mit nur einem Anruf großes bewirkt!«

»Das stimmt«, bestätigte Wolfram. »Fesch ist er, der Foluke, oder? In seinem schwarzen Anzug. Quasi Ton in Ton.«

Eine ganze Drehung um die eigene Achse, das strahlende Lächeln, die herausblitzenden weißen Zähne, Binduphala war durch solche Bemerkung wahrlich nicht aus der Fassung zu bringen.

»Ton in Ton bin zum Glück nur ich, Swoboda, und nicht auch Sie, in Ihrem gebügelten blauen Hemd. Also, was darf es sein?«

Angelika Untersattler schien etwas irritiert, fand aber rasch wieder ihre Mitte und traf den armen Wolfram damit in weiterer Folge auch mitten ins Herz.

»Dann bestell ich für uns beide, und sie geben danach einen Tipp ab, um welches Geständnis es sich uns beide betreffend nun handeln könnte.«

Ja, sie hatte tatsächlich gerade *uns beide* gesagt, zweimal sogar, und bei Wolfram Swoboda stieg die Hoffnung – auch hinsichtlich der Frage, ob hier auf Ebersfeld eventuell auch Zimmer vermietet werden.

Doch es kam anders. Ein Blick in die Karte und los:

»Also Binduphala: Für meinen Kollegen bitte einen doppelten Grappa!«

»No, no, Untersattler, wollen Sie mich betrunken machen?«

Wie wunderbar. Ab dann aber wurde dieses bisher so wunderbare Zweierlei seiner Schönheit beraubt, seiner Erotik, seiner Zukunftsperspektive.

»Und für mich ein Achterl von dem alkoholfreien Rosé!«

Wolfram Swoboda verstand sofort. Ein Schlag in die Magengrube. Aus seiner Hoffnung wurde die schlechte bei ihm und die gute bei ihr.

»Nicht wirklich, Untersattler!«

»Doch.«

»Das wäre dann das Dritte!«

»Hab ich auch so gezählt!«, lächelt sie. »Zwei plus eins!«

»Wenn ihre Gschrappen dann wenigstens alle Polizisten werden, bin ich ihnen vielleicht in 20 Jahren nicht mehr bös.«

»Oder diesmal Polizistin. Würde Ihnen das gefallen?«

Zumindest fallen würde jetzt auch Wolfram Swoboda, säße er nicht grad in seinem Dienstwagen. Denn ein paar Fotos hat Emil Brunner noch auf Lager.

Reihenweise landen sie auf seinem Diensthandy.

Aufnahmen eines umgekippten Kübels umgeben von Lebenden, Toten, Halbtoten, bereits verstümmelt, mit fehlenden Gliedmaßen und zerfetztem Körper. Wolfram Swoboda springt aus dem Wagen. Viel gegessen hat er heut noch nicht, trotzdem muss es raus. Denn er kennt dieses Bild haargenau.

Eins zu eins. Aus seinem Traum.

Vorsichtig verlässt die alte Huber nun den Wohlmuthsederhof, bemüht, kein später wichtiges Detail zu verwi-
schen, Fußabdrücke, Spuren aller Art, wer weiß, was da
Bedeutsames herumliegt. Toni Bruckners verwaist auf
dem Diwan liegendes Jagdgewehr hat sie mitgenommen.
Unglücklich über diese Entscheidung ist sie jetzt nicht,
denn der Gesichtsausdruck des Bürgermeisters könnte
beunruhigender kaum sein. Zornerfüllt, unberechenbar.
In seiner Rechten hält er den Hals der leeren Weinflasche
fest umklammert, als könnte sich diese auf Kommando
in Thors Hammer verwandeln und weiß der Teufel welchen Schaden anrichten, mit der Linken presst er ein
Handy ans Ohr.

Erbost ertönte seine Stimme: »Heut Abend weiß ich
mehr, ihr Idioten, sonst …« Das Registrieren der auf ihn
zukommenden Hannelore lässt ihn verstummen und sein
Telefon einstecken.

Ein Stück entfernt bleibt sie neben ihm stehen, wendet
sich so wie er dem Vierkanthof zu. Anfangs wortlos. Abwartend. Doch da kommt nichts. Als wäre die alte Huber
nicht vorhanden, blickt Toni Bruckner auf Tante Hertas
Küchenfenster und beherrscht das Schweigen.

Dann soll er. Die Fragen verschwinden ja trotzdem
nicht.

»Du nennst die Polizei also Idioten?«, legt Hannelore
nun los, ohne ihn anzusehen. Ein kurzes Warten.

»Oder hast du grad gar nicht die Polizei angerufen, wie ich dich gebeten hab, sondern einen deiner Leut'?«

Ein paar tiefe Atemzüge als Antwort. Mehr nicht. Also weiter.

»Auch nicht deine Leut'? Dann hast du als Idiot also einfach nur mit dir selber telefoniert, im Majestätsplural!«, setzt Hannelore mit bemühter Unbekümmertheit fort. »Genauso wie du den Wein mitg'nommen hast, weil du so umweltbewusst bist?«

Und das sitzt.

»Ganz genau, Huberin!«, bricht ihm seine Stimme gar ein bisserl energisch aus, die Adern an seinen gespannten Fäusten wölben sich, als dürfte ein aufgeregter Medizinstudent gleich seinen ersten Katheter setzen, seine Bruckner-Augen funkeln großflächig mit direkt basedowschen Ausmaßen, grad dass ihm keines davon herausspringt. »Weil Dinge gibt's, die entsorg ich lieber selbst! Da gehör'n auch Flaschen dazu!«

Und ja, diese Aussage hat es in sich.

Nicht aber mit Hannelore Huber, die nun ein paar Dezibel zulegt und weiter auf den Wohlmuthsederhof blickt.

»Du Rindvieh willst mir hier drohen! Oder wie soll ich das verstehen?« Sicherheitshalber hebt sie ein wenig das Spitzerl der Jagdbüchse in ihrer Hand.

Scharf geschossen wird natürlich nur verbal.

»Da warst du noch ein vierzehnjähriger Bettnässer und hast gestottert aus Todesfurcht vor deinem groben Vater, hat sich genau dein grober Vater von mir vor deinen immerzu ängstlichen Augen in der Gaststube einen Fußtritt abgeholt, den er sicher lang nicht vergessen konnte, und jetzt«, langsam wendet sie sich dem Bruckner Toni zu, »jetzt willst Du mich hier zum Zittern bringen! Grad du? Als Bürgermeister? Wo dahinten drin die Wohlmuthsederin liegt, mausetot und komplett entblößt, an ihrem Geburtstag!«

Ein Zucken geht da durch Toni Bruckners Gesicht, als würd sein Vater vor ihm stehen. Ein so mächtiger Mann war das, nur seitlich und gebückt konnte er die Türen seines eigenen Wirtshauses durchqueren. Getrunken hat er wie ein Fass ohne Boden, gelegentlich seinen elendslangen rechten Arm gestreckt und die schaufelgroße Handfläche ungefragt als Büstenhalter zum Einsatz gebracht. So auch einst bei Hanni, mit entsprechenden Konsequenzen.

»Und jetzt red! Warst du das selber da drinnen? Oder einer von deinen Leuten? Bist du deshalb mit mir herg'fahren und hast jetzt die Flasch'n mitgehen lassen?«

»Du spinnst ja komplett, Huberin! Genau nichts hab ich damit zu tun, und was die Flasch'n betrifft!«, weicht Toni Bruckner nun zurück.

»Hier!«, dreht er sich zu Hannelore und hält ihr das Etikett entgegen: »Geburtstag hat sie schon gestern am Zwanzigsten g'feiert. Willst du, dass man die Wohlmuthsederin damit findet, mit so was in Verbindung bringt und so in Erinnerung behält?«

Nie hätte es die gute Hannelore für möglich gehalten, Derartiges auch außerhalb Glaubenthals zu Gesicht bekommen zu müssen, wäre ihr nicht letzten Sommer erst die leider gar nicht mehr so kleine Amelie gegenübergesessen, ein iPad in der Hand, um ihr Urlaubsfotos und Videos zu präsentieren.

»Schau, Frau Huber, hier kauft mir Mama grad einen orangen Overall bei so einem Chinesenshop!«

»Wieso Chinesenshop, wenn du doch in Italien warst? Oder haben die in China nach Hallstatt jetzt auch Bibione nachgebaut?«

»Hahaha, du bist so lustig, Frau Huber!«

»Das hat mir noch nie jemand gesagt!«

»Weil dich ja auch niemand so gut kennt wie ich! Schau, überall sind dort Chinesenshops, da und da und …«

»Wie, überall? Das ist ja … Nicht so schnell wischen, Amelie!«

»Nein, schau, dadrinnen zum Beispiel war eine liebe, alte Italienerin!«

»Paradiso delle bottiglie!«

»Flaschen-Paradies heißt das!«

»Na, dazu brauchst du nicht extra nach Italien zu fahren, sondern dich nur in unseren Gemeinderat oder zum Brucknerwirt hocken!«

»Ich sag ja, du bist lustig. Die alte Frau dadrinnen, mit ihrem weißen Pekinesen …«

»Also doch ein Chinesenshop!«

»Die hat jedenfalls alles, was das Herz begehrt, sagt Mama. Und schau, Frau Huber, da hab ich auch den Limoncello gekauft, den wir dir mitgebracht haben!«

Ein Foto kam auf dem iPad ins Bild. Darauf Amelie mit besagtem Likör in der Hand, hinter ihr eine ganze Wand voll Alkoholika. Flaschen, deren Gestaltung Hannelore nicht wahrhaben wollte.

»Kannst du das vergrößern?«

»Sicher, Frau Huber!«

Amelies leider schon so groß gewordene Finger, zogen das Display auseinander, nicht ahnend, was sie da zum Vorschein brachten. Sieg Heil, Hakenkreuze, Hitler, Mussolini, Stalin als Etiketten auf Bier-, Wein-, Prosecco-, Grappa-Flaschen. Fassungslos hat Hanni tags darauf dem Dorfältesten und Bibliothekar Alfred Eselböck davon erzählt und sich anhören müssen: »Nichts davon ist in Italien verboten. Und die Flaschen gehen weg wie vom Pointner Peter die warmen Semmeln. Gibt dort ja kein Verbotsgesetz. Bei uns ist es strafbar, diesen Nazischrott zu verbreiten, sogar mit Gefängnis!«

Richtig wütend war er auf seine alten Tage.

»Das sag ich dir, Hanni, wenn ich nur wen kennen würde, am besten gleich in Italien, irgendeinen Haudegen, einen abgehalfterten *il detective*, ich würd dem ein bisserl was von meiner Pension überweisen, nur damit sich der solche Flaschen kauft und dann überall hinstellt, wo es den Italienern schön wehtut und dann eben sogar die Italiener stört. In jede Spielhölle, auf jeden Automaten, wo die Kinder ihr ganzes Geld in Form von Zwei-Euro-Münzen hineinschmeißen, um dann doch kein Stofftier herauszufischen. In jedes Restaurant als Tischwein. Ich sag dir, so ein *agente investigativo* muss her.« Und wer weiß, vielleicht gibt es ihn ja tatsächlich irgendwo, diesen einsamen Helden.

»Und was machen wir bei uns, wenn der Dreck im Altglas herumliegt mit tonnenweisem Jägermeister!«

»Das nehm ich selber in die Hand!«, so Alfred Eselböck mit fünfundneunzig.

»Dann bist du jetzt also Buddhist geworden und glaubst an die Wiedergeburt?«, hat sich Hannelore nicht verkneifen können.

Ja, und jetzt steht sie hier und ihr einmal mehr das Grausen im Gesicht, diese Flasche vor Augen. Die schwarze Etikette, zweimal in Gold dieselbe Ziffer. 88. Nicht nur zwei aufgestellte Unendlichzeichen, sondern zweimal der achte Buchstabe des Alphabets.

HH. Heil Hitler.

»Himmelherrgott!«, flüstert sie.

Darunter quer der Schriftzug:

Führerwein.
Blauer Zweigelt
Jahrgang 2004

»Die Wohlmuthsederin soll damit was zu tun haben? Nie im Leben!«, kann sie es nicht glauben. »Und was ist das für ein Gemälde an der Decke? Da geh ich jede Wette ein, du weißt Bescheid!«

»Übel ist das alles!«, erwidert der Brucknerwirt und muss sich neuerlich von Hannelore durchleuchten lassen.

»Und die Eiernockerl mit grünem Salat um 8,80 €, die gestern auf deiner Tageskarte g'standen sind, die sind besser?«

Laut wird er nun wieder, der Toni, wenn auch auf denkbar traurigem schauspielerischem Niveau: »Und du glaubst, ich gehör zu den Ewiggestrigen und denk dabei an so was? Wenn du nach Dreck suchen willst, dann greif doch in deinen eigenen!«

Na, das kennt sie, die alte Huber. Da braucht sie nur Zeitung lesen, ihr Transistorradio aufdrehen oder hin und wieder droben im Schlafzimmer ihres verstorbenen Walters den Fernseher. Brandgefährlich ist das, wie selbstverständlich die größten Deppen, Betrüger oder moralisch verkommenen Großkopferten ihr Umfeld mittlerweile für dumm verkaufen und damit auch noch durchkommen. Wie sich der Mensch als Individuum einmal mehr als genau derselbe Trottel erweist, der er zweifelsohne als Massenerscheinung auch ist.

Und diese gibt es nun auch hier.

»Interessant!«, deutet die alte Huber mit ihrem Gehstock Richtung Bundesstraße. »Hast du also doch?«

Toni Bruckner kann sich die Antwort auf Hannelores Frage ersparen, ob nun doch er es war, der die Polizei verständigt hat. Offenbar wäre er gern ein Zauberer, dem es allein durch das hektische Herumgefuchtel mit seiner Flasche in der Hand gelingt, das Schandstück – *Simsalabim* – verschwinden zu lassen.

Abrakadabra, und sie ist nicht mehr da.

Nur leider.

Also wohin mit dem Altglas?

»Jetzt gib schon her, du Depp!«, streckt ihm die alte Huber ihren Flechtkorb entgegen, während der Reigen eintreffender Einsatzfahrzeuge eröffnet wird, gleich in mehrfacher Ausführung, höchst sonderbarer Zwietracht und vor allem quer durch alle Berufsgruppen. Von Fleischermeister über zweibeinigen Bullen bis Politiker. Als wäre sie ausgerückt, die Mafia.

PRIMO VEICOLO:

Nummer eins die in der Gegend mittlerweile hinlänglich bekannte Familienausgabe eines Hochdach-Kombis, wie ihn ansonsten Handwerker als Kleintransporter verwenden. Keine Schönheit, aber es fährt. Ein Citroën Berlingo. Gefahren von einer mittlerweile erneut schwangeren Frau mit zwei Kindern. Mit ihrem Mann hat sie einen der allein stehenden, leeren Bauernhöfe erworben, und trotz der großen Abwanderungsproblematik Glaubenthals gibt es kaum jemand hier, der froh über diesen Neuzugang wäre. Ergo: Citroën Berlin, go! Bitte. Schleich dich! Irgendwohin, möglichst weit weg. Besser wär noch ein Ford Galaxy. Denn wer bitte braucht schon die Polizei im Ort? Kaum passiert etwas, taucht sie auf, trotz Mutterschaft und Mutterschutz. Angelika Unterberger-Sattler.

Und da braucht sie nun gar nicht zweimal hinzusehen, die alte Huber, die aus dem Wagen steigende Dame ist wieder erschlankt und offenbar bei Kräften.

Auf der Rückbank ein Kindersitz, 3–12 Jahre, für den vierjährigen Gottlieb, aktuell im Kindergarten, daneben ein Kindersitz, Kategorie 9 Monate bis 4 Jahre, darin der zweijährige Winfried, brüllend, ja, und auf der Beifahrerseite ein Maxi-Cosi, darin der Kleidung nach zu urteilen ein Mädchen. Ebenfalls brüllend. Und noch bevor Angelika Unterberger-Sattler zu Wort kommt ...

SECONDO VEICOLO:

... rumpelt der Kronberger-Bus über die Futterwiese des Schusterbauern wie ein Pinzgauer, bremst sich unmittelbar neben dem Wagen des Bürgermeisters ein, Fahrer- und Schiebetür springen auf, heraus kullern die Nussschnecken, Topfengolatschen, Schaumrollen, Mohnkronen, der ganze Sündenpfuhl eben, und natürlich der Pointner Peter. Verzweifelt stolpert er auf Hannelore und den Bürgermeister zu mit sich überschlagender Stimme, »Wo ist sie!«, will weiter ins Haus, doch daraus wird nichts. Derart energisch stellt sich Angelika Unterberger-Sattler dem um mindestens einen Kopf kürzeren Pointner entgegen, davon kann eine Vielzahl der Damen dieser Gegend nur träumen. »Bleibst aber schön da, du Flasch'n! Das fehlert grad noch, uns von dir den Tatort versauen zu lassen!«

Ein Sturz des Bäckers in Jungspinat und Pflücksalat, samt entsprechend einsetzender Vorsicht, denn mit einer Polizeibeamtin und Mutter im Wochenbett anlegen, will sich selbst der Bread als Bad Pitt nicht.

TERZO VEICOLO:

… steigt im Hintergrund der zur halben Portion seiner selbst gewordene Wolfram Swoboda aus seinem ebenso eingetroffenen Dienstwagen und bringt anfangs kein Wort heraus. Weshalb der noch so jugendhaft in seiner Uniform steckende Beifahrer Lukas Brauneder seines Amtes als Gesetzeshüter walten möchte. Vergeblich.

»Sitzen bleiben, Brauneder!«

»Aber Herr Kollege, da …«

»Sie sollen sitzen bleiben, wie sicher damals schon in der Schul oder demnächst im Hochsommer im Innendienst ohne Klimaanlage, kapiert?«, kommt Wolfram Swoboda hörbar wieder zu sich, verlässt den Wagen und geht direttissima auf die Familienkutsche zu: »Untersattler! Da schau ich aber! Was machen Sie denn hier, frisch nach der Geburt! Bringen S' uns eine Jause? Bisserl Mutterkuchen?« Harte Worte. Und nein, nicht der Funke eines Witzes ist da herauszuhören, zu groß seine Kränkung.

Mehr als ein: »Ich wohn ja quasi ums Eck!«, bringt Angelika Unterberger-Sattler nicht über die Lippen.

»Quasi? Dann war das also vorhin eine Hausgeburt! Seh ich das recht?« Ein kurzer Blick in die offene Fahrertür des in seiner Gesamtheit brüllenden Berlingos lässt ihn staunen: »Und das ist Emma? Grad auf die Welt gebracht und schon im Einsatz, unverrunzelt, hochbegabt. Im Karibikurlaub war sie offenbar auch schon?«

Ein bemühtes Untersattler-Lachen: »Sie ist schon eine Woche alt, Herr Kollege!«

Ein tief gekränktes: »Eine Woche! Da rufen Sie mich heut erst an?«, gefolgt von einem forschen: »Und stehen obendrein hier herum! Als nun dreifache Mutter in Schutzfrist?« Noch lauter seine Stimme, und wenn die alte Huber richtig sieht, sind seine Augerln ein bisserl glasig geworden: »Acht Wochen nach der Entbindung dürfen Sie nicht arbeiten, auch wenn Sie wollen. Wer also hat Sie verständigt, Untersattler?« Ein Umdrehen, ein Brüllen: »Sie vielleicht, Brauneder?«

Und Hannelore platzt der Kragen: »Sind das wirklich die wichtigen Fragen, wenn da drinnen grad die ermordete Herta auf die Polizei wartet?«

Ein Moment der Unachtsamkeit, den Peter Pointner nutzt, um loszusprinten und im Wohlmuthsederhof zu verschwinden. Swoboda und Unterberger-Sattler hinterher. Schreie und Gebrüll aus dem Inneren des Vierkanters …

QUARTO VEICOLO:

… das Dieselbrummen eines tödlichen Zweiachsers. Auf den weißen Seitenwänden der blickdicht verbauten Ladefläche der Schriftzug in Tannenberg-Typografie: *Lebwohl mit Tierwohl!*

Mit schwarzen hautengen Trägerleibchen, gestählten Körpern, jeder mit eisern gespannten Armen und »100 %«-Tätowierung auf den Bizepsen, sitzen die beiden Lorenzbrüder Herrmann und Manfred hinter der Windschutzscheibe. Zwar recht nett die Idee, die Viecherln stressfrei in ihrer gewohnten Umgebung abmurksen zu wollen, trotzdem will die alte Huber bei dem Erscheinungsbild der ankommenden Henker in das Innenleben der betroffenen Kuh gar nicht erst reinschauen müssen, und den Bolzenschussapparat angesetzt bekommen schon gar nicht. Wenn sich der Tod mit solchen Gesichtern schmückt, ist er wahrlich kein Menschenfreund.

Der Anblick des Schlachtwagens wäre für die alte Huber also wirklich schon Grund genug, endlich schleunigst das Weite zu suchen. Auslöser für ihren gleich fluchtartigen Aufbruch aber ist dieser schwarz-weiße Farbklecks in Hertas Vorgarten, direkt neben einem der um diese Zeit so prächtig weiß-rosa blühenden Marillenbäume. Immer klarer wird er, je näher sie darauf zukommt. Ein schwarzes Jerseyhauberl mit haufenweise weißen Totenschädeln drauf.

»Huberin, wo sind die anderen?«, hört sie im Hintergrund die Stimme des aussteigenden Wagenlenkers Manfred Lorenz.

Mit gespielter Gelassenheit bewegt sich die alte Huber völlig talentbefreit in Richtung Marillenbaum, geht dort in die Knie. Um sich ins öffentlich-rechtliche Fernsehen hineinprotegieren zu lassen reicht der Auftritt vielleicht, nicht aber, um dem Auge des Henkers zu entkommen.

»Was treibst da, und wo willst hin, Huberin?«, kommen die beiden Lorenzbrüder nun näher. Diese ausgereiften Körper Erwachsener gesteuert von den Gehirnen Halbwüchsiger. Und niemals hätte die gute Hannelore gedacht, dem Pointner Peter mal dankbar zu sein. Der nämlich stürmt ins Freie, greift sich im Vorbeilaufen eine der zermatschten Kröten, wirft sie gegen die Windschutzscheibe des Schlachtwagens und sich selbst auf die Schlächter. Beide. Da muss die Wut schon eine erhebliche sein.

Fäuste fliegen zwar und was auch immer der Pointner Peter an diesem Tag bereits gegessen hat, wird ihm wohl gleich nicht mehr schwer im Magen liegen. Zu einer Schlägerei aber kommt es dank Eingreifen des ebenso herausstürmenden Polizistenduos Unterberger-Swoboda nicht. Hannelore Huber dankt es den beiden, greift in ihren Flechtkorb und nimmt unbeobachtet einen Austausch vor, der sich gewaschen hat. Haube gegen Flasche.

Dann heißt es weg hier. Das Geschehen samt diesem wilden Haufen sich selbst überlassen.

Bäcker Peter Pointner, geboren 1992.

Das Fleischer-Duo, sprich die beiden 1995er Lorenzbrüder.

Bürgermeister und Dorfwirt Toni Bruckner.

Das Ermittler-Trio Wolfram Swoboda, Lukas Brauneder und Angelika Unterberger-Sattler. Irgendetwas wird für die Dame im Bunde schon wichtig genug sein, um trotz ihrer aktuell beruflichen Zwangspause und der Anwesenheit zweier männlicher Kollegen ihre drei Kinder allein und brüllend im Auto sitzen zu lassen, eines davon obendrein grad neugeboren.

»Jetzt wird's schiach!«, flüstert sie, die alte Huber, und marschiert los. Irgendwie hat sie es ja immer schon gewusst.

Dieser Tag würde kommen irgendwann. Wenn es den Einheimischen ihren Dreck nur so um die Ohren haut. Es die Verwandlungskünstler und Banditen alle eintunkt wie ein mürbes Kipferl in den braunen Frühstückskaffee.

Klingt epochal, ist aber nichts Besonderes.

Das Kapitel Menschheit hätte sich längst erledigt, gäbe es diese alles verändernden Tage nicht. Kochwäsche mit Schleudergang. Die Stube ordentlich durchputzen. Den Lurch und Dreck unter den Betten, Tischen, Bänken herauswischen. Bildlich gesprochen.

Der guten Hannelore kommt nun trotzdem erstmals in ihrem Leben der Gedanke: »Hätt das nicht alles einfach warten können, bis ich endlich g'storben bin?« Nicht dass sie schon groß auf den Tod und alles Weitere neugierig wäre. Jedes Spektakel muss ab einem gewissen Alter aber nun wirklich nicht sein.

Klackklackklack bohrt sich ihr Spazierstock eiligen

Schrittes in den Feldweg. Kein Mensch kann die alte Huber aufhalten, wenn sie sich erst einmal etwas in den Kopf gesetzt hat. Ja, und der Schusterbauern-Sohn Tobias, der sich das ganze Jahr hindurch sein schwarzes Jerseyhauberl mit haufenweise Totenschädeln auf den Kopf setzt, außer er verliert es, wird gleich sein blaues Wunder erleben.

Hertas Geburtstag ist ein Todestag geworden. Er hat es geträumt, und nun ist es geschehen.

Vielleicht wird ihr Todestag auch ein Geburtstag.

Zu jeder Stunde, in jeder Sekunde, gibt es ein Ableben da, ein Geborenwerden dort, nimmt irgendwo der eine seinen ersten Atemzug und nicht weit entfernt der andre seinen letzten. Anfang und Ende sind eins. Vielleicht mag es sich bei manchem Menschen sogar die Waage halten, wie viel Kommen und Gehen miterlebt wurde.

Er aber hat allein an einem einzigen 21. April mehr Tote gesehen, als dass er sich an jeden einzelnen noch erinnern könnte, viele davon ermordet mit eigener Hand. Ein moralisches Ungleichgewicht, eine Schieflage, aus der es für ihn kein Entrinnen gibt. Eine Zeit lang war er bemüht, den Verlust eines Menschen durch das Eliminieren zweier Unmenschen auszugleichen.

Ein armseliger Versuch, eine falsche Rechnung.

Nichts konnte aufwiegen, was geschehen war.

Und doch wird, solange ihm die Kraft dazu bleibt, sein Bemühen, zum Besseren beitragen zu wollen, niemals enden.

Hanni ist weitermarschiert, mit irgendeinem Fundstück.

Ja, und der Pointner Peter spürt endlich, was Schmerzen sind. Wenn sie tiefer gehen als unter die Haut. Wenn auch all seine sorgsam versteckten Tätowierungen sie nicht abwenden können. Der schöne, charmante, eiskalte Peter. Menschen wie er bereiten den Boden für das Böse. So fängt es an. Wenn die Gemeinheit wieder hoffähig wird. Die Verachtung. Vor aller Augen hat er seinen einstigen Freund und Konkurrenten Georg Schwaiger in den Tod geschickt. Spätnachts, kurz nach Sperrstunde des Brucknerwirts. Sechs Jahre ist es her.

Ein grölender Haufen volltrunkener Männer, der sich über den Hauptplatz wälzt. Mittendrin Hannis Ehemann Walter, die beiden Lorenzbrüder, Maibaumkraxler-Vizekönig Peter Pointner, Richi Kronberger, ja, und an der Spitze Postler Emil Brunner mit dem langjährig ungeschlagenen Maibaumkraxler-König Georg Schwaiger.

Arm in Arm sind die beiden Kumpels Emil und Georg da nach Hause spaziert, jeder für sich allein hätte keinen geraden Schritt mehr zusammengebracht.

Derart knapp kamen sie dabei an dem hölzernen Strommast des Hauptplatzes vorbei, dass sie danach kein Paar mehr blieben. Direkt in den Stamm hineingelaufen ist er, der Schwaiger Schorsch, hängen geblieben wie in den Armen einer verloren geglaubten Geliebten. Verloren hat er dabei allerdings nur den Brunner Emil. Der nämlich ist einfach weiter und weiter marschiert, hat im Gehen bereits tief und fest geschlafen, völlig außerstande, die Frage seines Freundes zu hören:

»Emil, geht's leicht scho' los?«

Geantwortet hat der hinter Georg Schwaiger stehende Pointner Peter. »Was soll denn losgehen, Schorschi?«

»Na, das Kraxlen!«

Heut noch sieht er es, wie Peter da seine Hand gehoben und allein dadurch für gespannte Ruhe gesorgt hat. Und Emil Brunner marschierte immer noch.

Georg Schwaiger aber stand in seinen stets getragenen, ausgelatschten schwarzen Herrenslippern mit Lederquasteln vorne dran und darunter den herausquellenden, verwaschen weißen Tennissocken vor dem Stamm.

»Na, und ob das jetzt losgeht, wir warten alle auf nix anderes!«, nahm dann ausgehend von Peter ein Geklatsche seinen Anfang, erfüllte rhythmisch die nächtliche Stille Glaubenthals, und wirklich jeder der um den Strommast stehenden Männer war an dieser Anfeuerung beteiligt. »Hopp. Hopp!« Sogar Hannis Ehemann Walter.

Georg Schwaiger trommelte sich auf die Brust, spuckte in seine Hände und begab sich auf den Weg. Seine schwarzen Lederquastel-Schlüpfer sind ihm dabei von den Füßen gefallen, die löchrigen weißen Socken bis unter die Fersen gerutscht, und nichts hätte ihn stoppen können.

Auch er und Hanni kamen zu spät. Hanni war bei ihm gewesen, hatte geholfen, die Bücher alle einzeln abzustauben und neu zu ordnen. Fassungslos standen sie in der Türe, mussten es mit ansehen. Georg Schwaigers Empor-zu-neuem-Ruhm, mit viel Rum in sich. Aufwärts-Rekord ist ihm in dieser Nacht keiner gelungen. Dafür abwärts. Zuerst der Stromschlag, dann der Aufschlag. Schluss mit Herzschlag.

Der Rest war Schweigen. Georg starb an einem Georgstag, noch bevor die Rettung kam. Drei Tage später wurden die Schwaiger-Reste zu Grabe getragen, und wäre während seiner Beerdigung niemand dazwischengegangen, Postler Emil Brunner hätte den von nun an verhassten Peter Pointner mit bloßen Händen erschlagen. So aber wurde dem schönen Pitt, kurz nachdem er Erde auf den bereits versenkten Sarg rieseln hatte lassen, zuerst von Hannelore Huber ein »Dass du es wagst, hier aufzutauchen!«, und schließlich von Peters einstiger Ziehmutter Tante Herta eine noch viel härtere Strafe verpasst: »Mit so elenden, feigen Mördern wie dir beginnt es. Immer. Und immer wieder. Nie wieder will ich dich sehen. Hörst du. Nie wieder.«

Es ist ihr gelungen.

»Auf Euer Wohl, Leni, Hetti, Hanni, von mir aus auch auf Dich, Brucknerwirtin Antonia, jetzt wo dich der Teufel endlich g'holt hat!«, legt er sein Fernglas zur Seite und gönnt sich einen Schluck Vogelbeerschnaps. Müde ist er.

»Wirst du es Hanni erzählen, auch wenn Leni das nie wollte?«

»Wenn sie selbst nicht kommt, um es ihr zu sagen, ganz bestimmt.«

»Aber dann brichst du ein Versprechen!«

»Es gibt keine Versprechen, die ein Leben überdauern, Herta. Versprechen geben wir in einem gewissen Moment aus einem gewissen Impuls heraus. All das mag uns zu einem Zeitpunkt richtig erscheinen, aber die Zeit schreitet voran, und irgendwann ist dieser vergangene Zeitpunkt bloß noch etwas Undeutliches in der Ferne. Bis wir ihn gar nicht mehr sehen.«

»Du warst und bist ein Meister darin, dir die Dinge so lange schönzureden, bis sie dir richtig erscheinen.«

»Ich kann es mir nicht leisten, das nicht zu tun, Herta. Wie könnte ich sonst überhaupt noch weiterleben? Also nehm ich etwas Schweres besser leicht.«

»Und sogar das Schönreden redest du dir schön!«

»Was denkst du? Haben wir damals alles richtig gemacht?«

»Richtig? Richtig gibt es nicht. Nur gemacht oder nicht gemacht.«

»Bist ein guter Mensch!«

»Gut? Auch gut gibt es nicht. Nur das, woran wir glauben, die Grundsätze, nach denen wir handeln. Was gut für den einen ist, kann schlecht für den anderen sein. Und jetzt lass uns trinken!«

»Wenn es hilft gegen die Angst, dann gern!«

»Du hast Angst, Herta? Wovor?«

»Vor denen, die zu jung sind, um weder vergessen noch sich erinnern zu können, Alfred. Was werden das für Zeiten sein, wenn wir nicht mehr sind?«

»Wenn wir nicht mehr sind, Herta, dann ist es die Zeit der Anderen, und es ist ihre Welt.«

Eine Welt, von der er wünscht, sie müsste nicht mehr seine sein.

Eine verdächtige Ruhe hängt über dem Innenhof des Vierkanters der Familie Schuster. Nicht der Hauch eines Lüftchens. Die Aprilsonne heizt vom Himmel, als wär sie auf den August eifersüchtig, friert jede Bewegungsfreude ein, und auch der alten Huber drückt es den Schweiß sofort auf die Stirn.

Von wegen also Frühling. Sommer wird's. Und ein Regen kommt auch, das kann sie spüren. Wer einst beim Setzen seiner Pflanzen um diese Zeit noch Angst haben musste vor Mamertus, Pankratius, Servatius, Bonifatius und der Kalten Sophie, holt sich die fünf Eisheiligen heutzutage als Würfel aus der Tiefkühltruhe und schmeißt sie in seinen Gin Tonic oder Spritzwein.

»Franz!«, lässt Hanni Huber ihre Stimme erschallen, wartet, wiederholt: »Franz, Rosi?« Mehr als zwei weiße Tauben, die sich in die Lüfte erheben und hinter dem Giebeldach verschwinden, gibt es nicht als Reaktion. Sogar die frei laufenden Hühner sind mit Stehen beschäftigt. Dumpf wirken sie, leblos fast. Ebenso Tobis Mountainbike, das an der Hausmauer lehnt.

Nur in der Mitte des Hofes liegen Rundhölzer mit 14 cm Durchmesser, manche durchhackt, manche noch ganz. Eines wurde waagrecht aufgebockt, mit zwei Markierungen im Abstand von 25 cm versehen, der Hackzone. Eine Axt lehnt daran.

»Seid's im Stall?«, betritt die gute Hannelore nun selbigen, und auch hier: *niente*. Kein einziges Rindviech zugegen. Alle draußen, weil Weidehaltung. Klingt selbstverständlich, zählt aber nicht nur hier in Glaubenthal mittlerweile zu den Ausnahmen: Kühe, die sich unter freiem Himmel aufhalten, Sonne, frische Luft, Bewegungsfreiheit genießen, Freiheit überhaupt. Fressen, liegen, leben, wie sie wollen? Geht sich nicht mehr aus. Soll ja alles nichts mehr kosten, das weiße oder rote Gold, das Fleisch, die Arbeit der Bauern, und eine rentable Milchleistung bringen die Kühe da draußen im Grünen keine zusammen, dafür Parasiten, Lungen- oder Bandwürmer nach Hause, Krankheiten. Wer braucht das schon? Die meisten Bauern lassen mittlerweile ihren Lebensunterhalt im Stall. Durchaus schweren Herzens. Bestmögliche Kontrolle der Tiere, des Futters, der Menge und Zusammensetzung und schließlich des Melkens. Leistungsmaximierung ist das Ziel. Tiere werden zu Maschinen. Maschinen wie Lebewesen behandelt.

Verkehrte Welt.

»Rosi? Franz?«, wird sie nun lauter, die alte Huber, ruft in Richtung Wohngebäude: »Ist da wer z' Haus?«, erhält keine Antwort und will wie selbstverständlich den Bauernladen betreten, logisch, wenn bei Öffnungszeiten unter anderem Do – Sa 9–12 Uhr steht. Aber auch hier: Verkehrte Welt.

Von offen kann keine Rede sein. Selbstredend, wie bei Hanni Huber nun die Alarmglocken klingeln. Denn ihr Einkauf samt Einkaufsritual ist seit Jahren stets annähernd gleich. Bis auf ein »Was hast denn grad frisch an Fleisch!« wird da kaum gesprochen. Wozu auch. Das Schusterbauern-Ehepaar redet angenehmerweise schon von Natur aus nicht viel, jeder allein und miteinander wahrscheinlich noch viel weniger. Ja, und wie es der Schusterbauern-Ehe geht, sieht die alte Huber ohnedies daran, wer grad im Bauernladen steht.

Geht's der Ehe schlecht, steht dort der Franz.

Geht's der Ehe gut, steht dort die Rosi.

Geht's der Ehe besonders gut, steht dort übelst gelaunt eines der Schusterbauern-Kinder und verkündet: »Die Mama und der Papa sind grad in Sankt Ursula im Einkaufscenter.« In diesem Fall dauert der Einkauf dann besonders kurz.

Dass aber überhaupt niemand irgendwo steht, kommt äußerst selten vor, da muss dann schon etwas Gröberes passiert sein.

Ein Blick in die Scheune des Schusterbauern zeigt: Die Familienkutsche, ein alter Volvo Kombi, ist hiergeblieben.

Rosis stolzer Fiat 500 Cabrio aber fehlt.

Ein Zweitwagen für zwei. Und zwei große Einkaufsackerl auf der Rückbank, oder Zuchtgänse, maximal zwei mittelgroße Hunde, weil mehr? Schwer.

Bei vier Schusterbauern bedeutet das: Zwei könnten zu Hause sein. Sicherheitshalber klopft Hanni Huber also an die verschlossene Eingangstür und spricht auch gleich eine Vermutung aus: »Kinder, seid ihr da?«

Nichts.

»Eure Nachbarin, die Wohlmuthsederin, ist tot!«, wird sie nun lauter. »Die Tante Herta! Erstochen hat sie wer! An ihrem Geburtstag. Die Polizei ist schon drüben, und ich mach mir Sorgen! Wegen dir, Tobias. Nicht dass euch was passiert ist!«

Still bleibt es im Bauernhof der Familie Schuster.

»Wenn ihr nicht aufmacht, muss ich die Polizei herüberholen.«

Allerdings nicht lang. Denn da will die alte Huber schon wieder gehen, hört sie im Inneren zuerst ein leises gezischtes Wortgefecht, dann einen kurvigen zornigen Aufschrei, so etwas wie: »Nicht! Lass zu!«, schließlich das Scheppern eines Schlüsselbundes, das Schnappen eines Schlosses und auf geht die Türe.

Hannah Schuster steht dahinter, aufrecht, fraulich. Ein wenig wie die Stilikone der Swinging Sixties, das erste Supermodel Twiggy. Ein kesser blondierter Bubikopf, große Augen, puppenhafte Wimpern, ein dünner, etwas schlaksiger Körper. Hübsch sieht sie aus und äußerst besorgt.

Und noch bevor ein Wort gesprochen wird, rennt Tobias den Gang entlang, drängt sich an der alten Huber vorbei, grad dass er sie nicht zur Seite stößt, und stürmt hinaus ins Freie. Panisch wirkt er, verzweifelt, sprintet davon. Schlaksig, unkoordiniert. Sneakers mit Schuhgröße 48 graben sich in den sandigen Boden des Innenhofes und hinaus durch das große Tor.

»Tobi!«, läuft ihm Hannah hinterher. »Mach keine Dummheiten! Tobi!«

Nicht gar so flott, aber umso beherzter die alte Huber.

»So wartet doch!«

An blühenden Marillen-, Pfirsich-, Zwetschgenbäumen geht es vorbei, schließlich durch einen mit Rosen übersäten Vorgarten zu einem kleinen, gemütlichen, zweistöckigen Gebäude in der Optik eines Knusperhäuschens, mit Balkon und Blumenkisteln. Einst als Ausgedinge der Bauernfamilie Schuster in Verwendung wurde es vor Jahren zum *Gästehaus Rosi* umfunktioniert – und das in einer Gegend, die ähnlich stark von Touristen frequentiert wird wie die Serengeti von Seelöwen.

»Erklär mir das bitte, Rosi! Wozu braucht ihr Gästezimmer? Sechs obendrein.«, wollte der Brucknerwirt wissen. Aus reinster Eifersucht. *Frühstückspension* steht da vergilbt an seinem Gasthof. Und wer auch immer bisher seine beiden schmuddeligen, versifften Übernachtungsmöglichkeiten in Anspruch nehmen musste, war entweder ein stockbesoffener Einheimischer, ein hundemüder Durchreisender oder ein untergetauchter Schwerverbrecher.

»Wozu wir Gästezimmer brauchen, Toni? Ich schätz mal für Gäste! Nennt man Fremdenverkehr.«

»Ja, genau, Rosi! Bei uns hier! Spitzenidee! Wenn da eines Tages in einem von euren Sexzimmern zwei Fremde miteinander Verkehr haben, könnt ihr schon froh sein!«

»Wow, was für ein Feuerwerk kreativer Wortwitze! Gratuliere Toni.« Und trotzdem hatte er leider recht.

Der Traum vom Glück ist geplatzt. Kein einziger all der

wenigen Wellness-Begeisterten, die sich extra der Therme in Sankt Ursula wegen von weit her in diese Gegend verirrt hatten, wäre auf die Idee gekommen, obendrein noch ein paar Kilometer weiterzufahren, um in der Glaubenthaler Idylle zu nächtigen. Die Betten blieben so gut wie leer.

Wie zuletzt vor fünf Jahren betritt die alte Huber nun den sogenannten Empfangsbereich. Im Zuge der Tragödie um ihren verschwundenen Ehemann Walter war sie schon einmal hier herinnen. Und auch damals ging es in gewisser Weise um eine Hertha. Keine Tante, sondern eine Müller. Hertha Müller.

Mittlerweile vereinsamt in der Stadt gestorben.

Das *Gästehaus Rosi* hingegen wehrt sich noch gegen dieses Schicksal, wirkt aufgeräumt, herausgeputzt, moderner als 2018. Das an der Wand hängende Stoffbild aus weißen Leinen mit kunstvoll gestickten Rosenranken samt rotem Schriftzug *Bei uns daheim* ist einem eingerahmten, beängstigend überdimensionierten Foto der gesamten Familie Schuster gewichen. Franz, Rosi, Hannah, Tobias, jeder lacht, die Zähne weißer, als es die Realität vermuten ließe, die Haut gebräunter, die Haare gekämmter, alle in weißem Poloshirt, als warte hinter jeder der sechs Zimmertüren eine Massageliege, eine Sprossenwand samt Physiotherapeut, ein Golfplatz oder gleich ein Zahnarztstuhl.

Irgendwie scheint der ganze Innenbereich, als wolle die Schuster Rosi aber wirklich jeden, der hier eintritt, mit subtilen Tricks zur Nächtigung animieren.

Gleich neben der hinauf zu den Zimmern führenden

Treppe wurde ein kleiner Snackbereich mit Sofasesseln und Tischchen errichtet, einem Brotkorb mit *Power*, darin hausgemachte Schoko- und Müsliriegel, einer Kapselkaffeemaschine samt Flechtkorb voll entsprechender Munition: *Biokaffee-Kapseln – 0 % Alu, 100 % Genuss*. Wer's glaubt! Ein Weinkühlschrank, vollgefüllt mit Getränkeflaschen und einer Beschriftung, die Hanni Huber staunen lässt:

Für unsere Gäste zur freien Entnahme
For our guests free of charge

Deutsch-englisch. Äußerst ambitioniert.

Vielleicht verirrt sich eines Tages ein britischer Reisebus in die Gegend. Zuversicht ist Rosi Schuster also gewiss nicht abzusprechen.

Anders scheint es einen Stock weiter unten.

Hannah ist aus dem Keller herauf zu hören, mit übertriebener Lautstärke: »Du kannst nich ständig abhau'n, Tobi. Die Welt …«

»Lass mich!«, ist Tobis hasserfüllte Stimme zu hören, wenn auch deutlich abgedämpft.

Und Hannelore Huber nimmt die Stiegen in Angriff, gemächlich, so schnell es ihr auf ihre alten Tage eben noch möglich ist.

»Die Welt is ne Kugel, kapiert?«, setzt Hannah unbeirrt fort.

»G'schissene Piefkenesin!«, lautet die Reaktion. Und in der Tat hört sich Hannah an, als wäre sie die letzten drei

Jahre auf Austausch irgendwo oberhalb des Weißwurst-äquators gewesen, in Wahrheit hat sie mehr Youtube-Kanäle abonniert, als Hannis Küchenradio über Sender verfügt.

»Beef ess ich keines, und wenn's aus China kommt, schon gar nicht!«, hält Hannah dagegen, »Und du Geringverdiener rennst ja sowieso nur im Kreis.«

Geringverdiener als Schimpfwort? Die alte Huber muss aufpassen, unterwegs auf den Stiegen nicht ins Stolpern zu kommen. Was für Zeiten!

»Irgendwann wird dir der Platz zum Davonlaufen nich mehr reichen!«

»Dann werd ich eben Raumfahrer! Und jetzt lass mich in Ruh!«, brüllt sich Tobi die Seele aus dem Leib.

Auch Hannahs Stimme geht nun in ein Brüllen über, dazu das Pochen an eine Tür: »Mach auf, Tobi. Sofort!«

»Und sag der Huberin, ich wars nicht und weiß nix!«

Nachdrücklicher kann ein Mensch ja gar nicht zum Ausdruck bringen, so einiges zu wissen und angestellt zu haben, als, ohne noch überhaupt gefragt worden zu sein, zu behaupten, es nicht gewesen zu sein und keine Ahnung zu haben.

»Du sollst aufmachen, verdammt. Tobi!« Das »i« so schrill, die gute Hannelore kann nur froh sein, mit ihren demnächst fünfundsiebzig schon einiges an Frequenzen eingebüßt zu haben.

Die alte Huber erreicht gerade das nach Keller anmutende Kellergeschoss, da sieht sie die Schusterbauern-Tochter resignieren, mit den Worten »Ich hab einfach keine Lust mehr auf diesen Scheiß!«, gegen die Wand treten und ein paar Schritte rückwärtsweichen.

»Was ist denn mit euch los, um Himmels willen?«, kommt ihr die alte Huber entgegen. Hannah deutet auf die geschlossene Türe: »Jedes Mal, wenn's Probleme gibt, sperrt er sich hier ein. Oft tagelang, nur auf's Klo schleicht er kurz raus. Immer dasselbe. Mama bringt ihm dann sogar noch was zu futtern und entschuldigt ihn in der Schule!«

»Und welche Probleme sind es diesmal?«

»Handyverbot dieses Wochenende. Und Tobi darf Klaus nicht treffen.«

»Dem Emil sein Klaus?«

»Ja, der Postler-Sohn. Tobi war mit Klaus in derselben Klasse, bevor er sitzen geblieben ist, also Tobi. Beste Freunde sind die beiden aber trotzdem geblieben.«

»Und wo sind eure Eltern?«

»In der Therme Sankt Ursula gibt's für Einheimische heut eine Aktion. Zwei Tageskarten zum Preis von einer!«

Na, das kann dauern. Also fackelt die alte Huber nicht lange herum, pocht energisch an die Tür und erklärt ruhig, aber umso bedrohlicher: »Tobi. Wenn du deine Totenkopfhaube suchst, die hab ich aus Tante Hertas Rhabarber gefischt und kann nur hoffen, du hast im Haus drinnen nicht zusätzlich noch ein paar Fingerabdrücke hinterlassen! Wenn du also nicht aufsperrst, sperrt dich dann womöglich jemand ein, und das wird garantiert weniger lustig.«

»Diplomatin wirst du auch keine mehr, Huberin!« Resigniert geht Hannah voran, die Stiegen ins Erdgeschoss

hinauf. »Das Klopfen und Schreien ist sinnlos! Komm!«
Hannelore folgt ihr. Im Empfangsbereich nehmen die beiden Platz. »Wenn Du ab jetzt überhaupt eine Chance haben willst, von ihm gehört zu werden, musst du ganz nah ans Türblatt ran und brüllen wie am Spieß!«, setzt Hannah fort.

Die alte Huber versteht nicht recht: »Hat er sich so Kopfhörer aufgesetzt, die ihr jungen Leut' euch ständig in die Ohren steckt?« Und in Hannahs Gesicht legt sich die blanke Verachtung: »Du also auch! Wie übel kann man sein? Ich muss gleich kotzen!« Schwer irritiert und mit einem Anflug von Verachtung mustert Hannah nun das Gesicht der alten Huber.

Und Hannelore kennt sich überhaupt nicht aus! Was bitte hat sie jetzt Falsches gesagt? Folglich blickt Hannah anstatt in die vermutete Bosheit nur in Ahnungslosigkeit: »Du weißt aber schon, warum Tobi außer Haus ständig seine Haube trägt, so wie du eben dein Kopftuch?«

Und natürlich weiß sie es nicht. Woher auch? Der große Segen und zugleich Fluch ihrer zurückgezogenen Lebensweise ist schließlich die Informationslosigkeit: »Weil ihm alles zu laut ist oder er uns nicht hören will?«, vermutet die alte Huber.

16 Das große B

Emil Brunner ist in Fahrt.

Sein jüngster Sohn Elias im Kindergarten. Sein älterer Sohn Klaus in der Schule.

Und gut ist das. Seine Söhne müssen ja nicht sehen, wie es ihm rund um Georgs Todestag so geht. Ihn die Schuldgefühle plagen, in eine Tiefe und Düsterheit ziehen, aus der er von Jahr zu Jahr immer schwerer herausfindet. Jeder Strommast am Straßenrand erinnert ihn an sein Versagen. Dazu all die um diese Zeit auf der Straße liegenden Krötenkadaver. Manche bereits zu kleinen Segelflugzeugen vertrocknet.

Trotz des kräftigen Elektromotors seines Lastenrades fühlen sich die Steigungen an Tagen wie diesen wie Bergwertungen an.

Eine kurze Pause legt er ein. Dort, wo die Bundesstraße den höchsten Punkt erreicht und ein Weiterfahren Glaubenthal aus dem Blickfeld verschwinden lässt, steigt er ab. Nimmt seinen Feldstecher, Grundausrüstung eines Postlers in freier Wildbahn. Zu sehen gibt es heute mehr als genug.

- Zuckendes Blaulicht vor Tante Hertas Vierkanthof.
- Weitere Einsatzfahrzeuge, die von Sankt Ursula kommend in den Ort einfahren.
- Menschen, die sich in sicherem Abstand um Tante Hertas Hof versammeln.

- Drüben beim Zyklopenkopf steht Wolfram Swoboda neben seinem Dienstwagen und weint.
- Vor dem Gasthof wartet Richi Kronberger in seinem atlantikblauen Golf GTI. Brucknerwirtin Elfie steigt zu ihm ein. Und Abfahrt. Viel zu schnell. So wie stets.
- Aus einem Waldstück schießt der Lorenz-Schlachtwagen heraus und schließt sich dem Golf an.

Glaubenthal. Sein Zuhause. Er kennt jeden hier, und keiner kennt ihn. Wie gut er gelernt hat, sein Inneres erfolgreich zu verstecken. Vor seinen Kunden, seinen Mitmenschen, sogar heut Morgen erst vor seinem eigenen Kind. Perpetuum mobile.

>*Deine Augen sind so traurig, Papa! Soll ich doch nicht mit Klaus aufs Pfadfinderlager morgen?*<
>*Wie kommst du auf so was? Natürlich sollst du dorthin!*<
>*Oder ist es wegen Mama?*<
>*Ich glaub, es ist der Wind.*<

Wie sehr sie ihm fehlt! Sarah. Jeden Tag.

Die regelmäßigen Videotelefonate helfen nichts. Wenn Elias Abend für Abend in seinem Bett liegt und sie liest ihm eine Gutenachtgeschichte vor. Über das Tablet.

Aus Samos.

>*Deine Mama fährt lieber auf Urlaub, statt bei dir zu sein!*<, musste sich Elias im Kindergarten von einem der anderen Kinder anhören, als Sprachrohr dessen, was die

Eltern sich zu Hause so erzählen. Und Elias konnte nur lachen, so stolz ist er auf seine Mutter. Im Familienrat wurde es beschlossen. Emil, Klaus und Elias sahen ihr an, wie sehr Sarah als Krankenschwester unter den Bildern litt, wie sehr sie helfen wollte, wie sehr dies auf jener inneren Liste stand, die sie für sich selbst vorgesehen hatte, um am Ende ihres Lebens vor sich selbst darauf verweisen zu können, das Richtige getan zu haben. »Elias, Klaus und ich, wir sind ein Team. Wir schaffen das! Und du machst das jetzt!«, war Emil selbst die treibende Kraft. »Wir sind nicht da, um dein Gefängnis, sondern deine Freiheit zu sein!«

Ärzte ohne Grenzen. Ein halbes Jahr als Kinderkrankenschwester im Flüchtlingscamp. Natürlich kennt Emil den wahren Grund, warum Sarah wegmusste. »Ich halt den Dreck hier nicht mehr aus, Emil! Wie die Leute denken, wie sie auch unsere Kinder beeinflussen, wie sie dich vielleicht eines Tages wieder für sich gewinnen! Überleg dir, was du willst. Unsere Familie oder deine alte. Wenn es unsere sein soll, dann wirst du, sobald ich zurück bin, diesen Ort, vielleicht sogar dieses Land mit mir verlassen!« Wie ein Damoklesschwert schwebt seine Vergangenheit über seinem Haupt und grinst ihm entgegen. Tag für Tag. Wenn er die Post ausführt und diese Gesichter sehen muss.

Nichts hat er seinen Söhnen davon erzählt.

Nur, wo Mama jetzt ist. Und dass sie dort Gutes tut. Elias weiß inzwischen alles über das neue Flüchtlingscamp auf Samos.

Und Papa Emil?

Der weiß seither alles über die Selbstverständlichkeit, mit der Sarah im hiesigen Landesspital in der Kinderabteilung tätig und zugleich Mutter war. Spürt seither hautnah, was ihm vor seiner Zeit mit Sarah selbst noch so leicht über die Lippen kam, diese Abschätzigkeit gegenüber Andersgesinnten, Anderslebenden. Dieses Aburteilen.

»Warum lässt sie euch allein?«

»So was macht doch eine Mutter nicht.«

»Aber Hauptsache Gutmensch! Mit Elektrolastenrad!«

Auslachen hat er sich dafür lassen dürfen. Im ganzen Dorf.

Beschimpfen. Vor allem drunten beim Brucknerwirt. Als jemand, dem's jetzt endgültig ins Hirn g'schiss'n ham. Als Ökowürstel aus Shiitake-Pilzen. Als linkslinke Filzlaus: »Gründest jetzt die Glaubenthaler Grünen und rennst bald mit Dreadlocks herum?«

»Dead Loks!«, ist Emil Brunner als Antwort herausgerutscht. Alte, vor sich hin dampfende eiserne Männer auf dem Abstellgleis. Gasthof Brucknerwirt, der reinste Eisenbahnfriedhof.

»Weiter!«, spricht er sich Mut zu und steigt auf sein Lastenrad. Wirft seinen Blick nicht auf all die fetten Patzen, die da noch drauf warten, dem Speiseplan diverser Vögel und Räuber angehören zu dürfen, sondern die kleinsten der platt gedrückten Kröten, die auf dem frühlingswarmen Asphalt bereits zu filigranen Segelflugzeugen vertrocknet sind.

»Fliegen ...«, flüstert er dabei, »zu dir, Sarah!«

Nichts von den Problemen zu Hause hat er ihr erzählt. Alles, was sie zurzeit braucht, ist das Vertrauen in ihn, das Wissen: »Alles wunderbar, Elias, Klaus und dir geht es gut. Wir sind ein Spitzenteam!«

Undenkbar für ihn, Sarah von Klaus und den Schulproblemen zu erzählen. Vom Schusterbauern, der seinem Sohn Tobi mittlerweile verbietet, sich mit Klaus zu treffen, obwohl die beiden Freunde sind. Ja, und dann zu guter Letzt die Begegnung mit Tante Herta.

Als vorbeifahrender Postler kannte er sie natürlich. Geredet wurde nie. Nur ihre Zurückhaltung ihm gegenüber konnte er spüren. Doch plötzlich dieses: »Komm kurz rein.«

»Wie?«

»Was daran ist schwer zu verstehen? Sagen muss ich dir was!«, ging sie voran. »Und jetzt komm.«

Da saß er dann in ihrer Stube und wusste nicht, wie ihm geschah.

»Wann fängst du damit an?«, so ihre Einstiegsfrage.

»Womit?«, wusste er überhaupt nicht, worauf sie hinauswollte.

»Damit, deine Feigheit zur Seite zu schieben, Emil. Wenn schon nicht um deinetwillen, dann für deine Frau und ganz besonders deine Söhne!«

Emil Brunner war die Verwunderung nur so ins Gesicht geschrieben. Und das wurde nicht besser. Denn Tante Herta hatte noch mehr zu sagen.

»Nichts hat deinem Vater Otto geholfen, seiner Mutter

Resi, deiner Oma Aloisia oder deinem Urgroßvater Adolf. Und weißt du, warum?«

»Ich weiß grad gar nichts, Tante Herta?«

»Weil er nach seiner Heimkehr aus russischer Gefangenschaft nur noch stumm auf seiner Hausbank gesessen ist. Ein gebrochener Mann, der alles Erlebte in ein dunkles Nichts stopft und stopft und stopft wie den Tabak in seine Pfeife, der es von dort in sich hinein inhaliert, weit genug, um es auch ins Grab mitnehmen zu können! Weißt du, wie er gestorben ist?«

Emil wusste auch das nicht. »Herzstillstand, hat mir Vater erzählt!«

»Das hat ein Herz auch so an sich, wenn der Mensch zu leben aufhört. Aufgehängt hat er sich drunten auf der Sommerlinde. 1960. Und all das Schweigen und die Schuld, all die Schmach und den Schmerz, auch über den Selbstmord, hat er seiner Familie vererbt, bis zu dir, Emil. Deine Oma ist in der Psychiatrie gestorben, dein Vater Otto war die Schwermut in Person und hat sich betrunken vermutlich freiwillig mit seinem Motorrad in den Tod gestürzt, und du bist jetzt in dem Alter, wo du entscheiden musst, ob du deinen Söhnen reinen Wein einschenkst. Vor allem Klaus. Soll er so werden, wie du warst, bevor du Sarah kennenlernen durftest?«

Emil wurde angst und bange. Wusste Tante Herta mehr über ihn, über seine Vergangenheit, mehr als die Allgemeinheit hier im Dorf, mehr, als er seiner Frau je erzählt hatte?

»Was willst du mir damit sagen?«

Sie gab ihm lange keine Antwort, sah ihn nur an, zuerst eindringlich, dann einladend: »Vor Strommasten stehen und heulen reicht nicht.«

»Los, weiter!«, spornt sich Emil nun selbst an, steigt wieder auf sein Rad, fährt los, lässt Glaubenthal hinter sich. Doch weit kommt er nicht.

Handyklingeln. Er hebt ab. Mehr als zuhören bringt er nicht zustande.

Die Direktion des Stiftsgymnasiums Sankt Ursula fragt ihn allen Ernstes, ob sein Sohn Klaus wirklich mit ihm die Post austragen müsse? »Wenn ja, dann melden Sie ihn doch von der Schule ab. Er kommt ja ohnedies nur mehr sporadisch.«

Seltsam ist das, wann, wie und wo das Leben sich seine Schlupflöcher sucht. In den wildesten Momenten, wenn rundum die Erde bebt, wird es plötzlich still, um ein wenig durchatmen zu können, zur Ruhe zu kommen. Und Hannis Tag ist ja bisher wirklich aufregend genug. Höchste Zeit, sich kurz ein wenig gehen zu lassen und einfach nur zuzuhören. Und während Hannah erzählt, wird sie immer betroffener. Denn im zentralen Punkt fühlt sie sich ertappt. In Sachen Vorurteile, versteht sich.

Tobias Schuster, erfährt sie, trägt seine Haube nicht, weil ihm alles zu laut wäre oder er nichts hören wollte, sondern weil ihm alles zu leise ist und er nichts mehr verstehen kann ohne Hörgeräte. Keiner kennt bis heute die genaue Ursache. Keiner weiß rückblickend, seit wann Tobi überhaupt damit zu kämpfen hat. Ein sehr in sich gekehrtes Kind ist er ja immer schon gewesen. Aufmerksam aber wurde man in der Familie erst, weil Tobis schulischen Leistungen sich immer weiter verschlechterten, und gut waren die noch nie. Immer häufiger mussten die Eltern in die Schule zu den Sprechstunden, und immer und überall wurden die gleichen Fragen gestellt: Ob es Probleme zu Hause gebe, ob irgendjemand gestorben sei oder die Familie große Sorgen habe. Weil: Tobi sei so unaufmerksam, wirke so entrückt, gebe bei mündlichen Prüfungen oder Wiederholungen falsche oder plötzlich einfach gar keine Antworten mehr.

Selbst als er eine Klasse wiederholen musste, gab Tobi keine Auskunft darüber, was ihn denn so beschäftigte, wie man ihm helfen könnte.

Ratlosigkeit allerseits.

Und während Hannah nun erzählt, beginnt ihr Bruder in seinem gut gedämmten Zimmer unüberhörbar, ein Schlagzeug zu bearbeiten.

»Nicht schlecht!«, staunt sie, die alte Huber, »und besser als das Tsching-Bumm bei der Blasmusik!«

»Wir sind auch froh drüber. Ohne Schlagzeug müssten wir uns vor ihm fürchten!« Hannah lächelt und fährt mit entsprechend lauter Stimme fort, weil gerade Double-bass-Speed-Workout angesagt ist: »Eines Tages ist er dann plötzlich in meinem Zimmer gestanden, mitten in der Nacht, und zu mir ins Bett gekrochen, wie früher als noch wirklich kleiner Bruder.« Einen der seltenen gemeinsamen Filmabende hatte man zuvor in der Familie absolviert. Alle vier waren sie beisammengesessen bei Popcorn, Chips und dem Animationsfilm über die Steinzeitfamilie *Croods*. »Das passt zu uns!«, so Papa Schusterbauer. Gelacht wurde in der Familie. Mutter, Vater, Hannah. Nur Tobi war ruhig geblieben, hochkonzentriert. Nichts Ungewöhnliches. Irgendwann in diesem durchwegs amüsanten Film ein Moment der Rührung, die ganze Steinzeitfamilie zusammen auf einem Schlafhaufen, Glück, Wärme, Gemeinschaftssinn, Schutz im Kreise der Sippschaft, genau da ging es bei Tobi los. Tränen in Hülle und Fülle. Freude bei den anderen. Endlich zeigt er Emotionen. Große Emotionen. Kaum noch zu beruhigende.

»Ja, und unter der Bettdecke hat er mir dann erzählt, kein einziges Wort des Films verstanden zu haben!«

Tobi lässt derweilen seinem ganzen Zorn freien Lauf, setzt ihn in spürbare Schwingung und Rhythmus um, mit dem gewaltigen Nachteil: Für jeden Menschen in unmittelbarer Nähe seines Übungsraumes, sprich Kellerzimmers, lösen sich die Umgebungsgeräusche in Luft auf, insbesondere wenn sie von oben oder draußen kommen.

Und weiter geht Hannahs Geschichte: »Tobi hat seine beiden Hörapparate bekommen und war anfangs der glücklichste Mensch. Bis dann eben passiert, was in solchen Fällen immer passiert! Irgendein Arschloch fängt an, und ruckzuck hast du den Chor beisammen! Nur Klaus hat ihm damals geholfen in der Schule. Als die noch in einer Klasse waren. Tobi musste dann ja wiederholen.«

Seither läuft Tobias mit Totenkopf-Jerseyhaube herum, hört jedes Wort, reagiert auf Verspottung gewalttätig, ist aus einer Schule rausgeflogen, »bei den Pfadfindern aber durfte er bleiben. Die lassen so verzweifelte Jugendliche, die am seidenen Faden und schon in den Seilen hängen, eben nicht fallen.« Er sucht nach Anschluss, denkt leider, er hat Superkräfte und kann sich unsichtbar machen, während er im Einkaufszentrum ein iPhone klaut. »Es war nicht sein erster Diebstahl, wie wir nun wissen.«

Als wüsste Tobi, worüber gesprochen wird, bricht er im Keller abrupt ab, brüllt neuerlich: »Ich hab nix gesehen!«, drischt noch einmal wütend und völlig unrhythmisch in sein Schlagwerk, beendet den Ausbruch mit einem Schrei der Verzweiflung, noch ein: »Piss off. Leave me alone!«, dann wird es ruhig.

Alles sehr befremdlich. *Piss off* zumindest versteht sie, die alte Huber, braucht aber gar nicht weiter nachzufragen, um trotzdem klipp und klar herauszuhören: Tobi schreit hier nach Hilfe. Panisch. Deutsch-englisch. Die ganze Situation ein Ausdruck völliger Zerrissenheit.

Hannah steht auf, ein kurzer Blick zur alten Huber: »Bitte warte hier!«, und der guten Hannelore wird klar: Hannah weiß Bescheid, worüber auch immer. Sie kann sich die Mühe ersparen, aufzustehen und mitzuwollen.

Aufstehen muss sie aber trotzdem.

Denn kaum ist die Schusterbauern-Tochter im Keller verschwunden, setzt im ersten Stock eine Stimme ein. Mit lupenreinem Akzent und festen Schritten.

»Hello?«

18 Armin

Das hat der alten Huber gerade noch gefehlt.

Steht da so ein Armin.

Breit, aufgeblasen, übermächtig.

Nicht dass die gute Hannelore jetzt speziell etwas gegen irgendwelche Armins hätte. Menschen mag sie schließlich von vornherein allesamt gleich wenig, völlig egal, wie die heißen und woher die kommen. Wobei je näher, desto weniger gleich wenig – was jetzt rein geografisch wiederum stark für den Armin spräche, denn aus Glaubenthal stammt der ganz bestimmt nicht. Für gewöhnlich läge sogar der Atlantik dazwischen. Oder Pazifik. Je nachdem, wo da wer losstartet.

>>*Glaubst du, Mama, können wir die Omi heut noch zu uns rüberholen?*<<

>>*Möglich, Hanni. Wirklich weit ist das andere Ufer ja nicht entfernt. Außerdem sind es diesmal so viele. Eine ganze Kompanie.*<<

>>*Und der dort ist auch wieder dabei, schau!*<<

>>*Runter mit der Hand! Sofort.*<<

>>*Aber Mama, ich wollt doch nur …*<<

>>*Und niemals mit dem Finger auf andere zeigen! Verstanden?*<<

>>*Aber wenn die doch alle immer dasselbe anhaben und gleich ausschauen. Die Hose, Jacke, Schuhe –*<<

*»Das nennt man Uniform, mein Liebes. Fesch,
oder?«*

»Die Schießgewehre gefallen mir nicht.«

*»Damit beschützen sie uns, Hanni. Auch vor
unseren eigenen Leuten. Du brauchst also keine
Angst zu haben.«*

So in etwa wurde der alten Huber dieser Haufen Männer
erklärt, der sich in ihrer Kindheit immer wieder in Glaubenthal hat sehen lassen. Gut anzusehen obendrein.
Stattliche Männer also.

*»Und weil die immer dasselbe anhaben, heißen
die also auch alle gleich, stimmt's, Mama?«*

»Was meinst du?«

»Na, so wie der Herr Bauernfeind!«

»Der Armin?«

Sommer war's, der ganze Glaubenthaler Hauptplatz mit
Schaulustigen gefüllt, aus der gesamten Umgebung, sogar
aus Sankt Ursula. Volksfeststimmung. Schließlich kamen
die amerikanischen Pioniere an diesem Frühlingstag mit
riesigen Baumaschinen angefahren, um den brüchigen,
behelfsmäßigen Steig über die Glaubenthaler Ache abzu-
tragen und den Einheimischen stattdessen eine neue Brü-
cke zu errichten, die alte zerbombt im Zweiten Weltkrieg,
aus zwei getrennten Seiten also wieder ein vereintes Dorf
entstehen zu lassen. Und beinah jeder hatte an diesem
Morgen ein Lächeln im Gesicht. Sogar jene Kriegsverbre-

cher, die erst Jahrzehnte später als Kriegsverbrecher entlarvt wurden, obwohl damals schon so viele wussten und noch viel mehr hätten wissen können: Kriegsverbrecher.

»Der Herr Schulleiter Armin ist aber gottlob kein verteufelter Yankee!«, gab der nicht weit von Hanni entfernt stehende Armin Bauernfeind höchstpersönlich zu verstehen. Todernst dabei sein Gesicht. So wie immer. Bauernfeind heißen und durchgehend Bauernkinder unterrichten müssen ist ja auch wirklich nicht lustig. Für beide Seiten.

Die Mehrzahl der übrigen Anwesenden hingegen war in diesen ohnedies meist trüben Zeiten dankbar für jede Ausgelassenheit, jede Freude. »Habt's die kleine Hanni g'hört? So liab!«, ging es wie ein Lauffeuer um, Tränen in den Augen, vor Lachen, Erleichterung, aus Rührung. Weshalb von diesem Tage an in ganz Glaubenthal aus den Amis die Armins und aus den fremden Amerikanern englischsprachige Vertraute wurden. Für manche Glaubenthaler Ehen leider ein bisserl gar zu vertraut.

Der Brückenbau hatte dann doch eine ganze Woche beansprucht, Hannis Omama bei der feierlichen Eröffnung ihre letzte große Überfahrt bereits hinter sich, nur noch ihr Sarg kam von der einen auf die andere Seite, ja, und irgendwann waren auch die Amerikaner verschwunden.

Bis heute.

Denn nun steht hier ein monströses o-haxertes Exemplar entsprechend breitbeinig im Gästehaus Rosi, und die alte Huber ringt nach Luft. Das Monument eines Mannes, mindestens zwei Meter hoch, die Schultern breit und gut gepolstert, die Körpermaße eines Bodybuilders, der seine Ernährung nicht um-, aber sein Training etwas eingestellt hat. Fett- und Muskelmasse jedenfalls in Überfluss. Schwarze Augen, ein freundliches, sichtlich müdes Gesicht mit braunem Teint. Er ohne Hut und dafür mit Federschmuck wäre die Idealbesetzung eines Häuptlings der Apachen. Weiter geht es mit einem schwarzen T-Shirt, darauf Uncle Sam, was sonst, der finster und fingerzeigend sein Gegenüber direkt anblickende, samt Spruch:

I want you!

Die beiden Oberschenkeltaschen seiner grünen Armin-Hose sind prall gefüllt mit irgendwas. Darunter Schnürstiefel. Über dem Hemd seine Armin-Jacke, Model Bomber, außen schwarz, innen orange, auf dem Rücken ein großflächiges Sternenbanner.

Die alte Huber weiß überhaupt nicht, wie sie auf die Wucht dieser Erscheinung reagieren soll.

In Deckung gehen?

Seine eigene Nationalität so stolz umherzutragen, so unübersehbar beflaggt durch die Gegend zu spazieren, ist ja in ihren Augen generell kein Aushängeschild sonderlicher Klugheit oder guten Stils. Auch hier gelten die drei Steigerungsstufen:

Positiv.	*Komparativ.*	*Superlativ.*
Patriotismus.	Nationalismus.	Faschismus.

Wobei die alte Huber selbst dem Patriotismus nichts Positives abgewinnen kann. Von der Heimatverbundenheit zum Nationalstolz, von der stolzen Nation zur gekränkten, wütenden ist es nur ein Katzensprung.

Jetzt lebt sie ja schon lange genug auf dieser Erde, um getrost jegliche intellektuelle Erwartungshaltung ihren Mitbürgern gegenüber in etwa auf Höhe des Assal-Sees in Dschibuti, sprich 160 Meter unter dem Meeresspiegel, anzusiedeln. Sich aber als dunkelhäutiger Captain America justament in eine Gegend zu wagen, die mehrheitlich heut noch erst dann mit Sozialismus sympathisiert, wenn »National« davorsteht, ist jedenfalls entweder besonders mutig, besonders ahnungslos oder besonders dumm – Totes-Meer-Niveau. 420 Meter unter Normalnull.

»Excuse me, Madam, I'm sorry to bother you, but maybe you know where I can find Misses Rosi or Mister Franz?«

Der alten Huber drückt es den Schweiß auf die Stirn, Panik fährt durch ihr Gemüt, haargenau wie damals. Acht Jahre Volksschule, die Grundausbildung nach dem Krieg. Nur zwei Klassenzimmer für alle Schulstufen, in dem einen Raum die Erste bis Vierte gemeinsam, in dem anderen die Fünfte bis Achte. Schulleiter und selbst Lehrer war Armin Bauernfeind, ehemaliger Wehrmachtsoffizier, Lehrerin war seine Frau Adolfine Bauernfeind. Wurde der eine Jahrgang unterrichtet, hatten die anderen Jahrgänge Stillarbeit zu erledigen. Wer sein Maul nicht halten konnte, bekam eine mit dem Rohrstock übergezogen. Wer falsche Antworten gab, bekam eine mit dem Rohrstock übergezogen. Wer richtige Antworten gab, ohne aufgerufen worden zu sein, bekam eine mit dem Rohrstock übergezogen. Wer dies und das und überhaupt.

Heut noch zuckt sie an jedem 1.1. zusammen, die alte Huber, egal wer da mit seinem Stab grad ausholt, beim Neujahrskonzert. Angst bleibt Angst.

Ja, und Prüfungssituation bleibt Prüfungssituation.

»Madam? Everything okay?«, kommt der Kerl jetzt auch noch direkt auf Hanni zu, greift ihr ungefragt in die Armbeuge und führt sie zu einem der beiden Sofasessel. »Come. Have a seat.«

Schlecht muss sie also aussehen, die gute Hannelore.

Sogar ein Glas Wasser bekommt sie gereicht.

»You look pale, Madam.«

Viel versteht sie nicht, denn ihre zweite lebende Fremdsprache ist mit viel Bemühen ein halbwegs passables Hochdeutsch.

»Danke!«, nimmt sie das Glas in die Hand, tatsächlich durstig, trinkt es in einem Zug aus, der Armin schenkt nach, ein aufmerksamer Mensch, wie es scheint.

»You're feeling better?«

Wirklich schlecht ist es ihr ja nicht gegangen, und wer ohne Englischkenntnis mit *feel* und *better* nichts anfangen kann, hat wahrscheinlich größere Probleme, also nickt sie, die alte Huber, und wiederholt ihr: »Danke!«

»Do you know where I can find Rosi or Franz?«, versucht es der Fremde mit langsamer, deutlicherer Aussprache und einem einvernehmend freundlichen Lächeln. Und natürlich wird er sich mit dieser Frage an der alten Huber seine schönen weißen Zähne ausbeißen, denn auf die Idee käme sie nicht im Traum, einem Unbekannten den Aufenthaltsort ihr bekannter Menschen zu verraten. Ein Kopfschütteln und Schulterzucken also ihrerseits, samt dem umgehenden Versuch, den Unbekannten ein wenig zu durchleuchten.

»Huber!«, reicht sie ihm die Hand, »Hannelore Huber!«

»Hoffman!«, schlägt er ein, »Armin Hoffman. Nice to meet you!«, und Hannelore wird plötzlich danach, sie stünde auf der Schaufel.

»Armin?«

»Yes!« Er hebt seinen Arm, allerdings nicht hoch genug, um sich damit strafbar zu machen, »Arm like Arm!«, greift in den Brotkorb, »In like *in* Armin«, zieht schmunzelnd einen hausgemachten Schusterbauern-Powerriegel heraus, beißt ab, erklärt mit vollem Mund und doppelt vokalisiertem »r« – »hearlig«, meint damit wohl *herrlich*, und fügt hinzu: »Armin means: The strong. The protector!«

Darf denn das wahr sein! Heißt der Amerikaner also wirklich so. Zufälle gibt's, die alte Huber sollte sich umgehend einen Metall-Detektor besorgen und mit einem Schauferl in ihrem Vorgarten den Schatz der Tempelritter freilegen.

Auffordernd abwartend nun des Armins Blick. Ganz im Sinne von: *And Huber?*

»Huber heißt Huber!«, antwortet Hannelore mehr in sich als nach außen gekehrt. »Kommt von Hufner. Das war früher ein Bauer, der mindestens eine Hufe besitzt.«

»Hufe! You mean horse or pony. Cowboy.«

Spricht der Kerl Deutsch und quält mich nur!, geht es der alten Huber durch den Kopf, während sie fast schon flüsternd ergänzt: »Eine Hufe ist ein Flächenmaß. Land, das sich mit einem Pflug bestellen lässt, mit dem eine Bauernfamilie also ihr Auslangen findet.«

»Sorry, I didn't understand you.«

»Urlaub?«, deutet die alte Huber fragend zum Fenster hinaus, dazu ein englischer Geistesblitz: »Holiday?«

Armin Hoffman mimt mit seiner flachen Hand einen Segelflieger in Turbulenzen, Wigelwagel also, und kommt zum Punkt: »Can you help us? We need one room more.« Er deutet auf sich, schnarcht der alten Huber etwas vor, lächelt. Und das glaubt sie sofort, die gute Hannelore, wie ungemütlich es wohl sein muss, neben diesem Herrn eine Nacht zu verbringen.

Sie versteht aber noch viel mehr:

Es sind also mindestens zwei Armins, die hier ihren Sowohl-als-auch-Urlaub verbringen.

Im Kontext der Anwesenheit englischsprachiger Gäste könnte Tobis Ausruf vorhin: »Piss off. Leave me alone!«, plötzlich bedenklichen Sinn ergeben. Was, wenn sich Tobi nicht nur von Hannelore, sondern auch Armin bedroht fühlt? Nur warum läuft er dann genau hierher, in dieses Gästehaus?

Hannah und Tobi bekommen doch einen Stock tiefer im Keller garantiert alles mit. Hannah ist volljährig, ohne Eltern hat sie hier eigentlich das Sagen, sollte den Bauernladen offen halten und die Gäste betreuen, warum kommt sie nicht ins Erdgeschoss. Worauf wartet sie?

Wie eine Gefangene sitzt sie nun hier, die alte Huber. Innerlich am Zerbersten. Ihr gegenüber der Armin mit seinen Zimmerwünschen, einen Stock tiefer die offenbar ängstlichen Schusterbauern-Kinder, alleinlassen kann sie die beiden in dieser so undurchsichtigen Situation jetzt unmöglich, ja, und in ihr der große Drang, Tante Herta zumindest über den Tod hinaus noch eine Hilfe zu sein. Den Dingen auf den Grund zu gehen.

Wortlos sitzen sich Armin und Hannelore nun gegenüber. Mr. Hoffman lächelt und sucht den Augenkontakt, die alte Huber will beides nicht. Obendrein hundemüde. Ungut.

Hilfe muss her.

Und die kommt.

WURM: »*Das kleine Beisl in unser Straßen, da wo das Leben noch lebenswert ist*«

> LORENZ: »Halt's Maul, Wurm, und zwar sofort, sonst duscht's!«

WURM: »*Dort in dem Beisl in unser Straßen, da fragt dich keiner, was du hast oder bist.*«

> LORENZ: »Ich schwör dir! Wennst mich den Fetzenschädel nicht sofort knebeln lässt, dann, dann –!«

>> BRUCKNER: »Wir haben wirklich andere Sorgen. Lass ihn. Ist quasi ein Soloauftritt extra für uns zwei und klingt eins zu eins wie der Peter Alexander!«

WURM: »*Man redet sich heiß und spricht sich von der Seele, was einem die Laune vergällt.*«

> LORENZ: »Ich bring ihn um! Und es wär nicht der erste Mord in dem Wagen. Also bleib kurz stehen, wenn ich dich schon ausnahmsweise fahren lass!«

>> BRUCKNER: »Ausnahmsweise?! Du hast getrunken!«

WURM: »*Beim Wein und beim Bier findet maaahh …*«

>> BRUCKNER: »Fuck. Greif mir nie, nie wieder ins Lenkrad, Manfred!«

> LORENZ: »Scheiß di net an! Ist doch eh unser Wagen!«

>> BRUCKNER: »Es wäre aber ganz schön klug, sich anzuscheißen! Weißt du, was

los ist, wenn wir deinem Bruder den Last-
ler als Havarier zurückbringen? Es ist ja
sowieso schon die Hölle los, jetzt wo die
Wohlmuthsederin tot ist.

LORENZ: Alle wollen's wissen, wer auf die grenzde-
bile Idee gekommen ist, die Herta an ihrem neunundneunzigsten Geburtstag umzubringen und als
Draufgabe auch noch sein Messer in ihrem Rücken
stecken zu lassen.«

BRUCKNER: »Keine Ahnung. Der Hanslbauer tippt übrigens auf die seiner Meinung
nach drei größten Sautrottel in unseren Reihen. Wer glaubst ist neben dir und deinem
Bruder der dritte?«

LORENZ: »Der Wurm natürlich! Hörst? Willkommen im Klub.«

BRUCKNER: »Naa. Der ist Platz 2. Platz 3
du und dein Bruder, Platz 1 ist der Kronberger Richi.«

LORENZ: »Na bravo. Wenn ich ihm das sag, löscht
er den Hanslbauer aus!«

BRUCKNER: »Das wird lustig. Soviel ich
weiß, sind die beiden ja bei der Freiwilligen Feuerwehr. Vielleicht sollen's lieber
zusammen was trinken!«

WURM: »*Beim Wein und beim Bier findet mancher die Lösung für alle Probleme der Welt.*«

LORENZ: »Lösungsvorschlag: Wir zeigen dem
Wurm den Schlachtwagen von innen.«

WURM: »Nein, bitte, bitte nicht!«

BRUCKNER: »Der Manfred macht nur Spaß, Waldemar.«

LORENZ: »Wieso? Ich fang jetzt erst richtig an. Also pass auf, Wurm: Das hier in meiner Hand, weißt du, was das ist?«

WURM: »*Wer Hunger hat, der bestellt Würstl mit Saft.*«

LORENZ: »Du singst immer noch! Gibt's das?! Ich kann es dir auch gleich auf deiner Kniescheibe vorführen …«

WURM: »Ah, das, das … Verdammt! Das tut weh, das …«

LORENZ: »Na, dann freu dich drauf, wenn ich erst abdrück! Ein Bolzenschussapparat ist das.«

BRUCKNER: »Sag, Manfred, tickst du nicht richtig?«

LORENZ: »Stimmt. Richtig wäre es eigentlich hier.«

WURM: »Aua, weg von meiner Stirn, au! Du Schwein …«

LORENZ: »Bei Kühen, Kälbern, Pferden, Schafen auch. Funktioniert prächtig. Geht ruckzuck.«

BRUCKNER: »Das hat Konsequenzen, Manfred! So ein Benehmen dulde ich nicht. Wir sind keine Tiere.«

LORENZ: »Aber liefern dürfen wir sie euch, als Schnitzel ins Wirtshaus. Vielleicht ist eines Tages ja ein Wurm dabei.«

WURM: »Vater unser im Himmel, geheiligt werde dein Name …«

LORENZ: »Warum bleibst jetzt stehen?«

BRUCKNER: »Steig aus, Waldemar.«

LORENZ: »Das war doch nur Spaß. Wenn ich dich umbring, Würmchen, dann schick ich dich pudelnackert mit deinem Gleitschirm in die Wolken ...«

BRUCKNER: »Er weint trotzdem und hat Angst, Manfred. Ich geh das letzte Stück zu Fuß mit ihm. Ist ja nur mehr die Straße rauf.«

Angemessen reuevoll – wer bleibt auch den ganzen Tag in einer Therme, wenn die Dorfälteste ermordet wurde und es dem Sohn, der ja eigentlich in der Schule sein sollte, so schlecht geht – kommen die Schusterbauern-Eltern Franz und Rosi reingepoltert. Rosi läuft, nach einem Wink der Hanni, gleich zu ihren Kindern in den Keller runter. Franz bietet dem unerwarteten Gast einen Tee an und dem Armin gleich mit und berichtet aufgeregt, das halbe Dorf habe sich im Umkreis des Wohlmuthsederhofes versammelt. Schauen und Ohren spitzen! »Auch wir …«, gesteht er dann verschämt, als wär's nicht klar gewesen. Als dann die Neuigkeit einer gefundenen Flasche umging – Führerwein! –, habe sich die Menge erheblich reduziert, wahrscheinlich um die eigenen Keller auszuräumen. Kein Wunder, denkt die Huber. Dieses Pack!

Dank Rosis Einwirken kommen nun auch Hannah und ihr Bruder wieder ans Licht, Tobi mit gesenktem Kopf, die Haare über das Gesicht hängend, jeglichen Augenkontakt vermeidend. Franz legt ihm den Arm um die Schultern, sagt nichts weiter und nimmt ihn mit, rüber zum Haupthaus vom Schusterbauernhof. Der Junge lässt's geschehen.

Es folgt ein für Hannelore viel zu schnelles, kurzes Gespräch zwischen Hannah, Rosi und dem in seinem Sofasessel sitzenden Koloss, auf Englisch, fließend, als gäbe es in Glaubenthal eine lebende zweite Amtssprache. Bei der Abiturientin Hannah Schuster nicht überraschend, aber dass sogar die Schusterbäuerin hier prächtig mitzumischen versteht, überrascht sie doch gewaltig, sodass sie irgenwann ruft: »Kommt's jetzt leicht alle aus Amerika oder wie?« Und damit an diesem traurigen Tag zumindest für ein Schmunzeln sorgt. »Das ist vom Streaming, englisch mit englischen Untertiteln!«, erklärt Rosi. »Verstehe«, sagt die Huber und versteht natürlich nix. Entrückte Welt eben, ohne Fernseher und Internet.

Oder mit. Je nachdem.

Schließlich überreichte Rosi den gewünschten Schlüssel für ein zweites Zimmer. Ein kurzes allgemeines Verabschieden des Armins: »Have a nice day!«, unpassender hätte der Gruß an diesem Tag wohl kaum sein können, dann verschwindet er in den ersten Stock.

»Warum ist der hier? Auf Sightseeing?«, will die alte Huber noch wissen.

»Das Holzfäller-Turnier auf Burg Ebersfeld!«, gibt Rosi als Antwort. »Da kommen mittlerweile sogar die Amerikaner!«

Draußen vor dem Hof bleibt die Huber noch einen Moment stehen, überlegt. Das Wichtigste scheint offenkundig. Tobias Schuster hatte was gesehen, daran besteht für sie kein Zweifel. Der Zeitpunkt, um ihn neuerlich damit zu konfrontieren, würde kommen. Was sie aber mindestens ebenso interessierte, war, was der letzte in Glaubenthal noch lebende Zeitzeuge über das Leben und womöglich auch den Tod der neunundneunzigjährigen Tante Herta zu erzählen hatte.

»Alfred?«

In bester Hauptplatzlage gegenüber der Sommerlinde, dem Kriegerdenkmal und der ehemaligen Glaubenthaler Volksschule steht das efeuumrankte Häuschen des alten Eselböcks, einst Eisenbahner, Lokführer, und bereits länger in Rente als berufstätig. Hoch ist es nicht, nur ein Stockwerk, aber tiefgründig. Denn eine der ebenerdigen Eingangstüren führt hinein in seinen ehemaligen Ziegenstall, die heutige örtliche Bücherei. Hannelore ist seine beste Kundin.

»Alfred?«

Öffnungszeiten täglich irgendwann, so steht es angeschlagen, und sollte dieses Irgendwann eingetreten sein, dann hängt auch das Holztaferl darunter, beschriftet mit: Binda. So wie jetzt.

»Alfred, Herrschaftszeiten, bist jetzt da?«, klopft Hannelore energisch an die geschlossene Türe.

Doch nichts.

Auf der um den Stamm der Sommerlinde gezimmerten Holzbank sitzt er jedenfalls nicht. Und weil die alte Huber nun wirklich Müdigkeit, Hunger, Durst, den Frust in sich spürt, vor allem aber den schweren Verlust, nimmt sie unter Glaubenthals Wahrzeichen Platz und sieht sich um. Leere hier, reges Treiben offenbar im Gasthof Brucknerwirt drüben, der Parkplatz ist so gut wie voll.

Oft kommt es ja nicht vor, aber hin und wieder könnt sie sich im Nachhinein schon selbst ordentlich faschieren für das Unvermögen, während ihres Daseins als Ehefrau nicht auf den Willen des Mannes gepfiffen und einfach den Führerschein gemacht zu haben.

»Na, du schickst mich ja ordentlich herum, Herta!«, schüttelt sie den Kopf und könnte vor Traurigkeit und Erschöpfung gleich wieder losheulen. Vor wenigen Stunden stand sie noch genau hier hinter dem Bäckerbus, um …

»Geburtstag!«, schießt es ihr wie eine Erleuchtung durch den Kopf und vor allem durch den Magen. »Der Gugelhupf!« Immer noch trägt sie ihn bei sich. Und wenn das kein Anlass ist, sich ein Stück abzubrechen.

Da sitzt sie nun, die alte Huber, gönnt sich einen Bissen, und ob sie nun will oder nicht, ein wenig schmeckt der Gugelhupf mitsamt der nun aufbrechenden Erinnerung nach: »Nicht schlecht, dein Erdäpfelkas, Herta!«

Draußen im Obstgarten des Wohlmuthsederhofes, Herta und sie, Hannis letzter Besuch. Jede der beiden eine Scheibe Schusterbauern-Brot in der Hand, darauf eine sicher zwei Zentimeter dicke Schicht Erdäpfelkas.

»Musst mir bitte das Rezept geben, Herta. Und? Irgendwelche speziellen Geburtstagswünsche?«, war die Frage als rein rhetorische gedacht, gab ja auch kaum einen genügsameren Menschen hier im Dorf.

»Ach, Mäderl!«, so pflegte die bald Neunundneunzigjährige die bald fünfundsiebzigjährige Hanni gelegentlich zu bezeichnen. »Was soll ich noch groß wollen? Neue Füß vielleicht? Da müsst ich ja dann immer noch so durch die Gegend rennen wie du.«

Ein warmherziges Schmunzeln lag da in ihrem Gesicht, ein tiefer Atemzug ging durch ihren von den Jahren gezeichneten Körper. »Aber weißt was, wennst mich schon fragst: Ein Kronberger-Gugelhupf wär wieder mal was Feines!«

»Wie? Kronberger?« Der alten Huber war, als hörte sie nicht recht.

»Mein Geburtstag fällt doch eh auf einen Freitag, da steht der Bus vom Peter drunten im Dorf. Kaufst den Gugelhupf bei ihm, sagst, der ist für mich, und der neue Bürgermeister sollt am Besten auch gleich mitbekommen, dass ich den neunundneunzigsten feiere. Weil er's nämlich sicher vergessen hat.«

»Mach ich dir gern, auch wenn ich das mit dem Gugelhupf nicht versteh …«, nahm die alte Huber nun endlich einen Bissen vom Erdäpfelkas-Brot auf den Schrecken, sich bald unter die Leut' mischen zu müssen. Doch die Ruhe des Genusses währt nicht lang: »Hast du eigentlich schon ein Testament g'macht, Hanni?«

»Wie kommst jetzt bitte auf so was?«

»Gekochte Mehlige als Grundlage, grob mit der Gabel zerdrückt, Sauerrahm, bisserl Butter, Frühlingszwiebeln, Kümmel, Muskat, Salz, Pfeffer. Das wär das Rezept. Und ich komm drauf, weil wenn ich vielleicht einmal sterben sollt, Hanni, aber nur vielleicht, dann will ich genau das als letzte Mahlzeit.«

»Ein Schusterbauern-Brot mit Erdäpfelkas?« Sie hat sich ja schon über viele Themen Gedanken gemacht in ihrem

Leben, die alte Huber, ihre Henkersmahlzeit aber war da ganz bestimmt nicht dabei. »Na, wennst vorm Tod noch so eine Ladung verdrückst, brauchst nach dem Sterben auf jeden Fall a Neichtl nix mehr zum Essen!«

Geschmunzelt haben die beiden.

Tante Herta hat in den Himmel gedeutet: »Da brauch ich schon Wegzehrung, wenn's dann hinauf-hinüber-hinunter geht in die unendlichen Weiten des Überall-und-Nirgendswo!«

»Zum großen Ich-Du-Er-Sie-Es!«, hat die alte Huber ergänzt. Ja, und so ein inniger Blick wurde da zwischen den beiden ausgetauscht. Liebe eben. Braucht keine Erklärung. Schön war das.

Ein Weilchen waren die beiden dann mit Nahrungsaufnahme beschäftigt, hörbar natürlich, so wie sich das bei so einer pappigen Mahlzeit eben gehört, obendrein ohne fixe Prothesen. Über das Land haben sie gesehen, zufrieden, dankbar, hier ihre Leben verbracht haben zu dürfen, ja, und mittendrin kam Tante Herta neuerlich auf ihre Frage zurück:

»Also, Hanni? Hast schon eins g'macht, ja oder nicht?«

»Testament? Ich bin bald fünfundsiebzig, Herta. Natürlich hab ich eins g'macht!«

»Du hast ja wie ich keine Nachkommen? Keine eigenen Kinder. Wer soll das alles bekommen? Der Tierschutz?«

»Nicht, dass ich dir nicht vertrau, Herta. Aber soviel ich weiß, wird ein Testament erst verlesen, wenn man g'storben ist. Da musst du also hoffentlich noch ein bisschen Geduld haben.«

»Na, dann bekommt es jedenfalls nicht der Tierschutz,

denn vorlesen muss man den Viecherln bekanntlich nichts, das wär bloß Perlen vor die Säue. Aber da ich dann doch ein bisserl älter bin als du, Hanni, verrat ich dir meins!«

Ihr Telefonbuch geholt, die Register-Seite P aufgeschlagen und mit einem Kugelschreiber die entsprechende Nummer eingekringelt: »Wenn mir etwas passiert, Hanni, egal was und wo und wie, dann bitt ich dich, geh zu ihm und sag auch, dass ich das so wollte!«

»Da hast dich jetzt wohl vertan, Herta! Du meinst wahrscheinlich P wie Polizei oder den Postler Emil Brunner!«

»Nein, nein, Hanni, das stimmt schon so!«

»Den Pointner Peter!« So fassungslos war sie, die alte Huber, in sich hinein hat sie geflüstert: »Nur über meine Leiche. Für den Gugelhupf mach ich eine Ausnahme, aber das war's dann für dieses Leben!«

»Ich bitt dich drum, Hanni, es ist mein letzter Wille. Ich hab ja den Peter aufgezogen, wie mein eigenes Kind, und will ihm was hinterlassen.«

»Der Pointner Peter hat nach nur einem Jahr Ehe mit Betti den Namen Wohlmuthseder abgelegt und Pointner angenommen ...«

»Das wusste er ja vorher nicht, wie lang die Ehe dauert!«, unterbrach Herta.

»... und du hast einen ganzen Haufen Kinder großgezogen, als wärens deine eigenen, nicht nur ihn!«

»Aber keines, das wie er als Neugeborenes vorm Zyklopenkopf g'legen ist. Zwei Findlinge nebeneinander! Wie weggeworfen. Wenn ich ihn nicht gefunden hätt, gäb's ihn nicht mehr!«

Ja, die Geschichte war bekannt im Dorf, dieses eine unter den vielen Kindern, das nachmittags niemand holt, morgens niemand bringt und auch generell niemand sucht. Wer immer ihn in freier Wildbahn hat liegen lassen, war froh, ihn los zu sein. Punkt. Bitter, aber das ist alles. Mehr gab es hier nicht zu erzählen.

»Ich bin dem Peter nicht bös wegen der Namensweglegung. Betti war der erste Mensch, für den er sich aus freiem Willen entschieden hat, Hanni. Ich versteh, warum er Pointner heißen wollt.«, fand Tante Herta ihr Lächeln wieder und schob Hannelore ein Kuvert entgegen. Tante Hertas neuerliche Bitte kam so von Herzen, so nachdrücklich und so ausweglos zugleich: »Versprich mir das, Hanni. Nach meinem Tod bringst dem Peter dieses Kuvert hier. Ja?«

»Und warum soll dir was passieren, Herta? Hast leicht Angst vor was?«

»Ich? Mit bald Neunundneunzig? Vorm Tod weniger als vorm Leben.« Und das aus dem Mund einer bald hundertjährigen Frau.

»Weißt Hannerl, was in diesem Land vergraben aus vergangenen düsteren Zeiten alles unter der Erde schlummert, darauf trägt es vielerorts immer noch.«

»Willst mir leicht was erzählen, Herta?«

»Das nächste Mal, Hanni. Jetzt bin ich nur noch reif fürs Bett.«

Und nun ist sie dahin. Hinauf-hinüber-hinunter, ins weite Überall-und-Nirgendswo zum großen Ich-Du-Er-Sie-Es.

Hanni sitzt unter der Linde. Er kann sie sehen.

Auch ihre Verzweiflung.

Es ist das Unwissen, dem ein Mensch so hilflos ausgeliefert ist wie seiner Neugierde. Beides kann Großes be-
wirken. Große Werke. Große Zerstörung. Großen Schrecken ...

Er muss zu ihr. An ihrer Seite stehen. Ihr erzählen, solange es ihm noch möglich ist. Denn eines Tages wird es
damit vorbei sein. Seine Stimme verstummen. Und wenn
er es nicht mehr kann, wer dann?

Niemand.

So Vieles wurde nie aufgeschrieben, war dazu bestimmt, im Gedächtnis haften zu bleiben und weitergege-
geben zu werden. Nur Leni und er kannten noch diese
Geschichten.

Wie Herta am 21. April 1924 als Herta Kammerlander
das Licht der Welt erblickte im während des Krieges nie-
dergebrannten Kammerlanderhof.

Wie Hertas Vater Anfang 1933 starb, ihre Mutter um
des Überlebens Willen schnell wieder heiratete und die
neunjährige Tochter zur Brandsteidl-Stieftochter wurde.
Kein erquickender Zustand, sich wegen des neuen Ehe-
manns von nun an mit Stieftochter ansprechen lassen zu
müssen. Und von ihm auch so behandelt zu werden. Da
lag es dann auf der Hand, im Jahr 1941 mit gerade noch
sechzehn die erste große Liebe, den Hans Wohlmuths-

eder, gleich heiraten zu wollen. Den Brandsteidls war's nur recht, schließlich war Hans der Sohn des Heinz und Heinz der hiesige Bürgermeister.

Die Ehe wurde im Jänner geschlossen, eine durchaus herzerwärmende Hochzeit. Trotz Kälte und Abschiedsstimmung. Denn Herta zog als Wohlmuthsederin in den Wohlmuthsederhof und ihr Ehemann Hans, Jahrgang 1921, so wie viele seines Alters, am 1. Februar 1941 in den Zweiten Weltkrieg. Genau zwei Jahre später kam er im Gegensatz zu vielen anderen zurück. Schwer verletzt und tief traumatisiert. Körperlich wurde er wiederhergestellt. Zwei Jahre darauf aber nahm er sich das Leben, aus Angst, noch einmal an die Front zu müssen. Die Ehe war kinderlos geblieben.

Nach Kriegsende, in der wirren Zeit, trieben sich elternlos gewordene Kinder in den Wäldern herum, Wolfskinder, auf sich allein gestellt, verwahrlost und ausgehungert. Herta und ihr Schwiegervater Heinz halfen ihnen heimlich durch diese schwere Zeit. Und auch Hannelores Mutter, über die sie verständlicherweise nichts wissen und nicht sprechen will, weil sie später davon ist, hat Herta damals geholfen, wo es nur ging.

Mit Unterstützung der Amerikaner wurde schließlich ein Kinderheim eröffnet, das für alle Waisenkinder offen war. Nazikinder, jüdische Kinder ganz egal. Und selbstverständlich war das nicht allen recht. Mit dem Kriegsende waren sie nicht verschwunden, die Profiteure und die Schlächter, in deren Köpfen noch immer das Dritte Reich regierte.

Am 10. Mai 1952 starb Heinz Wohlmuthseder. Der Bürgermeister. Hanni war damals vier Jahre alt, saß auf den Schultern ihres Vaters Josef bei der Trauerfeier und saß auf dem Schoß ihre Mutter Leni. Er hat dieses Bild noch vor Augen.

Womöglich erinnerte sie sich selbst daran?

Ein paar Meter, dann ist er bei ihr.

»Hilft ja alles nix!«, nimmt die alte Huber den Retourweg in Angriff. Einen mühsamen, den Hügel hinauf. Nichts für Sonntagsspaziergänger. Es sei denn, Eltern wollen ihre raunzerten Kleinen abhängen. Ein paar Schritte, und schon steht ihr der Schweiß auf der Stirn. Sich heimzaubern können wär schon was Feines, wie eine Hexe sieht sie zwar zunehmend aus, die Fähigkeiten fehlen aber nach wie vor. Aber Hilfe naht.

Unerwartete.

»Komm, Hannerl. Der Tag ist schon traurig genug.«

»Fredl!«, traut sie ihren Augen nicht.

Stolz und deutlich gestreckter, als es ihm mit seinem Buckel im Stehen noch möglich wäre, blickt ihr der Dorfälteste Alfred Eselböck hinter dem Lenkrad seines Spatzls entgegen, Citroën 2CV »Charleston«, von Alfred Eselböck benannt nach dem ebenso 1983 vom Band gelaufenen *Monaco Franze* und seiner Geliebten namens *Spatzl*.

Hannelore ist klug genug, Alfred die Frage zu ersparen, wann er mit seinen fünfundneunzig Jahren zuletzt die Fahrpraxis auffrischen konnte.

»Glaubst, sie schafft es den Hügel hinauf, oder müssen wir schieben?«, fragt sie und lacht.

»Sogar bis nach Paris schafft sie's, wenn wir nur wollen!«, streicht der Alfred liebevoll über das Lenkrad.

»Da war ich noch nie und wollt auch nicht hin! Aber bei dem, was hier grad alles im Dorf passiert, überleg ich's mir.«

Und auch auf dem Gegenhang passiert jetzt was. Ein mächtiges Rot hebt sich farblich besorgniserregend klar von dem bierflaschenhohen Grün der Wintergerste ab. Meterweit von jedem Asphaltgrau entfernt, schießt ein Löschfahrzeug der freiwilligen Feuerwehr, an sich gelenkt von Richi Kronberger, hangabwärts und direkt auf die große Gerätescheune des Hanslbauers zu.

»Spinnt der komplett?«, kneift Alfred Eselböck seine Augen zusammen, um zu erkennen, wer die Amokfahrt da steuert. Die Hanni sieht noch besser: »Da spinnt höchstens eine Handbremse. Der Wagen ist leer.« Und er bewegt sich schnell. Zielsicher.

Bei Action-Streifen, wo einfach nur um des Effekts willen irgendein Auto hochgeht, schaltet die alte Huber immer gleich weg, in der Realität geht das aber nicht. Von Löschfahrzeug kann jedenfalls keine Rede mehr sein. Bis nach Sankt Ursula ist die Rauchsäule zu sehen.

»Wo soll das hier alles nur enden, Hanni«, fragt Alfred Eselböck konsterniert, als sie sich auf den Weg macht weg vom Geschehen, um das sich andere kümmern.

»Das kann ich dir nicht sagen, Fredl. Aber ich hab das G'fühl, es fängt grad erst an!«

Sie mustert ihren Chauffeur, unendlich müde scheinen plötzlich seine Augen. »Bei mir zu Haus legst dich erst mal eine Stund auf den Diwan, Alfred. Und keine Widerrede. Und danach reden wir.«

IV
DER LETZTE MOHIKANER

»Glei!« Dumpf die Stimme, aber laut. Dazu klassische Instrumentalmusik und von irgendwo: Bon Jovi.

Es ist ein Kellerfenster, dessen Oberkante innen mit dem Plafond abschließt und dessen Unterkante außen ebenerdig mit dem Gehsteig beginnt. Wer innen davorsteht, muss auf eine kleine Trittleiter steigen, um den an der Außenseite wartenden Menschen auf die Knöchel, Waden, Knie blicken zu können. Kurze Röcke eher ungünstig. Kittelkleid je nach Länge.

Ab 23 Uhr steht es für den Rest der Nacht offen, bis die Sonne aufgeht. Ganzjährig. Selbst im Winter. Und egal um welche Zeit, die Chancen sind gut, hier auf ein paar Hungrige zu stoßen. Meist reicht ein Klopfen, *Tock-Tock-Tock,* um mit Blick in die Backstube von irgendwoher dieses markante, lang gezogene »Glei!« zu vernehmen. Es klingt nie freundlich, aber vielversprechend, kündigt an: »Einen Augenblick noch, dann steh ich zur Verfügung.«

Wer ungeduldig neuerlich klopft, *Tock-Tock-Tock,* hört ein angespanntes: »Heast, i kumm glei!« Ja, und wer es wagt, zum dritten Mal seine Faust gegen die Scheibe zu donnern, sei es auch nur für ein *Tock,* riskiert von den übrigen Wartenden massakriert zu werden. Denn die Chancen stehen gut, den Bäckermeister auftauchen und kommentarlos das Fenster schließen zu sehen.

Ansonsten aber ist sein Erscheinen durchaus von wortloser Freundlichkeit geprägt. Sigi Kronberger. Witwer. Vater von Sabine Kronberger. Großvater des kleinen Anwuli Kronberger. Ein Urgestein Sankt Ursulas, obwohl er nicht hier geboren, sondern vor mehr als dreißig Jahren mit seiner Frau Ursula aus der Großstadt weggezogen ist.

»Warum grad hierher?«, wurde er damals gefragt. »Gefällt Ihnen die Gegend so?«

»Hauptsächlich da Nome!«, machte er aus der Wahrheit nie ein Geheimnis. »Weu i ohne frische Luft und meiner Ursula net leben ko!« Und seinem Slang ist er auch treu geblieben.

Ein schlanker, aber kräftiger, leicht krummer Mann in weißer Hose, weißem Trägerleibchen, mit schulterlangem weißen, stets zu einem Schweif zusammengebundenem Zopf und lederner, faltiger Haut. Die Augen stechend blau, die Zähne zwar nur noch vereinzelt vorhanden, die Hände aber bis weit unter die Nägel penibel gepflegt. Seit dem Tod seiner Frau, die mehr als dreißig Jahre an seiner Seite stand, schupft er den Laden nun Peter Pointner und verkauft wie immer schon über sein Kellerfenster in die Nacht hinaus. Ware, die vom Vortag übrig blieb, halber Preis, oder auch frisch aus dem Ofen. Illegal, versteht sich, und jeder weiß es.

Aus dem ganzen Umkreis kommen sie hierher, selbst die Polizei, wahrscheinlich sogar die Finanzaufsicht, einfach jeder.

Ja, und heute steht auch Hannelore Huber vor dem Kronberger-Fenster. Abermals in Reih und Glied, wie bereits vormittags vor dem Kronberger-Bus – und Alfred Eselböck winkt ihr aus seinem alten Wagen zu.

Erstaunlich. Seit Walters Tod im Jahre 2018 hat die alte Huber eben keinen Mann mehr in ihrem Haus gehabt, der nicht nach maximal einer Stunde wieder draußen gewesen wäre. Und diese elendslangen sechzig Minuten des Elektrikers Schachinger hätten durchaus tödlich ausgehen können, wären einundsechzig draus geworden. Alfred Eselböck hingegen war mehr als acht Stunden geblieben, ohne dass jemand zu Schaden kam. Im Gegenteil, angenehm war's.

Nachdem Alfred sich ausgeruht und auch Hanni ein wenig geschlafen hatte, haben sie gesprochen. Ja, tatsächlich *gesprochen*. Ein seltener Vorgang für die Hannelore, wenn ein Mann das Gegenüber war. Nicht zu Lauten herabreduzierte Worte, wie sie es von Stallbesuchen oder aus ihrer Ehe gewohnt war, »Ja.«, »Na!«, »Jo!«, »Wos?«, sondern ganze Sätze. Mit Inhalt obendrein.

»Kannst dich nicht erinnern, Hanni, an den toten Wohlmuthseder?«, hatte Alfred gefragt, nachdem sie erzählt hatte, wie sie am Morgen auf die ermordete Herta gestoßen war.

»Nicht richtig. Nur verschwommen.«

»Warst ja auch grad erst vier Jahre alt geworden, Hanni«, fing Alfred an, die Augen glänzend, voll Leben, als säße er in seiner Bücherei, um von Geschichten die das Leben schrieb, zu erzählen, kam von Hundertste ins Tausendste, während drunten beim Hanslbauern Löschfahrzeuge der Feuerwehr damit beschäftigt waren, zu löschen, was ein Löschfahrzeug der Feuerwehr in Brand gesetzt hatte.

»Auf dem Kalender stand der 10. Mai des Jahres 1952. Der

damalige Glaubenthaler Bürgermeister Heinz Wohlmuthseder hatte sich gegen Mitternacht in Anwesenheit seiner
Schwiegertochter Herta ins Jenseits verabschiedet. Und
viel mehr Menschen lebten auf dem Wohlmuthsederhof zu
dieser Zeit auch nicht mehr. Nur eben die beiden: Herta,
damals also achtundzwanzig Jahre alt, und Heinz, geboren
1889, verstorben nun mit dreiundsechzig als noch amtie-
render Dorfhäuptling.

Weißt du eigentlich, wie viel Namen die Herta davor
schon hatte und was der Wohlmuthsederhof früher war?
Das wird sie dir sicher nie erzählt haben. Deshalb mach ich
das jetzt, solang ich noch kann.«

Das hat er getan. Und nun steht die alte Huber hier vor
dem Fenster der Bäckerei Kronberger, wo er sie hingefahren hat.

»Dank dir, Alfred. Erstaunlich, wie gut das funktioniert
hat! «

»Da sagst was. Bin auch richtig stolz auf mein Spatzl!«
Unverkennbar ist dem bald Hundertjährigen die Freude
anzusehen. »Und jetzt?«

»Wart auf mich im Wagen, Fredl. Hoffentlich klappt es
noch einmal.«

Und es sind teils seltsame, teils gewitzte Blicke, die den
beiden von der durchwegs jugendlichen, so hungrig anste-
henden Schar nun zugeworfen werden.

Alfred Eselböck durchschaut das Missverständnis sofort,
gönnt sich ein Scherzcherl: »Oldtimersex. Was ist schlimm
daran!«, und die gute Hannelore könnt im Erdboden versinken.

»Susperren und sumir mit zwei Bhhhier!«

Wolfram Swoboda kämpft mit jedem Wort, so schwer fällt ihm das Sprechen. »Aba dhalli!«

»Ich versteh dich nicht, Captain Swoboda. Meinst du Abu Dhabi oder Salvador Dalí?«

»Bier zu mir! Aber flott! Du sonst Kompott!«, zieht sich Wolfram Swoboda an seinem Lenkrad hoch und streckt sich aus dem Seitenfenster seines Škoda Octavia Combi, Grundfarbe Silber mit fetter blauer und schlanker roter Linie.

»Dein Streifenwagen, Chef! Ist zu laut.«

Binduphala Foluke, Ex-Mann der Bäcker-Jungchefin Sabine Kronberger, Vater des gemeinsamen Kindes Anwuli Kronberger, verlässt den Imbissladen, bei dem er nun zweimal die Woche aushilft, und kommt auf den trotz vorgerückter Stunde immer noch belebten Gehsteig.

Freitags, kurz vor Mitternacht. Da pulsiert es eben, das Leben hier in der Kleinstadt Sankt Ursula. Ähnlich wie der Herzschlag eines Spitzensportlers beim Sonntagsspaziergang. Viel los ist jedenfalls nicht, aber immer noch mehr als montags bis donnerstags. Alles eben eine Frage der Verhältnismäßigkeit.

So wie der Auftritt Wolfram Swobodas.

Energisch klopft ihm Binduphala auf das Dach des Dienstwagens: »Viel zu laut!«

»Ist ein Diesel! Was soll daran laut sein?«

»Tatütata!«, singt Binduphala durchs Fenster herein.

Und tatsächlich. Wolfram Swoboda hat vergessen, die Sirene verstummen zu lassen, sie einfach nicht mehr gehört. Wer kann es ihm verdenken. Zu groß der Lärm in seinem Inneren, all der Aufruhr.

Nein, er hat kein gutes Los gezogen. Vor allem heut.

Einen Unterbelichteten befragen zu müssen oder zwei, gerne auch täglich, alles kein Malheur. So etwas steht quasi in der Berufsbeschreibung jedes Polizisten. Selbst diese Strafverschärfung namens Lukas Brauneder erträgt er tapfer, diesen Jungspund, der ihm seit der ersten Untersattler-Schwangerschaft zugewiesen wurde und über eine intellektuelle Beweglichkeit verfügt, dagegen sind die Alpen richtige Springinkerln.

Wolfram Swobodas Leidensfähigkeit kann sich also durchaus sehen lassen. Eine Idiotenanhäufung dieser Dichte aber, wie er sie die letzten Tage zu ertragen hatte, ist sogar ihm neu. Und das will was heißen in einer Gegend, die rund um Hitlers Geburtstag bis schließlich zu den Maifeierlichkeiten für gewöhnlich schon eine Vielzahl geistiger Schattenwesen aus ihren Bunkern, Kellern und Erdlöchern lockt, da kann einem durchaus das Vertrauen abhandenkommen, auf festem Untergrund zu stehen.

Und nun findet justament eine der größten Dunkelkammern, sprich Bürgermeister Toni Bruckner, in Begleitung der alten Huber die Leiche der Herta Wohlmuthseder. Eine Frau, die der Bruckner schon zu Lebzeiten gern im Grab gesehen hätte, weil »linkslinker Gutmensch«, um in seinem Jargon zu sprechen. Unmittelbar danach taucht der Superheld für dies und das, Schmalzbruder-Bäckermeister Peter Pointner, am Tatort auf, stürzt sich in weiterer Folge wie vom Teufel besessen auf jene Idioten, die stets seine Freunde waren: die beiden Lorenzbrüder, beide Jahrgang 1995. Ja, und wer steht als Draufgabe in der Gegend herum und hält ihm plötzlich eine Flasche Führerwein unter die Nase, als hätt sie den heiligen Gral gefunden: »Schaun S', Kollege Swoboda, was da im Freien so herumliegt!«

Und wie er hier so sitzt in seinem Wagen, betrunken und kläglich und gierig nach mehr Alkohol in Bier- oder jedweder anderer Erscheinungsform, um ein bisschen Ruhe zu bekommen in seinen Kopf und Stille ins Herz, hat er die ganze Situation wieder vor Augen und im Ohr. Vorm Haus der toten Herta. Die vormals mit so viel Zugewandtheit wenn schon nicht behandelte, so doch im Stillen angeschaute Kollegin vor sich. Glühender Dorn im Herzen! Vor allem aber Ärgernis.

»Wenn S' schauen, finden S' den Dreck zurzeit in jedem Altglasbehälter. Was allerdings Sie betrifft, Unterberger-Sattler ...« Allein dieses förmliche Unterberger-Sattler, mit dem er seine geliebte Untersattler zu einer spürbar fremden Angelika hat werden lassen, zauberte ihr unübersehbar das schlechte Gewissen ins Gesicht. »Sie werden sich jetzt unverzüglich hinein zu den anderen begeben!«

Dumm wollte sie sich stellen, die Madame.

»Falsche Richtung. Ich hab hinein und nicht Berlingo gesagt.«

»Brauchen Sie meine Hilfe bei den Befragungen, Kollege Swoboda?«

Nicht so. Nicht mit ihm. Nicht nach dieser Aktion.

»Helfen! Sie mir? Hinhocken werden Sie sich in der Stube des Wohlmuthsederhofes zwischen die anderen Kandidaten, aber sicher nicht als Kollegin. Und dort warten, bis Unterstützung kommt.«

»Aber, aber …« Blass war sie geworden.

»Sie sind hier als Privatperson aufgetaucht, Unterberger-Sattler, ungebeten. Und weder der Bürgermeister noch die alte Huber hat Sie verständigt?«

Ihr Blick ein Flehen. »Aber Herr Kollege, ich hab die Kinder dabei, was …«

»Die holt ausnahmsweise der Kindesvater beziehungsweise Ihr Mann, der liebe Martin. Was schauen S' so entsetzt? Er ist doch der Vater? Wie er mir am Telefon jedenfalls grad versichert hat: Seine Schreibklausur hört wahrscheinlich gar nicht mehr auf, weil gewaltige Beziehungsprobleme. Wenigstens dazu kann man Ihnen gratulieren, Untersattler.«

Angelika Unterberger-Sattler musste sich festhalten, aschfahl geworden, ihr Kreislauf kurz vorm Versagen.

Und Wolfram Swoboda? Empfand kein Mitleid. Ist irgendwann gegangen. Schließlich wurde ihm und seiner Dienststelle nach Rücksprache mit seinem Vorgesetzten auf Landesebene zur Unterstützung eine Kriminalpolizistin zugeteilt. Irene Moritz. Ein Name, spitz wie ein Eispickel.

Sollte sich Lukas Brauneder mit ihr herumschlagen!

Selbst wenn Supergirl und Wonder Woman aufgekreuzt

wären. Ihm war es gleich und immer gleicher, während er im Anschluss einsam in Sankt Ursula auf der Dienststelle an seinem Schreibtisch saß. Viel zu einsam für die Traurigkeit in seinem Inneren und die noch geschlossene Flasche Dark Rye Malt in seiner Lade.

Heimischer Whisky als Adventskalender. Ein Geschenk von ihr. Seiner einstigen Untersattler. Die 0,7-Liter-Flasche mit einer Markierung versehen, vierundzwanzig Striche, vom 1. bis 24. Dezember.

Jeden Tag ein Schluck.

»Aus hundertprozentig dunkel geröstetem Roggenmalz!«, hatte er den edlen Tropfen geöffnet. »Hundertprozentig?« Schluss mit all dem Joggen und auf dem Hometrainer hocken, Musik hören zum Rocken und auch mit dem Brot aus Roggen. Schluss!

»Den sauf ich jetzt! Hundertprozentig.«

Was bitte ist das auch für eine Freundschaft, dieses: »Es ist ein Mädchen. Emma, heißt sie«, erst nach einer Woche zu erfahren? Nicht einmal eine Kurznachricht war Wolfram Swoboda seiner Untersattler wert. »Dieser, dieser frigiden Funsn. Dieser, dieser …«

»Aber Chef! Sie sind noch hier«, war dann nach welcher Zeitspanne auch immer Lukas Brauneder in der Tür gestanden.

»Binschoweg!«, hatte Wolfram Swoboda sich aus dem Schlaf gerissen und nach seinem Autoschlüssel gegriffen.

»Binscho-Weg. Welche Nummer?«, nahm dieser Dolm sein Handy zur Hand, »Binschonda GmbH Therapiezentrum gibt's, in Berlin, aber Weg?«

»Nurnochweg!«, mühte sich Wolfram Swoboda kopf-schüttelnd auf die Beine. »Schaun S' das!«

»Weg! Ah, weg!«, kam Brauneder die Erleuchtung, ge-folgt von einem: »Ich fahr Sie!«

»Wir san net bei der Rettung, Brauneder!«

»Aber Chef, Sie haben schon was getrunken!«

»Aber noch nicht alles. Bin erst beim dreisähen – drei-zähndn – dreizenten swfölden. Gehen S' lieba die Angliga in ihrem Bauernhof begatten!«

»Wie bitte?«

»Schatten. Beschatten vorm Gatten oder begatten im Schatten. Wurscht. Schaun S', wer da so zu- und wegfährt, aus- und eingeht. Verstanden?«

»Aber Chef, ich ...«

»Morgen is Samsdag, Brauneder. Wenn Sie's bis Sonn-dag schaffen, mir Ihr g'schissenes *Aber Chef!* zu ersparen, lad ich Sie auf Ihre Entjungferung drüben bei der Mari-anne ein!«

»Aber Chef, ich, ich ...«

»Ich fahr!«

Ein wahres Privileg war das, in den Streifenwagen stei-gen und Dampf ablassen zu können. Mit Blaulicht durch sein Revier zu rollen. Langsam. Sollen die Leut' doch ruhig Angst bekommen, sich denken: Warum schleicht die Poli-zei so durch die Gegend? Ist was passiert? Hier bei uns? Suchen die wen?

Ja, das genießt er. Diese Macht. Und wenn dann ein paar zu neugierige oder einfach nur unsympathische blau mitzuckende Gesichter hinter den Fenstern hängen oder auf der Straße stehen: die Sirene dazuschalten. Keine, die davonzischt, als wäre ein Funkspruch hereingekommen, sondern Schneckentempo beibehalten. Herrlich ist das, zu beobachten, wie es dann hinter den G'friesern rumort, klar wird: »Der Verbrecher muss sich in unmittelbarer Nähe befinden! Kommen die wegen mir? Warum?«

Ein nächtliches Tatütata leert die Straße und hält das schlechte Gewissen in seinem eisernen Schwitzkasten. Es sei denn, man hat keines.

So wie nun Binduphala Foluke.

Hannelore hat das Pärchen hinter sich vorgelassen, um mit dem Bäckermeister allein zu sein. Sigi Kronberger aber ist mittlerweile in Eile, sieht immer wieder zu seinem Ofen zurück, entsprechend sein Blick der Sorte: *Jetzt reden S' endlich. Was soll's sein?* Wort verliert er keines.

»Ist Peter zu sprechen?«, bückt sich die alte Huber der herausströmenden Wärme entgegen und sieht zum Fenster hinein. Es folgt ein mürrisches: »Na!«, sprich Nein.

Unbefriedigend natürlich.

»Weil er nicht hier ist oder weil er nicht kann?«

»Weul er beim Daag is!«

»Tag?«

»Teig! Und i muaß jetzt zum Ofen!«

»Und ich muss zu Peter!«

»Oft host a Pech!«, will Sigi das Fenster schließen, doch Hannelores Gehstock weiß dies zu verhindern.

»Es ist aber wichtig!«

»Brot ist wichtig. Sonst nix!«, schreit er heraus.

»Pointner!«, ruft sie hinein. »Es geht ums Erbe. Wegen Tante Herta! Komm ans Fenster!«

»Oide!«, flucht Sigi Kronberger, verlässt seinen Posten, und da ist sie klug genug, die alte Huber, dieses »Oide!« nicht persönlich zu nehmen. Wenngleich ihr kürzlich ein Buch in die Hand fiel namens: Fünfzig Sätze, die das Leben leichter machen. Und darunter diese eine Perle: *Es tut mir*

leid, wenn ich den Eindruck vermittelt habe, dass Sie so mit
mir sprechen können!

Sensationell. Irgendwann passt es, nun aber wäre es verschossen. Denn dieses »Oide« (Alte) beziehungsweise das noch viel häufiger vorkommende geschlechtsneutrale »Oida« (Alter) ist die kürzeste Verbindung zwischen jeder x-beliebigen Emotion und Sprache. Ein Universalwort größten menschlichen Empfindens, je nach Betonung für alle, aber wirklich alle Gefühlsregungen einsetzbar.

Ja, und so wie es scheint, dürfte es dem Sigi nun doch ein Anliegen sein, auch zwischen Hanni und Peter eine Verbindung herzustellen.

Mit »Dann kommen S' hoit!« öffnet er eine Seitentür und deutet: »Hint rechts!«

»Peter!«

> *This ain't a song for the broken-hearted*
> *No silent prayer for faith-departed*

Peter Pointner knetet und singt sich die Seele aus dem Leib. Je ein Tschikstummel ragt aus seinen Ohrwaschln – und ist bei näherer Betrachtung doch nur ein Paar dieser weißen Stöpsel, wie sie heutzutag den Menschen eben so in den Gehörgängen stecken.

> *And I ain't gonna be just a face in the crowd*
> *You're gonna hear my voice when I shout it out*
> *loud!*

Und es klingt durchaus beeindruckend. Sogar die alte Huber kennt dieser Nummer aus ihrem Schlagerradio. Peter Pointner aber könnte in völliger Finsternis als Bon Jovi auf der Bühne stehen und maximal, dass sich ein paar Leute dächten: »Na, Gott sei Dank singt er wieder richtig und wie in seinen besten Zeiten.«

Scheinwerfer sollten allerdings keine angehen, denn noch bevor der schöne Pitt die restlichen Zeilen des gar hymnischen Refrains *It's my life, It's now or never* durch die Backstube schmettern kann, tippt ihm die alte Huber auf die Schulter und glaubt, sie sieht nicht recht. So wie wohl auch Peter Pointner selbst, der sich mit den Worten »Brauchst was, Sigi?« umdreht. Denn was da nun zum Vorschein kommt, kann wahrscheinlich selbst der Peter Pointner im Spiegel als Peter Pointner nicht mehr wiedererkennen.

Hannelore bringt zuerst kein Wort heraus, so beeindruckend ist der Anblick. Sein Gesicht Kategorie Rocky IV, Runde 13, der Kampf des Jahrhunderts. Verschwollen seine Augen, nur noch aus schmalen Schlitzen zeigt sich ihm diese Welt. Aufgeplatzt seine Lippen. Ein breites Pflaster, ausgehend von knapp unter der linken Schläfe, zieht sich über den Backenknochen bis unter das Kinn. Und wie es scheint, dürfte Peter Pointner Boxhandschuhe getragen haben, denn das fällt der alten Huber sofort auf: Seine Hände sind makellos. Keine Schramme, keine Abschürfung, nichts.

»Huberin?«, wischt er seine Finger in der Schürze ab, zieht seine Stöpsel aus den Ohren und wirft ihr womöglich einen fragenden Blick zu, denn irgendeine Mimik, die Aufschluss über seine Gefühlslage geben könnte, bringt er mit dieser Baustelle in seinem Gesicht keine zusammen.

»Was ist denn dir passiert, um Himmels willen?«, nimmt

Hannelore auf einem Sessel Platz. »Hat dich wer überfallen? Hast du dich nicht gewehrt?«

»Halb so schlimm!«, greift Peter nach einer Wasserflasche mit Nuckel, wie sie zumeist in Rädern, Sport- oder Schultaschen steckt.

»Halb so schlimm!«, wiederholt sie, die alte Huber, und muss sich gewaltig zusammenreißen, kein unangemessenes Lachen zu verlieren. »Wenn das halb so schlimm ist, will ich *ganz* gar nicht sehen müssen! Ist da eine Schnittwunde unter deinem Pflaster oder eine Verbrennung?«

»Nur ein Kratzer!«, lässt Peters Stimmlage nun deutliches Missfallen an dieser Fragerei erkennen, die trotzdem kein Ende nimmt. »Oder waren das die Lorenzbrüder? Heut Vormittag vor dem Wohlmuthsederhof? Wie du vor den Augen der Polizei auf sie losgegangen bist? Ihr seid doch Freunde? Ist da niemand dazwischengegangen?«

Keine Antwort.

»Wo ist der Richi Kronberger eigentlich? So viel Brotkörbe und Teig, wie hier warten, schreit das eigentlich nach einem Freund namens Oktopus!«

Peter schüttelt den Kopf, offenbar wenig amüsiert. »Hab gar nicht g'wusst, dass du so lustig bist, Huberin!«, hebt er ein Messer, mit dem wohl eher die Teiglinge eingeschnitten werden sollten, fuchtelt damit herum, auf dass es nur so Mehl staubt, erklärt »Florett, Degen, Sä…!« und setzt sofort wieder aus, weil Reizhusten. Hört sich nicht gut an. Auch nicht für die umliegenden Backwaren. »Säbel und manchmal Schwert. Fechten geh ich, das ist alles! In einem Ver…« Wieder ein Husten. Verein, will er sagen. Für Hannelore ist so ein loses »Ver« allerdings eine gnadenlose Einladung, verwandelt muss so eine Vorlage werden: »Ver? Einer Verbindung, offenbar einer schlagenden, wenn ich deine verschwollenen Augen so anseh!«

Keineswegs lustig, dieser Anblick, wie der vor wenigen Stunden noch so schöne Pointner nun in die Ecke getrieben unter großem Schmerz die Lippen spitzen will, um seiner Wasserflasche Flüssigkeit zu entlocken, und nicht die geringste Saugkraft zusammenbringt. Also Mund auf, ein fester Druck, ein kurzer Spritzer, direkt in seinen Rachen, ein erbärmliches Verkutzen, grad dass er dran nicht erstickt.

Kräftig, die Schläge der sofort wieder aufgesprungenen Hannelore auf seinen Rücken, »Raushusten, Pointner!«, selbstverständlich inklusive weiterer Fragen: »Also, warum gehst du so auf den Richi los? Hat er die Herta auf dem G'wissen? Oder was läuft da zwischen euch?«

»Jetzt sag endlich, was führt dich her?«, röchelt Peter die längst überfällige Gegenfrage heraus. Und Hanni fackelt nicht mehr lange herum, zieht ein Kuvert heraus und hält es wie auf dem Spielfeld eine rote Karte empor: »Tante Hertas handgeschriebenes Testament. Du bist ihr Erbe.«

»Ich?«, nimmt Peter nun auf dem einzigen vorhandenen Stuhl Platz, ungläubig. »Niemals! Sie konnt mich nicht leiden!«

»Was weißt du denn schon? Warst ja nie bei ihr.«

Ein angestrengtes Lachen seinerseits. »Ja, weil sie nichts mehr mit mir zu tun haben wollt. Sogar dem Bäcker-Bus hat sie hinterhergeschossen, wie ich zum letzten Mal bei ihr oben war.«

»Das weiß ich. Im ganzen Dorf war's zu hören. Nur warum wirklich? Wegen deiner abgrundtief verachtenswerten G'schicht mit Georg Schwaiger? Ich glaub nicht, dass das der einzige Grund war. Magst mir's vielleicht erzählen?«

»Darf ich's sehen?«, umgeht er neuerlich die Frage und streckt Hannelore die Hand entgegen. Die alte Huber übergibt das Kuvert, und nach einem kurzen Moment des Zögerns reißt er es auf. Eine Karte kommt zum Vorschein, darauf aufgeklebt ein Foto des Zyklopenkopfes, und auf der Rückseite nur drei Zeilen – für die Peter erschreckend lange braucht.

»Ein Analphabet bist aber keiner, oder? Was steht da genau?«

Peter blickt weiter auf den Text, als könnten sich die Buchstaben bewegen und zu einem anderen Inhalt zusammenmischen.

»Ja sakra!«, wird's der Hanni zu lang. Sie reißt ihm das Foto aus der Hand und staunt in Anbetracht der Zeilen nun selbst.

Werde ein anderer, und bring es zu Ende. Bevor es zu spät ist. Ohne Kompromisse. Alles, was ich je besessen habe, gehört dann Dir.

»Was sollst du zu Ende bringen, um Himmels Willen, Peter?«, flüstert die Hanni und schaut ihn an, der er noch immer nur steht und starrt.

Die Stimme aus dem Hintergrund ist höhnisch, direkt hasserfüllt: »Den Tag und des Brot soll er z' End bringen, sonst wird des sein eigenes!« Sigi Kronberger steht in der Tür. »Nur Schererei'n hob i mit eam!«

»Mit ihm?«

»Jo, eam!«, wirft der Hausherr seinem Angestellten einen Blick zu, der an Verachtung nichts zu wünschen übrig lässt. Für Hannelore eine Einladung nachzuhaken: »Sind S' doch froh, dass es nur sein Gesicht und nicht auch seine Hände erwischt hat.«

»Des san mir di g'fährlichsten, die an Sprung in der Schüssel hob, aber saubere Pratzen!«

Irgendwo in der Ferne ertönt eine Polizeisirene.

Deutlich näher ist ein Klopfen zu hören. *Tock-Tock-Tock.*

»Glei!«, brüllt Sigi Kronberger schwer gereizt, befiehlt der alten Huber mit unmissverständlicher Strenge: »Wart!«, geht ums Eck, kommt mit einer gefüllten Papiertüte wieder zurück. »Da, für die Nerven!« Und drückt selbige der alten Huber in die Hand.

»Polsterzipf und Topfenmäuse!«, wirft sie einen erfreuten Blick hinein und lässt das Sackerl umgehend in ihrer Kittelkleid-Tasche verschwinden. »Seit wann macht ihr Schmalzgebäck?«

»Seit dreißig Jahr!«, ist die Antwort.

Dann verlässt er den Raum, samt einem bedrohlichen: »Und jetzt moch des Brot fertig, Pointner, sonst war des endgültig dein letzter Arbeitstag und du kannst beim Foluke ois Kebab anfangen!«

Peter aber wirkt keineswegs so, als würde er sich weiter seiner Arbeit zuwenden wollen.

»Jetzt mach schon, Captain Swoboda, bevor ganz Sankt Ursula munter wird!«, flüstert ihm Binduphala nun durchs Fenster zu, ergreift den flüssigen Adventskalender, sprich die Whiskyflasche, blickt auf die vierundzwanzig Striche, hebt streng seine rechte Augenbraue und schüttelt verwundert den Kopf: »Na bravo. Vier Tage noch bis Weihnachten!«

Ungut ist das. Fließend Deutsch spricht der Kerl mittlerweile, ohne Grammatikfehler. Obwohl der Name seines Nachhilfelehrers, des ehemaligen Volksschuldirektors Friedrich Holzinger, mittlerweile als Grabinschrift den Glaubenthaler Friedhof ziert.

Still und friedlich eingeschlafen.

Still ist es nun auch auf der Straße geworden.

»Dank dir, Wolfram. Was für eine Erlösung! Deutlich besser so um 23 Uhr. Nur das Blaulicht, ohne Martinshorn!«

»Vom Martin, dem Hornochsen, das Horn!«, beginnt Wolfram Swoboda höhnisch zu lachen, reißt sich zusammen und versucht, deutlicher zu sprechen. »Na, du hast die Ruhe weg, Foluke, den Namen überhaupt zu erwähnen, grad du! Elender Eierdieb.«

Binduphala Foluke zeigt Anzeichen größerer Irritation.

»Wieso Eierdieb? Sklaventreiber Swoboda ist also tatsächlich im Einsatz. Um welches Verbrechen geht es genau? Alkohol am Steuer?«

»Das häufigste Verbrechen überhaupt: eines in den eigenen vier Wänden! Ich vermute, du hast wem ein Ovum gestohlen!«

»Ich?«

»Und jetzt nimm zwei Bier, sperr den Imbiss zu und steig ein!«

»Ich kann nicht zusperren, mein Chef schmeißt mich sonst raus!«

»Dein Chef schmeißt dich nur raus, wenn er Lust drauf hat, ein paar Tage später den Imbiss dicht machen zu müssen. Und jetzt komm.«

Es dauert ein Weilchen und Binduphala Foluke schließt tatsächlich den Laden. Mit zwei in Stanniolpapier verpackten Happen und zwei Flaschen öffnet er die Wagentür. Allerdings auf der Fahrerseite. Entsprechend die Reaktion.

»Was is mit dir, Foluke. Mein rechter, rechter Platz ist leer. Oder willst dich auf meinen Schoß setzen?«

»Weg da.«

»Weg da mit dem Zeug in deiner Hand. Ich hab Bier gesagt!«

»Ich schenk Betrunkenen nur Wasser aus. Und jetzt rüber. Ich fahr.«

»Meinen Dienstwagen?«

»Andersrum wird's ein Leichenwagen. Ich will aber noch nicht sterben, Swoboda, schon gar nicht als dein Kopilot! Und stell dir vor, du überlebst, als Betrunkener. Willkommen im Knast.«

Zu gut, dieses Argument! Also wird gewechselt.

»Und, wo geht's hin?«

»Wurscht. Fahr einfach!«

Und dann reden die beiden. Lässt Wolfram Swoboda, so gut es ihm in seinem Zustand möglich ist, einmal mehr die Ereignisse rund um Binduphalas Trennung Revue passieren. Wie er vor eineinhalb Jahren seine Ehefrau Sabine Kronberger in der Backstube mit dem schönen Bread Pitt erwischt hat. Splitterfasernackt. Zwei weiße Körper. Bereits entspannt in Löffelchenstellung. Anstatt der Zigarette die Zimtschnecke danach.

Wäre ja auch zu schön gewesen, hätte diese Liebesgeschichte gehalten. Binduphala und Sabine. Er, der Verlorene. Der afrikanische Flüchtling. Der anstatt im Gummiboot in den Armen der Marokko-Touristin Sabine Kronberger die Straße von Gibraltar und all seine bittere Vergangenheit hinter sich ließ.

Freundlich war der Empfang in dieser Gegend ohnedies nicht, aber als vor zwei Jahren Sabines Bruder Richi wieder hierher zurückkam und dachte, jetzt nach dem Militär sei er wer, und das trotz Rauswurfs, wurde es für Binduphala in der Familie zusehends ungemütlicher.

Und ausgerechnet dieses ihm gegenüber anfangs abfälligste Scheusal Wolfram Swoboda wurde mit den Jahren sein bester Kumpel.

Beinharte Schale, weicher Atomkern.

Ja, und als Binduphala da in der Backstube stand, um seine Liebe betrogen, um sein Vertrauen, um seine wunderbare kleine Familie, und nicht ein einziges Wort herausbrachte, wusste er sich keine andere Lösung als dieses kurze SMS an Swoboda:

Bitte hol mich. Sofort. Backstube!

Vor den Augen seiner Frau davonlaufen, sich als zuerst von ihr Geretteter und nun von ihr Betrogener neuerlich auf die Flucht begeben müssen, wollte er nicht. Und den beiden diese schmachvolle Prozedur ersparen, wollte er auch nicht. Sollen sie sich ruhig vor seinen Augen aus ihrer Nacktheit herauswinden müssen, irgendwie.

Was immer Sabine ihm dann noch sagen wollte, er hat nicht zugehört, durch sie hindurchgesehen. Sogar ihre Tränen, die vor seinen Füßen wie Fliegerbomben auf den vom feinen Mehlstaub bedeckten Boden fielen, hinterließen keine anderen Spuren als kleine dunkle Krater. Ihre Umarmung seines starren Körpers ein einziger Schmerz. Es war vorbei. Ihr Davongehen eine Erlösung.

Lang noch blieb er allein zurück, atmete ein letztes Mal noch den Bäckerduft, bis dann endlich Wolfram Swoboda kam, in Begleitung seiner Kollegin Angelika Unterberger-Sattler.

»Und glaubst du, ich war blind, Bindu? Die Untersattler und du, ihr zwei habt euch ja von Anfang an schon gut verstanden, was? Am liebsten wär sie gleich nach dem Pointner und deiner Ex mit dir ins Mehl g'hupft.«

Stockdunkel ist es nun draußen. Aus der Unsichtbarkeit

des Himmels fällt ein erster leichter Nieselregen. Binduphala hat sich mit dem Streifenwagen weit nach dem Ortsschild Sankt Ursulas eingeparkt, umgeben von schwarzem Nichts, und ist ausgestiegen.

»Geh nicht z' weit vom Wagen weg, sonst seh ich dich nimma!«

»Captain Swoboda ist und bleibt ein Trottel!«

»Mir warst du lieber per Sie und mit schlechtem Deutsch. Und? Hast du den Namen ausgesucht? Emma? Gefällt mir.«

Die Antwort bleibt aus, und Swoboda gerät ins Träumen.

»Ich war übrigens Ende der Achtzigerjahre hoffnungslos verliebt in eine Emma. Eine wunderschöne Frau war das und eine noch viel schönere Zeit!«

»Das versteh ich nicht. Du warst doch verheiratet, und deine Tochter Stefanie kam 1985 zur Welt!«, meldet sich Binduphala wieder zu Wort.

»Jo eh! Daran ist es ja auch gescheitert. *Emma, gemma*, hab' ich immer g'sagt, wenn ich in die Hapfn mit ihr wollt. Und sie: Dann komm, mein *Hammer*. Englisch. Mike Hammer. Gespielt von Stacy Keach, der Detektiv mit der Hasenscharte. Kannst dich erinnern?«

Der Nieselregen wird ein Regen, und Binduphala kommt zum Wagen retour. »Wenn ich mich an dein Fernsehprogramm Ende der Achtziger erinnern könnt, wäre ich ein hochbegabter Säugling in Mitteleuropa und nicht in Afrika gewesen!«

Wolfram Swoboda nimmt seine Whiskyflasche zur Hand und schwelgt weiter in Erinnerungen: »Ach, *Emma, gemma.* Eines Tages hat sie ergänzt: ... *aufs Standesamt?* Und meine saudumme Antwort war dann: *Emma, jetzt hab'n wir ein Dilemma!* So wie du, Bindu! Weil der Sattler Martin wird keine Freude hab'n, wenn er deine Emma sieht.«

»Ist es sehr schlimm, wenn ich mich nicht vor ihm fürcht?«, steigt Binduphala in den Wagen: »Und? Wohin jetzt? Ich helf morgen auf Ebersfeld aus. Am besten, ich bring uns nach Hause.«

»Du meinst: mich nach Hause. Heim zu mir!«

»Ins Heim willst?«, nimmt Binduphala wieder Fahrt auf. »Bis dahin hast du noch ein paar Jährchen.«

»Wie lang willst eigentlich noch auf meinem Wohnzimmersofa schlafen, Foluke?«

»Wieso? Darf ich bei der hohen Miete endlich zu dir ins Doppelbett?«

Ein liebevolles »Trottel!« bringt Wolfram Swoboda noch heraus, heilfroh, zusammen weniger allein sein zu müssen, dann schläft er ein.

»*Emma, gemma!*«, flüstert Binduphala und lächelt. »Mein Fleisch und Blut. Und alles, was sich reimt, ist gut!«

Es regnet. Vor wenigen Sekunden noch ein Nieseln, sind es nun hörbare Tropfen, und er weiß: Es wird ein Prasseln daraus werden, ein Tosen, eine Sturzflut, ein Überlaufen.

Hannelore hat schnellen Schrittes die Bäckerei Kronberger verlassen, den Schirm aufgespannt, den Kopf zwischen die Schultern gezogen. Beeindruckend beherzt geht sie ans Werk, unbeugsam, hingebungsvoll.

All das aus Liebe.

Für Herta, für ihr Dorf, für ihre Heimat.

Ja, Liebe. Sie öffnet neue Räume und nimmt den festen Boden. Raumfahrerin. Die Liebe zu einer Idee, einer Vision, kann Welten erschließen oder zerstören. Wahnsinn werden.

Viel Zeit bleibt ihm nicht mehr.

Zeit in dem Bewusstsein, kurz vor dem Ende seines Lebens einmal noch das Richtige getan zu haben zu tun. Sich nicht nur um die längst verlorene eigene Haut gekümmert zu haben, sondern die der anderen. Womöglich des ganzen Dorfes. Sie haben es einander versprochen.

»Wenn einer von uns nicht mehr kann und die anderen noch leben, wird aufeinander Verlass sein!« Herta, Leni und er.

Drei wie eins. Ein Fleisch und Blut. Drei, die nie zu trennen waren, so groß die Distanz eines Tages auch wurde.

So viel haben sie für dieses Dorf getan. Aufeinander vertrauen können. Immer.

»Wenn ihr mich braucht, Herta und Fredi, wenn es nicht mehr anders geht, dann bin ich zur Stelle, das schwör ich auf mein Leben!«

»Du musst uns nicht danken, Leni, sondern wenn überhaupt: wir dir. Zwischen uns wird es nie Schuld geben, Schuldscheine und Schulden! Freunde sind Freunde. Da gehört es sich, füreinander da zu sein!«

Ein ganzes Menschenleben ist seither vergangen.

Nun kam Hertas Nachricht.

»Ich werde sterben vor meinem Hunderter und will euch noch einmal sehen. Und ewig kannst du es sowieso nicht vor dir herschieben und dich damit quälen, Leni. Wenn auch du eines Tages in Frieden gehen willst, musst dich besser heut als morgen um eine Sache kümmern. Da können Alfred und ich dir nicht helfen!«

»Ich weiß ...«

»Dann lass uns einmal noch Geburtstag feiern.«

Kein Auge konnte er danach mehr schließen, ohne durch das Dunkel seiner Lider den Blick hinein in die Finsternis der Vergangenheit zu werfen. Längst verloren geglaubte, zersplitterte Bilder, die sich unaufhörlich wieder zu einem Ganzen formten. Und sosehr er auch daran schraubte, immer und immer deutlicher wurde daraus stets nur ein und dasselbe Antlitz. Große traurige Mädchenaugen in einem so unschuldigen Kindergesicht.

»Wenn ich dran glauben würde und es hilft, wär jetzt genau der richtige Zeitpunkt, mit dem Beten anzufangen!«, flüstert sie, die alte Huber.

»Wos host g'sagt?«

»Ob deine Ente schwimmen kann, wollt ich wissen!«

Alfred Eselböck sitzt weit über das Lenkrad gebeugt hinter der Windschutzscheibe seines 2CVs, und selbst wenn die Scheibenwischer schneller könnten, die Sicht würde sich nicht verbessern. Der Himmel erbricht sich.

»Wie viel Dioptrien warn's, Fredl, als dir der Optiker Kraller vor fünfzehn Jahren deine letzte Brille verschrieben hat?«

»Zehn Jahre! Und jetzt lass mich fahren, sonst verlieren wir ihn.«

29 PS gegen 1 MS lautet das Duell.

Denn Peter Pointner hat schnurstracks seinen Posten verlassen und rast auf seinem Rennrad durch die Nacht. Die Herausforderung könnte also größer kaum sein.

»Brav, Spatzl!«, hält Alfred Eselböck auf dem Mittelstreifen der Bundesstraße konzentriert mit. Dabei bleibt es aber nicht. Bald verliert er an Aufmerksamkeit, immer mehr den Blick auf den Straßenrand gerichtet. Entsprechend auch die Fahrweise.

»Fredl, ich bitt dich inständig!«, bekommt es Hannelore zusehends mit der Angst zu tun. »Schau auf die Straße und vergiss den Peter!«

»Nein!« Es ist der ehemalige Glaubenthaler Fußballplatz, der Alfred Eselböck ungewollt beinah die Straße verlassen lässt.

Legendäre Spiele wurden hier ausgetragen, epische Schlachten, bis dann die Spieler aus Gründen der Überalterung und Überfettung dem Stammtisch des Brucknerwirts den Vorzug gaben. Nachwuchs war keiner in Sicht, nur auf dem Rasen: Löwenzahn, Gänseblümchen, Klee – und schließlich Alfred Eselböck.

Narzissen, so weit das Auge reicht.

»Die werden das nicht überleben, Hanni, den harten Regen!«, stehen ihm die Tränen in den Augen. Nach der Dorfbücherei ist dieser Ort hier sein Heiligtum.

Gepachtet hat er dieses Grundstück, das heut' noch zu den Ländereien der Burg Ebersfeld gehört. Die Aufregung war kurz, aber groß. Ein ganzer Haufen Männer, der Alfred Eselböck erstmals überhaupt besuchen kam, zwischen seinen Büchern.

»Hast nix Bessers z' tun mit deiner Rent'n?«

»Was willst aus dem Spielfeld machen?«

»Eine Pflegestation für euch Alte?«

»Ein Feldlazarett?«

»Eine Feldstudie, ihr Banaus'n!«, war seine Antwort.

Seither also betreibt er hier ein Pflück-dir-selbst-Blumenbeet – gepflanzt und gepflegt von Emil Brunner – samt Schild und Blechdose: »Was die Blumen kosten, steht hier. Was dann in der Dos'n an Geld landet, zeigt mir, wie hoch es um eure Moral steht! Ein Pegelstandmesser also!«

Diese Geschichte glauben ihm die Leute bis heute.

Auch wenn es nur die halbe Wahrheit ist.

Ja, und nun lassen Alfreds Narzissen mehr noch ihre Köpfe hängen, als dies ohnehin in ihrer Natur steckt, denn der Regen prügelt kräftig auf sie ein.

»Ein Jammer ist das!«

»Schau auf die Straß'n, Fredl!«

Mit einem Ächzen hebt Alfred Eselböck seinen Kopf ein Stück höher.

»Du wirst es nicht glauben, Hanni, aber jetzt, wo wir keinen Pfarrer mehr hab'n und auch noch ein Nazi Bürgermeister g'worden ist, scheint mir, es kommen die Leut' hierher, ihren Ablass zahlen!«

Ja, und so wie es der alten Huber scheint, taucht da am Horizont ein atlantikblaues Blitzen auf.

»Vor uns, pass auf!«

»Der Peter? Ich seh ihn doch.«

»Nicht den Pointner. Weiter vorn!«

Es ist der tiefergelegte GTI des Richi Kronberger, der da am Straßenrand parkt, mit aufheulendem Motor aus der Dunkelheit herausschießt und dann: Scheinwerfer an. In voller Geschwindigkeit geht es ungebremst an Peter Pointner vorbei und auf den dahinkriechenden Oldtimer zu.

Das wie aus dem Nichts aufhellende Licht raubt Alfred Eselböck auch noch die letzte Sicht. Unmöglich, in dieser Situation auf der ohnedies bereits regennassen, von Lachen überzogenen Fahrbahn irgendeine kontrollierte Reaktion zu setzen, schon gar nicht mit fünfundneunzig. Also Jahren.

Keinen einzigen Ton mehr bringt sie heraus, die gute

Hannelore, den ratternden Ackerboden vor Augen, dazu das Wissen um die nicht weit entfernt dahinfließende, reißende Glaubenthaler Ache und diese Angst.

»Fredl?«

Doch Alfred reagiert nicht, hängt in sich zusammengesunken mit dem Kopf an das Lenkrad gelehnt, und der guten Hannelore wird ziemlich panisch zumute, denn die Ente fährt immer noch, ackert sich durch das Feld, des Eselböcks rechter Fuß fest auf dem Gas.

Jetzt besitzt die alte Huber natürlich keinen Führerschein, weil wenn der Mann schon einen hatte, wozu für die Frau extra noch Geld ausgeben? So zumindest die Ansicht des werten Gemahls Walter. »So a Schnapsidee!«, hat er sie vor fünfzehn Jahren dazu wissen lassen: »Was willst als Sechzigjährige plötzlich mit dem Autofahren anfangen?«

»Weil bald alles zug'sperrt haben wird in der Gegend und du nicht jünger wirst!«

»Aber du natürlich? Oder wie? Wenn's dringend nötig ist, bring ich dich doch eh überallhin.« Freiheit. Ansichtssache eben. »Außerdem hat doch jeder bei uns seine Maschinen. Meine steh'n in der Scheune, Werkstatt und Garag'. Deine alle im Haus. Küchenmaschin', Waschmaschin', Kaffeemaschin', eines Tages vielleicht eine Geschirrspülmaschin'!«

»Komisch ist das.«

»Was?«

»Dass ich grad jetzt an eine Häckselmaschin' denken muss.«

Es war einer dieser seltenen Momente, in denen sich zumindest ein paar der vielen Falten in Walters stets grantigem Gesicht höchst verräterisch gegen ein Schmunzeln wehrten.

Wie schön es wäre, nun mit dem alten Eselböck ein wenig lachen zu können. Nur leider. Zum Glück jedoch bedeutet der Mangel einer Lenkerberechtigung nicht automatisch technische Dummheit.

»Schlüssel anziehen, Schlüssel abziehen!«, sucht sie nun, die gute Hannelore. »Wo ist der elende Zündschlüssel?« Jedenfalls nicht dort, wo er sein sollte. Rechts neben der Lenksäule, dem Beifahrer zugewandt. Nur leider. »Gibt's das?«, sucht sie vergebens. 2CV eben. Anlass-Schloss links.

Und immer näher kommt das Flussufer.

»Hilft alles nix!«, greift Hannelore nach ihrem Gehstock, und auch wenn sie nie in dem Nebenzimmer der Café-Konditorei Kronberger ein paar Kugeln mit einem Queue in die Löcher des Poolbillard-Tisches befördert hat, trifft sie den rechten Unterschenkel Alfred Eselböcks ausreichend wuchtig und genau, um den Fuß vom Gaspedal rutschen zu lassen und dem Wagen die Fahrt zu nehmen – bis er endlich steht.

Die schon leicht über die Ufer getretene Ache vor Augen, muss sie kurz durchatmen, die gute Hannelore.

So auch ihr Sitznachbar, hörbar.

»Viel gefehlt hätte nimma.«, hebt er den Kopf mit blutender Stirn. Was grad passiert, muss keiner besprechen. Die Faktenlage ist ohnedies klar. Der atlantikblaue Golf mit wahrscheinlich mindestens Richi Kronberger als Insasse hat Peter Pointner von seinen hartnäckigen Verfolgern befreien und diese womöglich auch gleich loswerden wollen.

»Zum Glück hab ich's gebremst«, blickt Alfred Eselböck nun aus dem Fenster.

»Gut hast das g'macht!«, lässt ihm Hannelore glücklich voll Erleichterung den Glauben. »Wäre auch eine traurige G'schicht, hätten uns deine Narzissen umgebracht.«

»Ja, das wär wohl traurig!«, wiederholt er, atmet tief, ein wenig wie Kinder am Beckenrand, die vorhaben, eine ganze Länge durchzutauchen.

»Weißt du eigentlich, für wen die Blumen wirklich sind?«, beginnt er zu erzählen ...

»Licht aus, Peter, Handy weg, sonst finden sie dich!«

»Glaubst du?«

»Hier: Holzhütte mit Ritzen. Draußen: Nacht mit Pfützen. Reicht das als Erklärung? Dafür ist es schön kuschelig eng in der Spargelbude.«

»Was willst du mir damit sagen, Betti?«

»Dass es schön kuschelig hier drinnen ist!«

»Mach dich nicht lustig. Ich weiß es ja selbst, dass ich es mit uns beiden verbockt hab.«

»Wer bitte hat gerade davon gesprochen?«

»Du! Wir sind zu zweit, liegen eng beisammen, sind geschieden, und ...«

»... dann hörst du in jedem Schmarrn einen Angriff, so wie früher, und solltest wieder deine Tabletten nehmen, Pezi! Abgesehen davon stehen wir nicht, sondern liegen, weil du Hosenscheißer ja in Deckung gehen musst vor dem Angriff der Finsternis! Wie schaffst du das eigentlich mit den Nachtdiensten?«

»Pssst, Betti! Da ist wer.«

So eine ausgewachsene Angst vor Dunkelheit – korrekt: *Achluophobie* – ist in dieser Gegend nichts Seltenes. All die Hexenverbrennungs- und Raunachtgeschichten, die Kriegsjahre, über die hier im nüchternen Zustand keiner spricht, die unendlich vielen Geheimnisse ... Bei einer durchgehenden Wolkendecke wie der heutigen aber wünscht sich nicht einmal der ortskundigste und furchtloseste Einheimische, bei Nacht ohne irgendeine Form der Beleuchtung Mutter Natur ausgeliefert zu sein. Da wird dann der erstbeste Unterschlupf aufgesucht, und sei es eine allein am Straßenrand stehende Spargelbude.

»Niemand ist da draußen. Nur wir, hier drinnen. Hört sich nach Meister Pezi an, das Gebrumme.«

»Sehr lustig. Ich bin eben hungrig!«

»Dann küss mich doch endlich.«

»Hast du mein Gesicht gesehen? Ich kann nicht einmal aus einer Wasserflasche trinken, wie soll ich dich da küssen?«

»Genau deswegen sind wir nicht mehr verheiratet.«

»Wir sind nicht mehr verheiratet, weil ich es verbockt habe und du die Scheidung wolltest, Betti.«

»Das hast schon du inszeniert, wie alles andere!«

»Was soll das heißen?«

»Wir sind nicht mehr verheiratet, weil du so eine Ehe nur als Alibi führst! Und solang du den echten Peter versteckst, wie den Falschen grad hier bei mir in der Spargelbude oder der Peter Parker den seinen unter einem Spider-Man-Kostüm, wirst du auch Angst im Dunkeln haben.«

Und die hatte er, der Peter Pointner. Wusste nicht, wohin mit sich. Versuchte, sich im strömenden Regen irgendwie davonzumachen. Auf der Bundesstraße zu halten, bis er an der Pointner-Spargelbude vorbeikam. Und auch Betti hatte bei dem Sauwetter nicht gewusst, wohin. Also war sie dort geblieben. Träumte vor sich hin, von Tonic mit Gin, Love am Kamin, vom Un- und vom Sinn, sah zwischen den Lattenschlitzen den Peter am Radl sitzen, dazu dieses Rauschen, diese zu senkrechten, parallelen Linien verschmolzenen Tropfen, verschmolzenen Tropfen, verschmolzenen Tropfen, verschmolzenen Tropfen … Ach … griff lüstern nach ihrem Handy – und es wurde Licht. Eines, dem Peter Pointner zuflog wie die Wanze der Wärme, wie der Kolibri dem Nektar …

»Betti, ich bitte dich … deine Brüste in meinem Gesicht … das tut weh …!«

»Hast recht. Besser den Spatz in der Hand, als die beiden Tauben auf dem Dach! Wie schön. Regt sich da was?«

Motorengeräusche sind aus der Ferne zu hören. Kommen immer näher. Ein Wagen rast vorbei. Mit aggressiv Richtung Anschlag gedrücktem Gaspedal, dröhnend lautem Gitarrengebrüll, Heavy-Metal-Musik, Männergeschrei. Betti will sich zu den Lattenritzen bewegen, ins Freie schauen, doch Peter kommt ihr mit einer Erklärung zuvor. Das sei der atlantikblaue Golf GTI von Richi, wahrscheinlich mitsamt den Lorenzbrüdern oder weiß der Teufel mit wem noch. Hundertprozentig.

Nicht dass es möglich gewesen wäre, Peters Geflüster aus der Hütte heraus durch den Regen, die Windschutzscheibe und den Klangteppich bis an die Ohren der Insassen dringen zu lassen. Mit rauchenden Bremsen angehalten wurde aber trotzdem. Zurückgeschoben. Ausgestiegen.

Des einen Freud, des anderen Leid.

»Dort! Im Acker. Irgendwas is da! Steig ein, Richi!«

Und weiter geht die Fahrt.

»Alles verändert sich, Hanni.« Müde klingt Alfreds Stimme, kraftlos, und deshalb umso eindringlicher. Und die alte Huber lauscht. Ihr ist, als wäre erstmals Raum für diese Geschichten, und es stimmt ja auch. Denn wenn eines in Glaubenthal und auch in ihrem eigenen Leben eingeübte Praxis war und ist, dann das Schweigen über all die Dinge, die einem nicht gerad bequem erscheinen, bei denen es Mühe macht, sie noch einmal zu durchdenken. »Einerseits ist das ja ein Glück«, beginnt er, »andererseits, wenn du auf deine Heimat schaust, siehst du etwas anderes, als wenn ich auf meine Heimat schau. Und meine Vorfahren wiederum haben anderes gesehen als ihre Vorfahren und so weiter und so weiter und so weiter. Manches hier in der Gegend wurde gebaut und gepflanzt, damit die Erinnerung daran von der Bildfläche verschwindet, die Lebenden vergessen können, was ihnen angetan oder anderen durch sie angetan wurde.

Dort wo heut auf dem Fußballplatz die Narzissen wachsen, standen früher Bäume des dahinterliegenden Ebersfelder Waldes. Der Wald wird ja von Jahr zu Jahr immer kleiner, weil die Burgherrin Frederike von Ebersfeld seit dem Selbstmord ihres Vaters Adolf, Sohn des Massenmörders Richard von Ebersfeld, die Bäume zur Verfügung stellt! Und auch das hat mit den Narzissen zu tun.

Wenn heut vom Holocaust gesprochen wird, denken die Menschen ja hauptsächlich an all die Vernichtungslager. Es gab aber auch den Holocaust durch Kugeln, Hanni. Vor allem ab Sommer 1941 und dem Angriff auf die Sowjetunion. Endlösung der Judenfrage wurde es genannt. Grausamste Massenerschießungen. Gleich vor Ort. Mehrere Millionen Menschen, unabhängig von Geschlecht und Alter. Schießwütige Männer der Waffen-SS und Wehrmacht, der Ordnungspolizei oder lokalen Hilfstrupps. Was glaubst du, Hanni, wie viel Massengräber da bis heut nicht gefunden wurden im gesamten osteuropäischen Raum? Und ja, auch bei uns. Glaubst du, diese Mörder haben zu Hause damit aufgehört? Am 20. April 1942 hat der für seine Grausamkeit bekannte SS-Brigadeführer Richard von Ebersfeld seinem Führer ein ganz besonderes Geburtstagsgeschenk unterbreitet, achtundachtzig Menschen in den Ebersfelder Wald geführt. Aufgegriffene Juden, Angehörige des heimischen Widerstandes, Menschen, die Juden versteckten. Und er hat sie alle erschießen lassen. Irgendwo. Unter diesen Menschen waren unter anderem auch meine Eltern, Hanni. Frederike von Ebersfeld lässt diesen Wald seit Jahren sukzessive abholzen, um dieses Grab zu finden und offenzulegen, auch die schwere Schuld ihrer Familie, alle Einnahmen aus dem Holzverkauf spendet sie, und das Blumenbeet hat sie mir zugestanden. Die Narzissen sollen erinnern und mahnen und für das neue Leben stehen.«

Alles gesagt. Ein Weilchen wird geschwiegen.

»Das wird zu g'fährlich, Hanni«, nimmt er schließlich ihre Hand. »So hätt die Herta das sicher nicht g'wollt! Du hast dich schon viel zu viel eing'mischt.«

Alfred Eselböcks Atemzüge werden immer schwerer, tiefer, seine Augen größer.

»Fredl! Nicht schon wieder!« Nur noch Sorge. »Stirb mir hier nicht weg!«

»Du meinst in meiner Ente, bei meiner Spatzl«, sagt Alfred Eselböck ein wenig wehmütig. »Da könnt ich mir an sich kein schöneres Platzerl vorstellen. Aber das mein ich nicht, Hanni. Riechst du's? Die Backstube?«

Und jetzt geht ihr ein Licht auf, der guten Hannelore, begreift sie und greift in die Tasche ihres Kittelkleides.

»Topfenmäuse und Polsterzipf«, zückt sie ihr Kronberger-Papiersackerl und hält es dem alten Eselböck entgegen.

Müde wirkt er, der mittlerweile Dorfälteste, greift zu, beißt ab, »Nicht schlecht!«, und betrachtet das Stück Schmalzgebäck in seiner Hand: »Was wird bloß werden, wenn niemand mehr da ist wie die Herta und ich, die sich für die Jungen erinnern können!«

Die alte Huber ist aber mittlerweile wieder mehr auf die Gegenwart konzentriert und deutet aus dem Fenster: »Wir stehen fast im Wasser!«

»Und? Was stört dich dran?«, könnte die Frage des Alfred Eselböck wohl seltsamer kaum sein.

»Dass es uns wegschwemmen könnt!«

»Wohin? Ins Tote Meer?«, lacht er in sich hinein und kurbelt das Fenster herunter. »Da, man riecht's eh schon, und zu warm ist es auch. Lang wird's wohl nicht mehr dauern, und von irgendwem die Ur-Enkerln werden dann ihren Ur-Enkerln erzählen: ›Wir nannten es Jahreszeiten!‹«

Der laue Wind trägt das Fischaroma der Glaubenthaler

Ache herein, lässt Hannelores Kopftuch flattern, als würd ihr der Schirokko in ein Segel fahren, und die Frage drängt sich auf:

»Wie es wohl sein wird, das Meer?«

»Schön ist es. Aber warum fragst, Hanni?«, lässt Alfred Eselböck die große Liebe zu seiner kleinen Bücherei durchblicken. »Willst leicht was lesen, wo das Meer vorkommt? *Schiffbruch mit Tiger* könnt ich empfehlen oder …«

»G'sehen hätt ich's gern, Alfred. Einmal wenigstens. Wenn ich noch ein paar Jährchen jünger wäre und von hier wegwollen würd!«

»Blöde Geschicht!«, schüttelt Alfred Eselböck mitleidig den Kopf: »Weil bis das Meer zu dir kommt und Glaubenthal an der Adria liegt, wird's noch ein bisserl dauern! Bis dahin empfehl ich dir eine Pauschalreise mit dem Seniorenbund. Nach Grado vielleicht. Dort sprechen S' eh alle Deutsch!«

»Depp!«, ist ihre Antwort.

Grado, schon wieder Grado.

Wie gut, selbst in Situationen der Not noch lächeln zu können.

Ein wenig.

Wenigstens.

»Ich hol uns Hilfe, Fredl!«

*

»Schön war das, Pezi. Pezi? Weinst du jetzt? Na geh? Ich sag dir jetzt was: Wir müssen Hilfe holen!«

»Und wen? Du kennst das Problem gut genug, Betti. Wenn ich die Polizei verständig, bin ich tot. Und wenn wir noch verheiratet wären, du wahrscheinlich auch. Die haben mich als einen von ihnen so zugerichtet, nur weil einer den Verdacht geäußert hat, ich könnte Tante Herta selbst ermordet haben, um es dann ihnen in die Schuhe zu schieben. Und jetzt war auch noch die Huberin in der Bäckerei und hat mir Hertas Testament gegeben!«

»Was steht da?«

»Dass alles mir gehört, aber nur, wenn ich aussteig und alle auffliegen lass. Und Sigi hat das mitbekommen. Also schau mich an. In Wahrheit bin ich ein lebender Toter.«

»Es ist dunkel, ich seh dich nicht, spür dich nur und sag dir eines: Wenn ich leb, Peter, bin ich eines Tages tot. Und du wahrscheinlich auch. Lebende Tote sind wir alle. Deine Angst ist also sinnlos.«

»Keine Ahnung hast du, Betti. Glaubst du, ich hab Angst um mich. Hast du schon einmal darüber nachgedacht, warum bei uns in der Gegend mehr Leut' sterben, als Kinder nachkommen? Das hat nicht nur mit Abwanderung zu tun. Glaubst du, die ärgsten Schläger sind deshalb kinderlos, weil sie den Führer so lieben? Die wissen doch haargenau, was sie den eigenen Leuten, die aufmucken, schon alles angetan haben und was ihnen blüht, wenn sie eine Frau finden und Eltern werden. Heidenangst haben s' davor. Familie ist ein Druckmittel. Die Lorenzbrüder, beide alleinstehend. Der Richi? Alleinstehend. Und so weiter.«

»Drum kuschelts ihr dann als Verhütungsmittel alle lieber untereinander, heimlich natürlich. Verstehe!«

»Ich kuschel am liebsten mit Dir, Betti. Und nur deshalb hab ich mich scheiden lassen. Meine Liebe zu dir bringt dich um!«

»Psst, Peterl. Hörst du das?«

»Wie?«

»Da ist wer, draußen, vor der Hü…«

Schrill die Stimme, brüchig, wütend beinah.

»Froh kann man sein, wenn sich so ein Nazi nicht auch noch fortpflanzt!«

»Hanni, das ist die Hanni! Um Himmels willen! Betti, steh auf!«

»Und jetzt rufts Hilfe, bevor die Ache den Alfred Eselböck wegspült.«

Und es geht schnell. Viel zu schnell.

Neuerlich ist ein näher kommendes Brummen zu hören.

*

Schwer fühlt sich sein Körper an.

»Irgendwann!«, streicht er flüsternd über das Lenkrad seiner Ente, so unendlich müde, sieht die reißende Glaubenthaler Ache immer weiter über ihre Ufer treten, wie ein Ungeheuer über das Land hinwegkriechen und atmet tief durch.

»Irgendwann wird es doch endlich auch einmal gut sein dürfen, oder?« Und er hört nicht auf, der Regen, nimmt einfach kein Ende. »Auch für mich!«

»Da kannst du Gift drauf nehmen!« Es ist ein eiserner Griff, der aus der Dunkelheit nach seinem Kragen fasst.

V

MY HOME IS MY CASTLE

Samstag. 22. April.

7:30 Uhr.

Der Himmel ist blau, die Luft reingewaschen, das Land durchtränkt, überall Pfützen und Tümpel.

Kaum ein Auge hat sie zugemacht, die alte Huber. Ihr Körper schmerzt. Dreck, der ihr nun unter der Dusche aus allen Poren rinnt.

Auf ihren Hilfeschrei vor Bettis Spargelbude wurde derart rasch reagiert, als hätte der Allrad-Kombi von Postler Brunners abwesender Frau Sarah nur darauf gewartet, endlich wieder ein wenig ausgeführt zu werden. Hinter dem Steuer der Strohwitwer Emil.

Und logisch hat sich die alte Huber entsprechend gewundert.

Nach Sprechen war ihr aber grad wirklich nicht zumute, ebenso keinem der Anwesenden. Ohne auch nur eine Sekunde zu überlegen, fuhr Emil von der Bundesstraße hinein in den regennassen Acker auf den in Ufernähe der Ache feststeckenden Eselböck-Citroën zu, Schwerstarbeit für den Allrad. Zu spät. Von Alfred keine Spur.

Hannelore spürte da vor dem 2CV stehend eine Zerbrochenheit in sich, die sie nie wieder alle Teile finden lassen würde, so tief saß der Schmerz, die Traurigkeit, ja Wut.

Dann sind sie alle los, um ihn zu suchen. Das Scheinwerferlicht erhellte den Acker, bald auch aus mehreren

Fahrzeugen. Darunter der Traktor des Schusterbauern, der Berlingo von Angelika Unterberger-Sattler, der Puch G des Brucknerwirts. Doch nichts.

Irgendwann die Resignation, ja sogar der schreckliche Verdacht, Alfred Eselböck könnte in die Ache gestürzt, ertrunken und davongerissen worden sein.

Mit schweren Erdklumpen an den Schuhsohlen und nasser Kleidung an ihrer Haut wurde sie vom Brucknerwirt zu Hause abgesetzt. In den trockenen Bademantel gehüllt schlief sie gleich auf ihrem Diwan ein, den am Nachmittag noch Alfred für seine kurze Rast genützt hatte.

Entsprechend matt und kraftlos fühlt sich die gute Hannelore nun auch, an diesem Morgen. Kein Wunder, nach so einem Tag. Kurz ist da der Gedanke, den so düsteren Lauf der Dinge sich selbst zu überlassen, zu Hause zu bleiben. Hof und Garten eine Festung. Komme, was da wolle.

Dummerweise kommt es.

Mit voller Wucht.

Denn kaum betritt sie wieder halbwegs instandgesetzt die Küche, kann sie ihn sehen. Den Tod. Und diesmal ist es nicht die schwarz-weiße Jerseyhaube des Tobias Schuster. Sondern ein Schwarz-Weiß mit Columbia. Caruso! Eindeutig ermordet.

Zornerfüllt stürmt sie hinaus, da wünscht sich kein Mensch, in ihre Nähe zu kommen. Von alleine wird sich Hannis stolzer Italiener nämlich nicht aus dem Hühnerstall hinaus durch den Garten in Richtung Wäschespinne bewegt und seinen Hals um die äußerste Leine gewickelt haben. Aufgehängt wurde er. Von einer Person, die im Umgang mit Hühnern vertraut ist und auch Vertrauen erweckt haben muss. So ein Hendl-Geschrei, so ein schrecklicher Ton, wenn sich ein Wildtier à la Fuchs, Marder, Dachs oder ein zweibeiniger Wüstling in das Gehege verirrt, geht schließlich durch Mark und Bein. Mit Zärtlichkeit einen hundsmüden, handzahmen Gockel, der sein Nähe-Bedürfnis betreffend ohnedies durchaus ein Schoßhund hätte werden können, von der Stange zu nehmen, ist allerdings kein Kunststück. Folglich muss, überlegt sie, Caruso zuerst getötet und danach erst auf die Wäscheleine montiert worden sein, denn gefallen hätte ihm das Gebaumel ganz sicher nicht.

Das ganze Dorf wäre aufgewacht von seinem Geschrei.

»Geflogen wirst du Teufel ja wohl nicht sein!«, sieht sich Hannelore in dem Gehege ihres Hühnerstalles um. Still sind die Tiere auch jetzt, trauern, nur das Wehklagen der braunen Adele, ist zu hören.

Ein wahres Vogel-Paradies ist es hier. Mit ausreichend Auslauf und Platz, um den Hauptbeschäftigungen nachgehen zu können. Scharren, sprich Futtersuche, dann Picken. Und weil die alte Huber einen fürsorglichen, dankbaren Umgang mit ihren Tieren pflegt, ist der Scharrbereich ein großer und obendrein mit sandiger Erde gefüllt. Lang muss sie also nicht suchen, um auf den ersten Fußabdruck zu stoßen. Sportschuhe wahrscheinlich. Riesen Latscher. Größe 45 mindestens. Eine Spur bestehend aus, am Außenrand der Sohle verlaufenden Zacken, beziehungsweise

Stollen. Im Mittelfußbereich sechs alleinstehende, im Fersenbereich ein Absatz in der Form eines »U«. Abdrücke, die hinaus zur Wäscheleine führen, sich in der Wiese darunter verlieren, dann aber in einem der Gemüsebeete wieder auftauchen und vor Hannelores Jägerzaun enden.

»Na, dich find ich schon!«, blickt Hannelore auf das Dorf hinab, und wendet sich dann Caruso zu.

»Warst ein guter Lotsch!«, durchtrennt sie die Wäscheleine mit einer Gartenschere und nimmt ihn samt Grünzeug gleich in die Küche mit.

Wer auch immer an seinem Tod die Verantwortung trägt, die Botschaft ist klar. »Wir fürchten uns trotzdem nicht, Caruso, sondern halten zusammen!«, stellt sie einen großen Kochtopf auf ihren Herd, erhitzt das darin eingefüllte Wasser, wartet, bis es den Siedepunkt erreicht, streicht ihrem treuen Hahn behutsam über die Federn, denn was geliebt war im Leben, lässt die Huberin auch im Tod nicht verkommen. Schließlich war er noch ausreichend warm da an der Leine, so wie mittlerweile auch das Wasser.

An den nächsten Schritt will sie sich gerade machen, sprich Caruso für einige Minuten eintunken, um leichter die Federn entfernen zu können, ihn danach rupfen und, so wie auch all die bisherigen Ereignisse, verarbeiten – da fährt ein Wagen vor. Parkt mitten in Hannis Aussicht. Was sie gar nicht mag.

Eine burschikose Frau steigt aus, dunkler Typ, Kurzhaarschnitt, Pilotensonnenbrille, Lederjacke, Sportschuhe. Ein wenig so, als wäre sie genervt aus dem Bildschirm herausgesprungen, irgendeinen TV-Tatort oder Soko-Irgendwo hinter sich, kommt sie mit weitem Schritt und derart festem Ferseneinsatz auf das Haus zu, ein paar Gemüsebeete ließen sich da umgraben.

Zielstrebig betritt sie das Haus und schließlich die Küche.

»Frau Huber! Schönen guten Morgen! Irene Moritz, Kriminalpolizei.«

»Schön?«, ruft die Hanni, legt Caruso in die Speisekammer und wendet sich der Dame zu. »Ich glaub, wir leben in zwei verschiedenen Welten!«

Allerdings: In diesem Punkt wird sie nicht recht behalten.

Im anschließenden Gespräch beweist sich einmal mehr, wie gefährlich es sein kann, von Äußerlichkeiten auf Innerlichkeiten zu schließen. Irene Moritz scheint eine ausnehmend angenehme Person zu sein. Als wäre sie ein gern erwarteter Besuch, sitzt Hannelore mit ihr in der Küche bei Kaffee, Butterbrot mit frischem Schnittlauch und fühlt sich regelrecht wohl.

Auch dank Sätzen wie:

»Ich bin ja so froh, aus der Stadt aufs Land gewechselt zu haben!«, »Das Butterbrot ist das beste Butterbrot, das ich je gegessen habe!«, »Mein Besuch ist reine Routine und dauert nicht lang.«

Bei all dem, was hier los sei, wisse man ohnedies nicht, wo am besten anfangen, gab sie zu verstehen. Der Mord am Wohlmuthsederhof, der führerlos in den Hanslbauer-Stadl gedonnerte und explodierte Feuerwehrwagen, der verschwundene Alfred Eselböck.

»Sie haben ja mit Toni Bruckner die Leiche von Herta Wohlmuthseder entdeckt.«, beginnt sie die Schilderungen des Bürgermeisters abzugleichen. Der Hergang des Leichenfundes wird durchgesprochen. Wer wann wohin getreten ist, um vielleicht den Urzustand des Tatorts besser rekonstruieren zu können.

Danach wird Hannelore eine Abbildung gezeigt. Darauf jenes Messer mit schwarz verklebtem Griff, das in Hertas Rücken gesteckt hatte. Das Gafferband aber wurde gelöst, und was darunter zum Vorschein kommt, lässt keine Zweifel offen:

»Wissen Sie, was das ist, Frau Huber? Aus Ihrer Kindheit vielleicht? Sie sind doch 1948 geboren.«

Gut informiert, die Dame.

»Das Hakenkreuz auf dem Messergriff? Ob ich das kenn? Die Frage ist aber nicht Ihr Ernst?«

»Ich meine, die Waffe an sich. Das Zeichen wurde natürlich überklebt, weil das öffentliche Tragen des Symbols verboten ist.«

»Ein Soldatenmesser wahrscheinlich.«

»In gewisser Weise stimmt das. Es ist ein Fahrtenmesser der Hitlerjugend. Hier«, sie deutet auf die Klinge, »der Spruch *Blut und Ehre* wurde bei allen Modellen zwischen 1933 und 1938 eingeätzt. Ohne diesen Spruch und einer Lilie anstelle des Hakenkreuzes könnte es auch ein Pfadfindermesser sein. Die Messer wurden nach dem Zweiten Weltkrieg in denselben Produktionsstätten erzeugt.«

Und überrascht ist sie nicht, die alte Huber: »Das ganze Land wurde nicht nur in den alten, von all den Bomben verschont gebliebenen Fabriken wiederaufgebaut, sondern von denselben Menschen, die da auch vorher gelebt hatten und eben noch am Leben waren. Darunter haufenweise ehemalige Nazis als Bürgermeister, Lehrer, Polizisten, Führungspositionen bis in die Regierung. Und wem gehört das Messer?«

»Wenn wir das wüssten!«, schmunzelt Irene Moritz. »Wir können ja schlecht fragen gehen, wer seins vermisst.

Bürgermeister Bruckner hat mir erzählt, dass es da noch eine Geschichte gibt zu solch einem Messer hier in Glaubenthal!«

Irene Moritz legt einen weiteren Ausdruck auf den Tisch. Ein Schwarz-Weiß-Foto. Darauf ein Mann in SS-Uniform.

»Kennen Sie diesen Mann, Frau Huber?«

Irgendetwas ist da, in Hannelores Innerem. Sie spürt, wie es zu ihr durchblicken will, aber versteckt bleibt in zu großer Verschwommenheit. Noch im Dunkeln. Als wollt es sie locken, ihr zuflüstern: »Bevor ich zu dir komm, kommst du zu mir!«

»Womöglich hab ich ihn als Kind gesehen. Aber ich kann mich wirklich nicht erinnern!«

»Ermordet wurde er 1952. Das ist der Kriegsverbrecher Richard von Ebersfeld, im Jahr 1952 Nationalratsabgeordneter im Parlament und einstiger SS-Brigadeführer, Inspekteur des SS-Reiterwesens, Träger des Ehrenwinkels der SS und des Goldenen Parteiabzeichens der NSDAP. Hier in Glaubenthal wurde er erstochen, mit genau so einem HJ-Messer. Ebenso zwei weitere Männer. Seine treuesten Gefolgsmänner, Adolf Bruckner, der Großvater des neuen Bürgermeisters Anton Bruckner, und Kilian Lorenz, der Urgroßvater der beiden Lorenzbrüder. Die Morde wurden nie aufgeklärt.«

Hannelore Huber, die bis jetzt nur zugehört hat, verfällt zusehends in Sorge, sieht den armen Alfred Eselböck direkt vor ihren Augen sitzen, wie er irgendwann einmal in der Wirtsstube so offenherzig über dieses Thema erzählt

und hinter der Schank Elfie oder Toni Bruckner mit ge-
spitzten Ohren zuhört.

Irene Moritz scheint nun langsam zum Ende zu kommen: »Sie waren doch mit Herta befreundet. Warum,
glauben Sie, wird so eine grausame Tat, so ein gewaltvol-
les Exempel, an ihr statuiert. Erstochen an ihrem neunundneunzigsten Geburtstag, womöglich mit einem Messer, das der Tatwaffe von 1952 gleicht. Mehr als siebzig
Jahre ist das her.«

Viel zu aufgewühlt ist sie nun, die gute Hannelore, sieht
die so verschwommen gewordene Erinnerung an ihre
Mutter Marlene vor sich, ihren Vater Josef, spürt diesen
Schmerz.

»Sie war so ein guter Mensch! Vielleicht hat sie die
Morde damals mitbefördert, und irgendjemandem ist das
klar geworden.«

»Hatten Sie je das Gefühl, Herta Wohlmuthseder könnte
Angst gehabt haben?«

Hanni zögert. Gewiss, sie könnte ihr nun von ihrer letzten Begegnung erzählen, der Frage nach dem Testament,
dem Wortwechsel zuletzt: »Warum soll dir was passieren,
Herta? Hast leicht Angst vor was?« – »Vorm Tod weniger als
vorm Leben!«

Stattdessen aber schüttelt Hannelore nur noch den Kopf,
und Irene Moritz erhebt sich. Zeit zu gehen. »Mein auf-
richtiges Beileid zum Verlust Ihrer Freundin, Frau Huber.«

»Ich dank Ihnen sehr!«, erhebt sich auch Hannelore,
begleitet Irene Moritz zum Wagen hinaus. Sieht ihr hinterher.

Und es geht Schlag auf Schlag. Nicht weit entfernt radelt Postler Emil Brunner durch die Gegend.

»Pfadfinder!«, flüstert sie.

Und jetzt heißt es schnell sein.

So fest sie kann, tritt Hannelore in die Pedale ihres alten Waffenrades. Bergab. Ansonsten wäre sie ohnedies
chancenlos, aber bislang klappt's erstaunlich gut. Nicht
mehr weit, dann geht es ins Dorfzentrum. Doch zu groß
noch der Abstand zu dem glockenklaren, kindlichen Ge-
sang.

>*Ich betrete den Raum, Fuß in der Tür, Tür
knallt zu. Aua
Halt die Hand aufn Herd, wieder was gelernt,
Herd ist heiß. Aua
Ich kletter auf'n Baum, springe auf'n Ast, Ast
bricht durch. Aua
Ah, das tut weh! Das macht ganz dolles Aua*<

Und wenigstens fährt Emil Brunner, wie es sich gehört,
wenn man ein Kind vorne in der Transportbox seines
Elektro-Lastenrads gesetzt hat, langsam und kontrolliert.
Beide, Vater und Sohn Elias, mit gelbem Schutzhelm auf
dem Kopf, Elias mit Kopfhörern in den Ohren.

Bald ziehen die dichter stehenden Häuser der Streusiedlung an Hannelore vorbei. Blicken ihr die ersten Menschen
vom Straßenrand aus zu. Entsprechend irritiert.

>Emil! Elias!<

>*Alle Kissen aufm Boden, Köpper vom Sofa, ging*

leider daneben. Aua
Den Nagel vom Zeh, lang nicht geschnitten, ein-
mal umklappen. Iiih! Aua
Freihändig Rad fahren, Kopf verdrehen und die
Laterne übersehen. Auahhh –«

»Papa! Hinter dir. Wir werden verfolgt!«

»Ich kann mich nicht umdrehen, Elias, wenn ich über den Hauptplatz fahr. Wer ist es?«

»Eine Oma!«

»Hör auf mit den Scherzen.«

So von Herzen lachen können die beiden, wer da nicht selbst zumindest ein kleines Reißen in den Mundwinkeln verspürt, war wahrscheinlich grad Zahnziehen oder beim Schönheitschirurgen. Der alten Huber hilft das natürlich alles nicht.

Schwieriger wird es für sie, an die beiden heranzukommen, denn hier im Zentrum ist so einiges los. Menschen stehen beisammen, besprechen sichtlich betroffen die Ereignisse des Vortages, manche winken ihr zu, und erst kurz vor Erreichen der Amerikanerbrücke schöpft Hannelore wieder Mut, denn das Lastenrad wurde kurz abgestellt. Direkt vor dem Eingang des Brucknerwirts. Der Fahrer fehlt, die Fracht aber ist noch an Bord. Unüberhörbar.

»Wespe geärgert, Quittung bekommen, Stachel
im Auge. Aua
Draußen ist kalt, ich leck am Geländer, Zunge
bleibt hängen. Aua

Ich beim Friseur, Friseur nicht so gut, Ohrläppchen ab. Auhhhha ...«

»Aua, warum ziehst du mir am –«

»Ich hab nicht gezogen, Elias, nur den Kopfhörer ein bisschen gezupft. Groß sind die für deine kleinen Ohren.«

»Die können auch Noise-Cancelling!«, erklärt er stolz mit entzückender Zahnlücke und lupenreiner englischer, leicht zischender Aussprache. Verstanden hat sie trotzdem kein Wort, die alte Huber.

»Ein lustiges Lied hast du grad gehört.«

»Die Besten der Besten der Besten sind das. Deine Freunde!«

»Meine? Kenn ich die? Wie heißen sie?«

»Deine Freunde!«, blickt Elias die gute Hannelore an, als käme sie vom Mond. »Die Gruppe heißt so!« Behutsam, als wären sie aus dünnstem Riedelglas, nimmt Elias seine Kopfhörer ab, steckt sie in ein Etui, legt sie in das Innere der picobello aufgeräumten Transportbox und zupft sich sein Halstuch zurecht.

Genau darum ist die gute Hannelore auch hinterher. Der blöde, aber leider ziemlich tatsachenorientierte Schmäh, der für Vegetarier und Antialkoholiker gilt, trifft eben auch auf so einen kleinen, noch enthusiastischen Pfadfinder zu: Er sagt es dir. Kein Mensch lebt hier in Glaubenthal, der noch mit keiner guten Tat des Elias Brunner beglückt wurde.

Insofern ist es für Hannelore nun ein Leichtes, ihn ein

wenig aus der Reserve zu locken. Vielleicht weiß er etwas über den Schusterbauern-Junior. Über Tobias, der ja aus der Schule geflogen ist. »Bei den Pfadfindern aber durfte er bleiben. Die lassen einen so verzweifelten Jugendlichen, der am seidenen Faden und schon in den Seilen hängt, eben nicht fallen«, wie der alten Huber von Tobis Schwester Hannah erklärt wurde. Vielleicht halten die Pfadfinder ja alle dermaßen fest zusammen und Tobi hat sich ausgetauscht mit seinem Gruppenleiter oder seinen Kameraden über seine Einblicke in der Mordnacht am Wohlmuthsederhof. Ja, und vielleicht kann Elias ihr da weiterhelfen. Nur wie Fragen stellen, ohne gleich aufzufliegen? Sich ahnungslos zu stellen, hilft da bei einem als etwas altklug verrufenen Kind natürlich blendend. Bei Männern ja im Grunde generell.

»Der Papa ist auf dem Klo«, erklärt Elias gleich ganz von selbst und steht auf, weil ist ja nicht lustig, von oben herab betrachtet zu werden. Nun also beinah Augenhöhe.

»Und du?«, deutet die alte Huber auf den Rucksack. »Gehst leicht wandern heut?«

Elias könnte verwunderter kaum sein: »Morgen ist doch der 23. April. Das ist der Gedenktag des Heiligen Georgs, und der ist der Schutzpatron aller Pfadfinder. Der Papa bringt mich zur Burg Ebersfeld auf unser Pfadfinderfest. Da ist auch Forstarbeiter-Meisterschaft, und wir dürfen zuschauen. Mein Bruder, der Klausi, ist schon dort. Der hat einen Auftritt mit der Motorsäg, dem Papa gefällt das gar nicht. Aber dafür freut er sich, weil ich so groß gewachsen bin und sogar schon zu den Wichteln und Wölfen darf, obwohl alle anderen in meinem Alter erst bei den Bibern sind!«

»Und das ist besser?«

»Was?« Elias wirkt entsetzt. »Du weißt das nicht?« Schlagartig ändert sich sein Tonfall, fast ein wenig wie der Nachrichtensprecher aus Hannelores Schlagerradio, nur eben mit entsprechend höherer Stimme: »Ab fünf ist man bei den Bibern, da heißen die Buben und Mädchen gleich. Ab sieben bei den Wichteln und Wölflingen. Die Wichtel sind natürlich die Mädchen!«, lacht er. »Dann ab zehn Guides und Späher, ab dreizehn Caravelles und Explorer und ab sechzehn Ranger und Rover!« Mit angeschwellter Brust streckt sich Elias empor und legt los:

»*Und ich verspreche, so gut ich kann, ein guter Wölfling zu sein und nach unserem Gesetz zu leben, und bitte Gott, mir dabei zu helfen.*«

»Na bitte!«, weiß die gute Hannelore nicht recht, was sie darauf antworten soll. Gruppierungen, die Kinder in Uniformen herumlaufen und solche Sprücherl aufsagen lassen, waren nie so ganz nach ihrem Geschmack. Und es kommt noch besser.

»Und welches Hobby hast du noch, Elias?«

»Sparen!«, erklärt er voll Stolz.

»Bravo.« Ja, und nun rutscht der alten Huber ein Satz heraus, der ihr selbst als Kind und Jugendliche, als Frau, Ehefrau und Witwe stets ein treuer Begleiter war. Ein Satz, lange Zeit überlebenswichtig, dann nichtig und nun wieder überlebenswichtig.

»Sparst du in der Zeit, dann hast du in der Not.«

Ein Satz, der bei Elias nur Kopfschütteln hervorruft und überraschend das Gespräch verkürzt. Denn viele Fragen wird ihm die gute Hannelore gleich nicht mehr stellen müssen.

35 G'spritzt

»Samstag ist Waschtag!«, deutet Wolfram Swoboda aus
dem Fenster seines Dienstwagens. »Das war hier schon
immer so. G'raucht hat's nur früher mehr, dafür weniger
g'spritzt!«

Vor ihm die leere Bundesstraße.

Rundum das weite Land mit all den Höfen, Feldern,
Weiden.

Neben ihm Kriminalbeamtin Irene Moritz. Seinen Kollegen, den Nichtsnutz Lukas Brauneder, hat er bereits zur
Burg Ebersfeld abgestellt.

Ja, und hinter ihm die obligate Kolonne Feiglinge.

Traut sich ja keiner, zu überholen.

Und selbstverständlich reizt Swoboda dieses Spielchen
aus, schleicht er dahin wie sonst nur die Übungsfahrzeuge
der Fahrschule. Gemütliche 60 in einer jener 70er-Zone,
die Einheimische für gewöhnlich mit sorglosen 110 km/h
ignorieren. Eilt ja nichts. Sollen sich die Leut' ein wenig in
Gelassenheit üben und endlich wieder sehen, wie schön es
hier ist. Und wie schön natürlich ihre Autos sind.

»G'spritzt hat's weniger, weil nicht jede Tankstelle mit
Waschanlagen ausgestattet war. Und heut?«

Wolfram Swoboda hebt die Hand vom Lenkrad und
deutet zum Fenster hinaus: »Da, schaun S', sogar die Hin-
termoser Agip hat schon eine!« Ein paar Autos stehen hinter einer Waschbox brav in Reih und Glied: »Das ist aber
ein Lercherlschas gegen den Baumgartner in Ebersfeld.

Können Sie sich schon freuen. Der hat vier Waschboxen mittlerweile. Was glauben S' ist an so einem sonnigen Samstag wie heut hier los. Da stehen dann die Weiberhelden alle Schlange und schäumen ihre Proleten-Kübel ein! Und in der Nacht stehen dann dieselben Kandidaten zum x-ten Mal am Straßenrand vor unserem AlcoQuant 6020 plus, ein Mundstück mit Rückatemsperre zwischen den Lippen, und schäumen vor Wut!«

Eine Freud macht ihm das, dem Wolfram, diesem Gefrierschrank auf der Beifahrerseite ein bisserl den Stecker zu ziehen, sie aus der Reserve zu locken.

»Und trotzdem fragen s' fast alle, obwohl's jeder Pfosten längst weiß«, setzt Swoboda fort und verstellt seine Stimme in Richtung bedudelter Halbstarker: »*HerInschpegdor, wie gehdas mitm Blasen?* Und was glauben Sie, werd ich drauf antworten?«

Seine Untersattler hätte jetzt gelacht.

Irene Moritz aber verzieht keine Miene. Nicht einmal ein zynisches »Sie werden's mir sicher sagen. So oder so!« hat sie auf Lager. Egal. Sie ist sie, und er ist er. Und den Schneid abkaufen lässt er sich von ihr nicht. Swoboda holt tief Luft und verstellt seine Stimme in Richtung dienstlicher Jargon:

»Das wirst gleich sehen, wie das mit Blasen geht!«

Ha, ein leichtes Zucken in ihren Händen. Swoboda erfreut sich an dem regungslos ernsten, nach vorn gerichteten Blick seiner Aushilfskollegin, wartet kurz, und dann kommt's, sein: »Aber Blasen an den Füßen! Und nach den paar Kilometern Marsch kommst dann auch nüchtern z' Hause an!«, worauf der regungslos ernste, nach vorn gerichtete Blick seiner Aushilfskollegin genauso regungslos ernst, nach vorn gerichtet bleibt.

Nur ihren Thermobecher to go öffnet sie, darin wahrscheinlich Grüntee oder so ein Matcha-Mandelmilch-Gschloder, weil Kaffee mag die Dame keinen, zu primitiv wahrscheinlich oder Ausbeutungs-Blabla, eh kloar, und trinkt.

Was bitte stimmt mit dieser Moritz nicht.

So ein konzentriert ernstes Gesicht und konsequentes Schweigen muss man erst einmal zusammenbringen – obendrein während der andere die ganze Zeit spricht, als wär er nur ein Chauffeur mit Unterhaltungsauftrag.

Ungut.

Wahrscheinlich belastet sie irgendetwas. Liegt ihr am Herzen, drückt auf die Seele oder vielleicht doch nur auf ihren Schließmuskel, das simple Morgengeschäft.

Und das hat er gelernt. Einer Frau in schweren Momenten Trost zu spenden. Grundregeln dabei: Sich ihres miesen Zustandes bewusst werden und das auch artikulieren im Sinne eines simplen: »Wie geht's?«, »Alles okay?« oder »Wo drückt der Schuh?« – Thema Schuh natürlich immer gut –, ja, und nach Stellen der Frage einfach nur noch zuhören. Bloß nicht belehren. Klugscheißen ganz schlecht.

Los geht's.

»Und, Moritz, alles im Lot?«

Keine Antwort.

»Oder eher Kot? Sprich, bissi scheiße grad?«

Nur ein tiefes Ein- und Ausatmen.

»Ich kann es doch spüren!«

Und wenn das bei einer Frau nicht hilft: die Sorgen schon spüren können. »Irgendetwas ist Ihnen doch über die Leber gelaufen, geht Ihnen nahe. Was denn?«

Nur ein Wort als Antwort. Kurz und prägnant.

»Sie.«

Und auch jetzt ist er ihr keines Blickes würdig.

Funsn, die.

Aber nicht mit ihm.

»Eine *Sie* geht Ihnen nahe? Das kommt jetzt aber überraschend. Ihre Offenheit. Ihr Outing. Aber danke für das Vertrauen. Wer ist denn die Glückliche? Kenn ich sie?«

Und erstmals blickt ihn Irene Moritz an.

Geknackt also.

»Ich spar doch nicht für die Not!«, krümmt sich Elias
in seiner Transportbox vor Lachen, als hätte er ähnli-
che Magenkrämpfe, wie sie nun gleich die alte Huber er-
eilen.

»Und wofür sparst dann?«, will sie wissen.

»Damit man die Weiber bestechen kann, und dann machen sie ausnahmsweise, was man von ihnen will!«

Die alte Huber versteht die Welt nicht mehr, und Bes-
serung ist keine in Sicht. Denn es passiert, was eben passieren muss. Elias Brunner gibt sein männliches Glaubenthaler Fachwissen zum Schlechtesten: *»Aprilwetter und
Weiberwill ändern sich stets schnell und viel!«*

»Aha. Aha. Und wer lernt dir solche Klugheiten, dein
Vater?«

»Nein, der Richi, unser Gruppenleiter!«

»Wer?«, glaubt die alte Huber, sie hört nicht recht.

»Der Richi Kronberger?«

»Ich weiß schon, wer das ist, Elias! Da bin ich mal gespannt, welche guten Taten du dort lernst.«

»Kannst du auch!« Nein, an Selbstbewusstsein mangelt
es Elias nicht.

»Und ich hab geglaubt, der Tobias Schuster ist dein
Gruppenleiter«, setzt Hannelore mit einer kleinen Lüge
fort. Da ist eben diese seltsame Übelkeit in Hannelores
Magengegend. Keine, die von Hunger herrührt, sondern
der Seele. Eine, die so oft schon im Vorhinein als Richtmaß

spürbar war, für Dinge, die nichts Gutes bringen. Die ihr den Weg weisen.

»Schön ist, dass bei den Pfadfindern alle noch zusammenhalten und Tobias bleiben konnte, obwohl er sogar aus der Schule rausgeflogen ist.«

Das ganze Lastenrad rüttelt es durch, so zustimmend pflichtet Tobias der alten Huber bei. Ein Ganzkörpernicken.

»Bei den Spähern haben ihn einmal zwei ausgelacht wegen den Hörgeräten. Tobi hat dann dem einen ins Gesicht geschlagen und mein Bruder, der Klausi, dem anderen mehrmals. Beste Freunde halten eben zusammen! Zwei ganz zugeschwollene Augen haben die beiden bekommen.« Elias beginnt zu lachen: »Die Elfie ist dann zu uns in die Gruppe gekommen und hat gesagt«, Elias senkt seine Stimme: »Das waren gleich zwei gute Taten, und der Späher muss jetzt eben mit dem Spähen ein wenig Pause machen!«

»Welche Elfie?«

»Die Bürgermeisterin. Dem Tobi seine Gruppenleiterin!«

»Die Brucknerwirtin?«, flüstert die alte Huber.

»Ja, genau. Die hat sich für Tobi eingesetzt, obwohl die Mutter von dem einen Späher alles probiert hat, dass der Tobi rausfliegt. Blöde Kuh, und fett ist die auch. *Hat die Bäuerin zu viele Kilo, nascht sie heimlich nachts im Silo!*«

Hannelore schüttelt nur noch betroffen den Kopf. So ein an sich entzückendes Kind wie Elias solch einem Einfluss auszusetzen. »Ich nehm an, das hast du auch beim Richi gelernt!«

»Nein, das weiß ich von meinem Bruder, dem Klaus.«

»Na, bravo!«

»Das ist unser geheimer Losungssatz, wenn wir irgendwann einmal …«

Elias unterbricht, wohl nicht nur im plötzlichen Bewusstsein darüber, wie wenig Sinn geheime Losungswörter oder gar ganze Sätze ergeben, werden sie weitererzählt, sondern weil da aus dem Brucknerwirt heraus ein Krach zu hören ist, der sich so anhört, als wäre die Gaststube zu einer Probebühne irgendwelcher Karl-May-Spiele umfunktioniert worden.

Der alten Huber ist trotzdem dringend danach, einen pädagogisch sinnvollen Beitrag zu leisten: »Ich kenn auch einen Spruch, Elias, den kannst du dann deinen Gruppenleitern erzählen!«

»Sag, sag, sag!«

»*Schlägt der Blitz den Bauern tot, spart sein Weib ein Abendbrot!*«

Aus voller Kehle lacht er nun los, dieser Fratz. Kurz zumindest. Denn die Tür des Brucknerwirts schlägt es auf, als wäre in Tonis Saloon eine handfeste Schlägerei ausgebrochen.

Klaus Brunner durchgehend in schwarz gekleidet, stürmt heraus, zieht sich dabei einen schwarzen Vollvisierhelm mit weißem Totenkopf über sein sichtlich in Wut geratenes Haupt, sprintet auf sein geparktes Moped Bauart Enduro zu, und Elias bricht in Jubel aus: »Klausi, Klausi! Nimm mich mit, nimm mich mit!« Doch selbst, wenn er es drei- statt zweimal wiederholen würde: keine Chance.

Klaus Brunner sitzt schon auf seinem Maschinchen, startet den Motor, und nichts ist zu hören. Wie vom Blitz getroffen zieht er davon. Sein im Laufschritt hinterherkommender Vater Emil sieht nur noch das Nummerntaferl. »Bleib stehen, Klaus!« Auch Angelika Unterberger-Sattler tritt ins Freie. Ihr Gesicht irritiert, besorgt. »Wenn du lebensmüde bist, Brunner, dann bringen dich solche Aktionen wie grad in der Gaststube womöglich ans Ziel!«

»Aber wenn's doch wahr ist! Die Brucknerwirtin führt sich auf, als ob sie hier die Übermutter wäre. Sie kann dem Klaus doch nicht vor aller Ohren erlauben, was ich ihm verbiete.«

Und jetzt spitzt sie natürlich ihre Ohren, die alte Huber.

»Es ist aber auch ziemlich ungeschickt, einem Sechzehnjährigen vor aller Augen zu untersagen, beim Brucknerwirt aushelfen zu dürfen. Als Kellner.«, entgegnet ihm Angelika. »Oder um es mit deinen Worten zu formulieren: *Raus hier Klaus. Du hast in diesem braunen Sumpf bei all den Saufköpfen nichts verloren.* So was kommt nur bedingt gut an, Emil!«

»Es ist aber noch deutlich ungeschickter«, schnaubt er, »seinem Vater vorzugaukeln, man ging in die Schule! Also wart's ab, wenn deine Buben in das Alter kommen!«

»Das mag schon sein, Emil. Deinem Sohn hilf dein Verhalten trotzdem grad am allerwenigsten.«

»Dem hilft bald gar nichts mehr!«, springt Emil in den Sattel seines Lastenrades und tritt wie ein Besessener in die Pedale: »Komm, Elias, wir fahren weiter!«

Vorbei an Hannelore als wäre sie Luft.

Und genau von dort, aus luftigen Höhen, ist ein Flennen zu hören, wie Sadisten es sich schöner gar nicht erträumen könnten.

»Gibt's das!«, ist Angelika Unterberger-Sattler neben der alten Huber stehen geblieben und blickt, wie jeder andere, der hier am Marktplatz steht, in den Himmel empor. Denn da fliegt was.

Eine erschreckende Blässe, die dank gespannter Nylonfäden an einem bunten Neonleuchten hängt.

Nicht, dass Hannelore noch keinen entblößten Herrn gesehen hätte, derart pudelnackt ist ihr aber lebtags noch kein männliches Wesen ab dem zehnten Lebensjahr aufwärts untergekommen. Oder in diesem Fall: *über*gekommen.

Waldemar Wurm schwebt paragleitend über Glaubenthal hinweg, hoffentlich ohne Absturz und nur sturzbetrunken. Wie bei einem Knaben ist da kein einziges Haar an seinem Körper. Brust. Achselhaare, Beine, Schritt. Niente. Ein Spatz ohne Nest.

»Wurm! Spinnst komplett?«, werden die ersten Stimmen laut. »Ich kenn mich ja nicht aus beim Gleitschirmfliegen, aber mit deinem Zumpferl als Propeller wirst nicht viel ausrichten!« Für Hannelores Geschmack eine Spur zu boshaft klingt auch Angelika. »Liebeskummer lohnt sich so nicht, mein Darling. Die Selbstmörder starten eigentlich doch alle drüben beim Hoberstein. Der ist hoch genug!«

Und Waldemar reagiert prompt.

Galant wie Peter Alexander,

stimmlich ein Gigant wie Peter Alexander,

nur die Ähnlichkeit ist nicht frappant mit Peter Alexander,

ruft er vom Himmel herab, als moderiere er lautstark die ausverkaufte Westfalenhalle:

> *»Meine Damen, meine Herren,*
> *Sie hier im Saal und Sie zu Haus.*
> *Jetzt sag ich zu Ihnen: Servus, auf Wiederseh'n,*
> *die Show ist aus!«*

Der Hauptplatz füllt sich. Handys werden emporgestreckt, das Netz darf sich freuen, Menschen mit Fernglas kommen aus den Häusern.

> *»Dankeschön, es war bezaubernd.*
> *Dankeschön, wenn wir auch auseinandergeh'n,*
> *gibt's doch ein Wiederseh'n.«*

Und zu all dem diese Stille. Nur das Rauschen des Schirms ist zu hören.

> *»Dankeschön, Ihr ward bezaubernd nett zu mir.*
> *Das bleibt das schönste Souvenir,*
> *bis wir uns wiederseh'n.«*

Staunende Menschen sind es, die an diesem Morgen, den Kopf in den Nacken gelegt, Waldemar Wurm davonfliegen sehen. Sogar die Gaststube des Brucknerwirts hat sich ent-

leert, darunter der Bürgermeister Toni und seiner Frau Elfie, Richi und Sigi Kronberger, die Lorenzbrüder, Männer
in Waldarbeitermontur mit orange leuchtenden Schutzwesten, die sich offenbar mit Zielwasser auf ihren bevor-
stehenden Einsatz vorbereiten. Und keiner der Zuschauer
will in Waldemars nackter Haut stecken.

»Wir haben erst April. Der wird erfrieren dort oben.«

Gar nicht so unwahrscheinlich, dass er genau das will.

Allem ein Ende setzen.

Die hier im Dorf entstandenen Probleme aber bleiben
gewaltig. Hannelore nämlich hat sich schnell satt gesehen
an dem armen Wurm und deutlich mehr Interesse an dem
davonsausendem Klaus gefunden. Genau genommen: an
seiner lautlosen Enduro, vor allem aber den Abdrücken
seiner Sportschuhe. Diese am Außenrand der Sohle verlaufenden Zacken. Im Mittelfußbereich sechs alleinstehende, im Fersenbereich ein Absatz in der Form eines
Hufeisens.

»Caruso!«, flüstert sie. »Haben die Klaus geschickt!«

Und mehr braucht es für Hannelore Hubers Nerven
jetzt nicht. »Diese Saubande, die elendige!« Da wird sich
nicht nur die offenbar als Übermutter gebärdenden Elfie
ein paar unangenehme Fragen gefallen lassen müssen:
»Brucknerwirtin!«, ist sie schon in ihre Richtung unterwegs, doch Angelika Unterberger-Sattler stellt sich dazwischen. »Nicht, dass Ihnen da drinnen was passiert! Besser
Sie fahren dann mit mir zur Burg Ebersfeld. Sind sicher
alle dort. Ist ja auch ein Eins-a-Männerhobby! Sich mit
Helm, Schutzkleidung, Axt und Kettensägenschwert wie

ein Ritter verkleiden, und dann das Gegenüber fällen. So wie die Stimmung bei der Truppe gerade ist, bin ich sicher, da werden nicht nur Baumstämme dabei sein. Also kommen S', Frau Huber.«, nimmt sie Hannelore nun tatsächlich fürsorglich an der Hand und zieht sie davon. Zwar nicht nach Berlin, aber doch in eine andere Welt.

Hannelore Huber hat so etwas noch nie gesehen.

Einen Teppich, auf dem kaum noch etwas von Teppich übrig ist.

Im Vergleich zum Wohnzimmer der Unterberger-Sattlers schien das Innenleben des Berlingos, in dem sie hergefahren sind, regelrecht aufgeräumt – und bei dem dachte sie schon: Hab ich noch nie gesehen!

»Wir müssen schnell zu mir nach Hause fahren, die Kappelberger und den Windisch ablösen!«, hatte es geheißen.

»Wieso, passen ihre Kinder auf die beiden auf?«, kam es Hannelore zynisch über die Lippen, während sie sich an ihren Sitz klammerte.

»Ja, Huberin! Fängst jetzt auch an als Leihoma? Drei bis vier Stunden hält man es aus!«

Im Vorraum wurden sie schließlich von Luise Kappelberger und dem Windisch begrüßt: »Na endlich!«

»War alles in Ordnung?«

»Das zu sagen, wär gelogen. Aber passt schon. Emma wird gleich Hunger bekommen!«, deutete Luise auf einen wie von Geisterhand durchgerüttelten Stubenwagen, »Die beiden Quälgeister sitzen bei *Zig & Sharko.*«

Ein Blick durch die offene Wohnzimmertüre in das Unterberger Schlafzimmer gewährt der alten Huber nun einen Blick auf Gottlieb und Winfried, die wie hypnotisiert im Schneidersitz auf dem Ehebett sitzen und dabei jeder mit Rundrücken, in den Nacken gelegtem Kopf und offenem Mund auf einen Fernseher blickten, dessen Programm der guten Hannelore zum Glück erspart blieb.

»Vier Stunden waren es, oder Luise?«

»Dreieinhalb sind perfekt. Macht fünfunddreißig Euro!«

»Zehn pro Stunde, und dann setzt du die Kinder vor die Glotze?«, konnte Hannelore nicht anders, als der Kappelbergerin nach besagtem Blick ins »Wohnzimmer« hinterherzurufen: »Da hättest aber wenigstens auch noch aufräumen können!«

Kein Stein ist hier auf dem anderen geblieben. Lego in diesem Fall. Durchgehend Modelle für Oral-Phasler und Grobmotoriker, sprich Duplo. Am Teppichende ein Sofa. Nun besetzt von Hannelore, und leicht war es nicht, dieses ohne Bruch des Mittelfußknochens zu erreichen. Wäre sie jemals schon in einem schwedischen Möbelhaus gewesen, käme ihr womöglich der Gedanke an ein brusthohes Schwimmbecken randvoll mit bunten Plastikkugeln, in das Eltern ihre Kinder ruhigen Gewissens nur dann setzten können, wenn sie inständig hoffen, ihre Gschrappen entweder nie wieder zu finden, oder mit allen aktuellen Krankheiten nach Hause zu fahren.

»Wollen Sie etwas trinken, Frau Huber?«

»Besser nicht«, liegt es ihr auf den Lippen, sie rettet sich aber in Höflichkeit: »Sehr freundlich, aber nein, danke!« Was soll sie auch eine Mutter, die ihrer Tochter grad ein Fläschchen gibt, von der Arbeit abhalten. Andererseits wirkt es so, als wäre Madame Unterberger-Sattler mehrfach auslastbar, denn Emma, die in Angelikas Armbeuge liegt, bekommt ihre Mahlzeit dank der offenbar speziell verwinkelbaren Gelenke ihrer Mama mit der zu diesem Arm gehörenden Hand verabreicht. Mit der anderen wird im Stehen ein Stapel aus Rechnungen, Zetteln, Zeitungen, Zeitschriften, Ausmalbildern und an den Ecken abgekauten, losen Kinderbuchseiten durchsucht.

»Sicher trinken wir etwas. Was für ein Mittel soll's denn sein? Wasser, Feuerwasser, Weihwasser hab ich keines. Bier?«

»Bier?«, wundert sich die alte Huber. »Ist das gut, wenn man sein Kind stillen muss?«

Und jetzt lacht sie, die Unterberger-Sattler. »Ob das für einen Mann gut ist, wenn der sein Kind stillen will, weiß ich nicht. Ich jedenfalls lass mir kein drittes Mal die Brustwarzen aufbeißen. Beim ersten Kind denkt man sich: Stillen, logisch. Beim zweiten mit Auweh und Zufüttern zieht man's durch. Emma bekommt jetzt von Anfang an nur noch das Fläschchen. Und das ist gut so!«

Jetzt weiß die kinderlose Hannelore natürlich überhaupt nicht, was sie drauf sagen soll, und das ist ihr offenbar anzusehen. Denn während Angelika in der Küche verschwindet, erklärt sie: »Weitere Gründe sind: Weil ich diejenige bin, die bei uns das Geld ins Haus bringt. Weil ich auch persönlich gern wieder in den Dienst zurück möchte. Weil ich durchschlafen und auch meinem Mann ein paar schöne Aufgaben überlassen will. Weil, weil, weil. Also, her mit dem Alkohol, Frau Huber: Bier oder Bier?«

»Ist es schon Mittag?«

Angelika lacht. »Sie glauben aber nicht wirklich, ich

orientiere mich in meiner aktuellen Lebenslage nach derart schnöden Vereinbarungen wie der Zeit? Moment.«

Mit zwei kleinen Flaschen Zwickl kommt sie zurück. Im Vorbeigehen werden diese an einem an der Wand hängenden Öffner, der einst, in noch katholischeren Zeiten, als Weihwasserspender hätte durchgehen können, ihres Kronkorkens entledigt.

Keine fünfzehn Minuten später schläft Emma tief und fest, Angelika selbst sitzt neben der alten Huber auf dem Sofa, ja, und ob die gute Hannelore auch selbst gerade eingenickt ist, könnte sie wirklich nicht sagen. Die erste Frage – womöglich nach ihrem Erwachen – jedenfalls lautet: »Wo ist eigentlich ihr Mann?«

»Reden wir doch lieber über Sie, Frau Huber?«

Ein Gespräch beginnt, das trotz gewichtigen Inhalts so leichtfüßig, höflich, ja direkt gewählt verläuft, als säßen die beiden Damen vor irgendeinem englischen Adelshäuschen bei Tee und Biskuits.

»Um uns Umwege zu ersparen, erzähl ich Ihnen vielleicht gleich, was ich so weiß, Frau Huber.«

»Na, da bin ich gespannt!«

»Was halten Sie von der Möglichkeit, Alfred Eselböck könnte nicht in der Ache ertrunken, sondern nur untergetaucht sein?«

Eine kurze Wartepause legt Angelika nun ein, mustert ihr Gegenüber, und die alte Huber weiß Bescheid. Von wegen Umwege ersparen! Die Fütterung wird also eine happenweise. Brocken hinwerfen, fressen lassen, Mund wässrig machen, warten, so womöglich ungeduldige Fragen herauskitzeln, und in Erfahrung bringen, was Hannelore alles weiß. Nun denn, da spielt sie gerne mit.

»Alfred soll untergetaucht sein? Ich nehme an, es geht hier um keine Badewanne, oder die Therme in Sankt Ursula?«

»Sie wissen, was ich meine!«

»Womöglich, aber worauf Sie hinauswollen, weiß ich nicht!«

»Das weiß ich selbst nicht, Frau Huber. Alfred Eselböck soll zusammen mit einer älteren Dame in der Nacht vom 20. auf den 21. April nicht nur bei Herta Wohlmuthseder im Haus gewesen sein, sondern könnte Herta Wohlmuthseder auch ermordet haben. Diese Information wurde mir jedenfalls zugetragen.«

Nächste Pause. Das neuerliche Abwarten einer Reaktion. Hannelore lässt sich nicht zweimal bitten: »Zugetragen? Aha! Von wem, könnte ich Sie jetzt natürlich fragen. Vom Hanslbauer-Schäferhund? Einem Brieftauberl aus dem Land der Schnapsideen? Oder der Post? Ich will Sie aber nur ungern unterbrechen, denn da kommt doch noch etwas, hab ich recht?«

Ein sanftes Lächeln huscht über Angelikas Gesicht, keineswegs argwöhnisch, und doch ist alles Weitere ziemlich harter Tobak: »Leider. Eine frappante Ähnlichkeit soll da bestehen, Frau Huber, zwischen der Begleitung Alfred Eselböcks und Ihnen. Darum frag ich Sie jetzt ganz konkret: Waren Sie in der Nacht zwischen dem vom 20. und 21. April mit Alfred Eselböck zu Besuch bei Herta Wohlmuthseder?«

Grad, dass der guten Hannelore jetzt kein Lacher auskommt: »Ganz ehrlich, Frau Unterberger, da muss man
schon sehr verzweifelt in der Ermittlungsarbeit nicht mehr
vom Fleck kommen, um sich solche Geschichten auszu-
denken. Ihre Frage kann also kaum ernst gemeint sein!
Im Gegensatz zu meiner jetzt.« Etwas aufrechter setzt sich
Hannelore nun in dieses elendsweiche Sofa. »Dürfen Sie
das überhaupt? Eine Woche nach der Geburt? Wieder in
den Dienst zurück und womöglich mit Emma um die
Brust geschnallt auf eigene Faust ermitteln? Das arme
Kind! Gibt's überhaupt so kleine Schutzwesten?«

»Hast du das gehört?«, flüstert Angelika ihrer Tochter
zu, während im Hintergrund die hungrige Hyäne Zig grad
die schöne Meerjungfrau Marina auf den Griller schmeißen will und sich unter Gottliebs und Winfrieds Gelächter
von Sharko lynchen lassen muss. Angelika blickt der guten
Hannelore nun tief in die Augen, spricht aber weiter mit
Emma: »Wenn das jetzt nicht die Frau Huber, sondern ein
Verbrecher gesagt hätte, mit der Schutzweste, könnten wir
zwei das durchaus als Bedrohung verstehen, oder?«

Kurzer Blickkontakt, ein Lächeln beiderseits.

»Sie müssen sich trotzdem entscheiden, Frau Unterberger. Was soll das werden: Ein Verhör oder ein vertrauliches
Gespräch?«

»Verhör auf jeden Fall keines. Wie Sie ja wissen, Frau
Huber, bin ich mit meinem Mann aus Sankt Ursula hier-
hergezogen, wir sind jetzt sozusagen Nachbarn. Da darf
man sich doch füreinander interessieren?«

»Na, da frag ich mich dann doch gleich, warum Sie mit

ihren drei Kindern, ihrem ganzen Haushalt, ihren Eltern und Schwiegereltern, die nicht mehr leben oder nicht helfen können, und obendrein ihrem ziemlich selten zu sehenden Mann nicht einfach die Polizei ihre Arbeit machen lassen? Ist das zwanghaft.«

Sichtlich an einem wunden Punkt getroffen gerät Angelika Unterberger-Sattler ins Grübeln »In gewisser Weise schon. Ich fühl mich schuldig, Frau Huber!«

»Weil?«

»Der Wahlausgang und dieser bis ins Hirn braune Bürgermeister auf meine Kappe geht! Ich hab wesentlich beigetragen, dass der Verdacht von Elfie Bruckner in die Welt hinaus getragen wurde, die alte Brucknerwirtin könnte von Waldemar Wurm ermordet worden sein. An Mord glaub ich zwar noch immer, aber nicht aus der Stadlmüller Ecke. Waldemar Wurm kann keiner Fliege was zuleide tun, nur dem Holzwurm und –!« Sie setzt ab, wirkt plötzlich in sich gekehrt, als kämpfe sie damit, etwas sagen zu wollen, aber nicht zu dürfen, oder etwas sagen zu müssen, aber nicht zu können. Für Hannelore eine Einladung gleich nachzustoßen.

»Und wer reibt Ihnen so einen Schmarrn unter die Nase? Warum um Himmels Willen sollen Alfred und ich in der Nacht vom 20. auf den 21. bei Herta Wohlmuthseder im Haus gewesen sein? Um Hitlerwein zu saufen und sie dann mit einem HJ-Messer umzubringen?«

»Das kann ich Ihnen nicht beantworten. Sie wurden dort jedenfalls in den frühen Morgenstunden gesehen!«

»Bei dem dichten Nebel, der zu dieser Zeit über dem

Dorf gehangen ist? Da muss derjenige, der mich gesehen haben will, aber selbst im Haus gewesen sein! Also wer war das?«

»Wie gesagt, das kann ich nicht beantworten.«, wirft Angelika der alten Huber einen Blick zu, der Nähe sucht. Vorsichtig, um Emma nicht zu wecken, steht sie auf, deutet mitzukommen, erklärt dabei: »Ich weiß es ja selbst nur von jemanden, dem es erzählt wurde!«, geht in den ersten Stock, und bleibt vor einer geschlossenen Türe stehen: »Gestern, als der alte Eselböck gesucht wurde, hab ich ihn mitgenommen. Er wusste nicht wohin. Hatte Angst und Zorn zugleich. Angst vor seinen Freunden aus dem rechten Milieu und Zorn auf seine Freunde aus dem rechten Milieu. Zur Rede gestellt hat er den ganzen Haufen wegen des Mordes an seiner Ziehmutter Herta, und offenbar erfahren: Es wäre Alfred gewesen, der ihr das Messer in den Rücken gestoßen hat. Und Sie sollen auch dabei gewesen sein.«

»Ich?«

»Glaubt natürlich kein Mensch.«

Dann öffnet sie. Nur einen Spalt, und deutet auf das belegte Doppelbett. Friedlich wie ein Kind, mit langsam auf und ab bewegendem Brustkorb, liegt Peter Pointner auf der Matratze.

»Die erste Schlaftablette war sinnlos. Nach der zweiten hat er endlich seine Ruh gegeben.«

Nicht zu erschüttern offenbar. Denn ein personalisierter Klingelton erschallt und weckt Emma. *Star Wars*-Titelmelodie.

»Verdammt, was gibt's?« Reflexartig zieht Angelika Unterberger-Sattler ihr Telefon vom Ohr und läuft, gefolgt vom Hannelore zurück ins Erdgeschoss: »Was schreien S' denn so, Brauneder?«, und stellt auf Lautsprecher.

Aufgeregt die Stimme ihres Kollegen. Hannelore kann nun jedes Wort verstehen.

»Wo bleiben Sie, Frau Kollegin?«

»Haben wir denn ein Date, Brauneder?«

»Ganz viele Menschen haben hier ein Date. Mir kommt vor die ganze Gegend. Auf Ebersfeld ist der Teufel los, und keiner ist da!«

»Da müssen Sie sich klarer ausdrücken, Brauneder. Ist jetzt der Teufel los, oder ist keiner da?« Und sehr zu Hannelores Verwunderung hat Angelika Unterberger-Sattler sichtlich ihren Spaß dabei, das Leiden des jungen Kollegen nicht unbedingt zu lindern. Denn die Tatsache nach Ebersfeld zu fahren, steht ja bereits fest. Trotzdem sind die Informationen nun ziemlich interessant.

»Kein Swoboda, keine Moritz, kein weiterer Beamter. Als wäre nix passiert in der Gegend. Nur die Pfadfinder, die ganzen Verrückten mit ihren Motorsägen, die Zuschauer und ich.«

»Haben S' leicht Angst allein?«

»Sogar der Robocop hätt hier Angst allein. Sie wollten doch herkommen, Frau Kollegin!«

»Und was mach ich mit den Kindern?«

»Die Pfadfinder haben so eine Hüpfburg aufgestellt, und ein Schwimmbecken mit Plastikkugeln!«

»Na dann! Wir treffen uns in der neuen Weinbar!«

Irene Moritz mustert Wolfram Swoboda immer noch. Ohne ihre Miene zu verziehen.

»Wollen S' mich hypnotisieren, Moritz?«

»–«

»Oder ein Autogramm?«

»Wo lernt man das?«, kommt es nüchtern retour.

»Was?«

»So ein Kotzbrocken zu sein?«

»Vermutlich Hochbegabung!«, blickt Wolfram Swoboda in den Rückspiegel. Die Kolonne hat es bereits in sich. Und bis zur Burg Ebersfeld ist es noch ein Stück.

»Vermutlich!«, wiederholt Irene Moritz. »Also weiter.«

»Wie weiter?«

»*Weniger g'spritzt* haben Sie ja schon erklärt!«

Na bitte. Taupunkt dieses Eisblocks erreicht.

Sie sucht Annäherung.

Wunderbar.

»G'raucht hat's mehr, weil jeden Samstag die Holzöfen auf Hochtouren gelaufen sind, auch im Sommer. Für den Dreck von so einer ganzen Woche braucht's schließlich eine ordentliche Temperatur. Kesselweise Brunnenwasser aufgekocht und dann die gusseiserne Wanne oder den Holztrog befüllt! Alles Frauensache natürlich!« Kurze Pause, dann: »Das war'n noch Zeiten!« Längere Pause. Dann: »Schmäh, natürlich!«

Nicht einmal ein Zucken in ihren Mundwinkeln.

»Meine Güte, das ist kein Bewerbungsgespräch bei Alice Schwarzer hier! Werden S' lockerer.« Wagt Swoboda ein Schulmeistern und wird es noch bitter bereuen.

»Keine Sorge!«, kommt es vorerst als Antwort retour.

»Schaun S' dort drüben«, Swoboda deutet zu einem großen Vierkanter. »Der Birngruberhof. Da ist die Achleitner Traude jeden Samstag in der Hofeinfahrt g'standen und hat herumgebrüllt: ›*Wo bleibt's ihr? Des Wossa wird koit!*‹ Dann sind's alle der Reihe nach auf- und untergetaucht, ihr Mann, ihr älterer Sohn, ihr jüngerer Sohn, ihre Tochter. Hintereinander in demselben Vollbad! Bis am Ende die Traude selbst in den bereits ausgekühlten Sud steigen durfte! Die ganze Familie im selben Badewasser! Was sagen Sie dazu?«

»Die Adria is nix anderes.« Irene Moritz verzieht dabei keine Miene.

»Froh konnte die Traude jedenfalls sein, sich beim gemeinsamen Samstagsbad das schmutzigste Exemplar, ihren Schwiegervater, erspart zu haben! Der verstand unter Körperpflege maximal das gelegentliche Abtupfen mit einem angefeuchteten Waschlappen, zumindest dort, wo er auf seine alten Tage eben noch hinkam. Und weit war das nicht.«

Wieder kein Schmunzeln. Nix. Und es zipft ihn an, den Wolfram Swoboda.

»Meine Güte, sind Sie schmähbefreit, Moritz! Nicht viel zum Lachen gehabt in Ihrer Kindheit, oder?«

Und nun staunt Wolfram Swoboda nicht schlecht.

»Vermutlich mehr als Sie. Ihre Großeltern mütterlicherseits waren laut Akte ein Leben lang bekennende National-

sozialisten, Ihre Mutter und Ihr Vater rechte Christdemo-
kraten und so fürsorglich, ihren Sohn in ein katholisches
Internat zu stecken. Danach ...«

Hupgeräusche, heftige, aus dem Hintergrund. Und
Glück hat er nun gehabt, denn sein kurzes, schockier-
tes Abbremsen hätte bei dieser Kolonne, diesem Ratten-
schwanz an Ungeduld im Heck höchst unangenehm ausgehen können.

Laut nun seine Stimme. Erbost.

»Sag, spionieren Sie mir nach, Moritz?«

»Für Sie braucht man wirklich keinen Spion. Es inter-
essiert mich einfach, mit wem ich es zu tun habe. Das ist
alles.«

»Eine ganz Emsige, also, die Moritz.«

»Stört es Sie sehr, mich für die erste Zeit unserer Zu-
sammenarbeit Frau Major zu nennen, Herr Kollege? Keineswegs weil das ein paar Dienstgrade über Ihnen liegt,
sondern weil ich nicht als Aushilfe hergeschickt wurde.«

»Nicht?«

»Angelika Unterberger-Sattler fällt neuerlich aus, Sie
werden vermutlich bald auch offiziell leiser treten, inoffi-
ziell wird hier ja ohnedies schon viel zu lange der Ruhe-
stand praktiziert, es braucht folglich neuen Wind. Darum
meine Zuteilung hierher. Und jetzt fahren Sie rechts ran,
lassen die Fahrzeuge alle vor und behindern nicht weiter
so kindisch den Verkehr. Oder Sie lassen das Fahren einfach bleiben und mich übernehmen!«

Wolfram Swoboda ist zu keinem klaren Gedanken fähig.

Zu keiner Antwort. Weiß weder weiter noch wohin.

Rund um ihn bricht jeder Boden weg. Seine bis vor Kurzem beinah perfekte Welt nur noch Schutt und Asche. Sogar die links am Rande der Kolonne ausscherenden und in einem Höllentempo überholenden Enduros samt Lorenzbrüdern können ihn nicht mehr aus der Reserve locken. Regungslos lässt er sie vorbeiziehen.

Seinen Atem versucht er ruhig zu halten. Gelassenheit auszustrahlen. So weit kommt's noch, sich hier seinen inneren Aufruhr anmerken zu lassen.

Zu seiner Rechten das Ortsschild von Ebersfeld.

Gleich danach der Baumgartner mit seinen vier Waschanlagen und den vielen davor wartenden Proletenschüsseln. Brav in Reih und Glied stehen sie, wie wahrscheinlich sonst nie in ihrem Leben – außer natürlich die Kiste wurde abgeschleppt, konfisziert oder wird verschrottet. Wie hungrige Mäuler verschlingen die Boxen ihre Beute, lassen sie unter den wirbelnden Walzen verschwinden. Geben sie hintenraus wieder frei. Der strahlende atlantikblaue Kronberger-Golf GTI rollt rechts gemütlich ins Freie, gelenkt von Richi. Und wie es scheint, geht es seinem Beifahrer ziemlich schlecht, denn wer steigt nach einer Premium-Pflege schon aus, stützt sich auf Rubinwachs, Unterbodenwäsche, Aktivschaum, 2x Waschen, 2x Trocknen, Felgenwäsche auf die Motorhaube und muss sich übergeben. Auf die Motorhaube des Nachbarfahrzeuges, versteht sich. Wickel also wie die Waschanlage vorprogrammiert.

»Nicht gut! Könnte der Klaus Brunner sein!«, setzt Wolfram Swoboda den Blinker, und Irene Moritz dreht ihn von der Beifahrerseite wieder ab.

»Fahren S' weiter! Burg Ebersfeld!«

Mitten in der Einfahrt bleibt Swoboda stehen, atmet tief durch. Als säße er allein im Wagen, wiederholt er nachdenklich den eben erst an ihn gerichteten Befehl: »*Und jetzt fahren Sie rechts ran, lassen die Fahrzeuge alle vor und behindern nicht weiter so kindisch den Verkehr. Oder Sie lassen das Fahren einfach bleiben und mich übernehmen?*« Dabei streckt er zuerst Daumen, dann Zeigefinger, schüttelt den Kopf und ergänzt: »Stehen bleiben oder Lenkerwechsel. Weiterfahren war da nicht im Angebot!«

Ja, und schweigen kann er auch.

Gar kein Problem.

Ohne jedes weitere Wort steigt er aus.

Und geht.

Emil Brunner läuft.

Nicht um der Bewegung willen oder wie früher für die Partei, sondern um sein Leben. Und nicht um sein eigenes. Sondern das seiner Kinder.

Denn ein Foto kam da herein auf seinem Handy. Von Klaus geschickt.

Darauf abgebildet die Gruppe der Wichtel und Wölflinge. Dazu die Nachricht:

Papa, ich kann Elias nirgendwo sehen! Hast du ihn wieder mitgenommen?

Elias und Klaus. Für seine Kinder würde er alles geben.

Klaus, sein Erstgeborener aus einer wilden Nacht. Mit Carinna. Er hat versucht, ein guter Vater zu sein. Von Anfang an. Seit Klaus auf der Welt ist, war er eine Woche bei seiner Mutter, eine Woche bei ihm. Und es war in Ordnung so. Auch weil Emil erfolgreich versucht hat, Klaus so gut es geht rauszuhalten damals. An seiner eigenen Familie nicht anstreifen zu lassen. Eine Sippschaft, für die er nur Scham empfand, aber von der er nicht loskam.

Bis er eines Tages Sarah traf.

Sie gab ihm die Kraft und Liebe, den Ausstieg zu finden.

Ja, und dann kam Elias.

Erstmals Familie, so wie er es wollte.

Irgendeine der rechten Versammlungen war es, die er

mit seinem Vater Otto wieder besuchen musste. Widerrede gab es keine. Den ganzen Dreck musste er sich anhören, bis er kurz davorstand, etwas davon glauben zu wollen. Stockbesoffen und verzweifelt fuhr er damals einfach durch die Nacht. Zu schwer der Rehbock auf der Straße. Der Aufprall frontal.

Und da stand sie dann.

Wie ein Erweckungserlebnis.

Fata Morgana.

»Herzlich willkommen!«

Die Haut voll Sommer, Sonne, die Haare schwarz, der Körper an den dafür bestens geeigneten Stellen prall und von einem engen weißen Kittel umgeben.

»Bin ich, ich …?«, musste Emil Brunner an einen Engel denken, Engelin in diesem Fall. Und Enkelinnen samt zuallererst eigene Kinder hätte er mit diesem Wesen auf Anhieb auch gern in die Welt gesetzt, so zumindest dürfte es sein Nachthemd verraten haben. »Bin ich im Himmel?«

»Nur auf Zeltlager im Spital«, nahm ein betörender Limonenduft auf seinem Krankenbett Platz. Und als das Namensschild auf ihrer Brust für Emil Brunner in gewisser Weise immer schärfer wurde, war es endgültig um ihn geschehen

»Schwester Sarah?«

Damals noch auf der Intensiv.

Wolfram Swoboda habe er sein Leben zu verdanken, dieser nämlich habe ihn, den Briefträger Brunner, kurz vor Sankt Ursula aus der Ache gezogen.

»Als Flaschenpost!«, war auch Swoboda recht rasch bei

ihm auf Besuch, Emil entsprechend dankbar, und ja, er konnte sie spüren: diese Gefühle.

Einerseits die Liebe, zwischen ihm und Schwester Sarah.

Andererseits das Misstrauen, zwischen ihm und Swoboda.

»Ich hab dich eh schon im Aug, Brunner, lang schon, aber ab jetzt hast auch du mich im Aug, wie ein fettes Sandkorn!« Und damals war Wolfram Swoboda tatsächlich noch ein solches, viel zu breit für seine Größe.

Nach dem Sturz sei er in die Ache geschlittert. Alles ist möglich. Und alles Glück dieser Welt habe er gehabt: »Sonst wären Sie jetzt tot!«, setzte Sarah fort, und mit jedem weiteren Wort aus ihrem so unglaublich einladenden Mund wurde Emil Brunner klar, alles Glück der Welt genau in diesem Moment erleben zu dürfen.

Von diesem Tag an fühlte sich Emil, bald in ein Einzelzimmer verlegt, so lebendig wie nie zuvor.

»Bist ang'rennt irgendwo? Spaß haben ist ja okay. Aber heiraten!«, hat sein Vater Otto damals nicht glauben können, was ihm zu Ohren gekommen war. Verliebt über beide Ohren saß Emil wie bei einem Verhör mit seiner Truppe zusammen in deren geheimem, gemeinsamem Klubraum, ein Hinterzimmer des Brucknerwirts.

»Lass ihn doch!«, wollte sich Schorsch, der gerade seine ausschließlich selbst verursachte Scheidung mit Bier zu ertränken bemüht war, für ihn einsetzen. Voll Mitfreude.

»Liebe, was gibt's Schöneres?«

»Hiebe!«, schlug Peter Pointner mit seiner Faust auf die

Tischplatte, um damit ein durch den fensterlosen Raum hallendes, grölendes Gelächter auszulösen. Nur noch Hohn unter den anwesenden Männern. Alle da. Zwölf insgesamt, die auf ihren alten Tischen, in den abgenutzten Polstermöbeln oder an der selbst gebauten Bierbar herumhingen.

Mittendrin Emil.

Wie beim Affenreizen wurde da einander anstatt des Balles eine Gemeinheit nach der anderen zugespielt, jagte ein Wort das nächste. Und Emil Brunner war anfangs zu erstarrt, um auch nur irgendetwas davon abfangen zu können, saß nur da. Ausgeliefert.

»Sarah? War des in der Bibel net die Oide vom Abraham?«

»Und seine Halbschwester war's auch!«

»Inzucht. Na, bravo!«

»Freu dich, wenn die Sarah einen Bruder hat, gibt's einen flotten Dreier!«

»Und sicher kannst du dir da nie sein. Weil die Sarah is erst mit neunzig zum erst mal vom Abraham selber schwanger g'worden, mit'm Isaak, da war der Oide hundert!«

»Isaak? Ist das was Elektrisches für Frauen? E-Sack?«

»Na, wenn der Abraham hundert war, wird's den braucht haben!«

Erstmals sah Emil Brunner in all dem Üblichen hier nicht mehr den Spaß, sondern den als Spott verkleideten Hass. Und er sah ihn nur deshalb, weil jeder der Giftpfeile sein Herz traf, somit auch gegen ihn gerichtet war. Er sah all dies endgültig als Fremdes, diese Wirklichkeit als Täuschung, sah in den lachenden Gesichtern seiner sogenannten Freunde, in den vor Verachtung entstellten Fratzen sein eigenes Ich, empfand solch große Betroffenheit, solch grenzenlose Scham, wusste nicht weiter, ging in Gedanken wie von Sinnen auf seine Freunde los, und dies blieb nicht unbemerkt: »Was schaust denn so wild? Was ballst du da so deine Fäustchen? Willst uns damit streicheln?«

Woher Emil Brunner damals seine Kraft nahm, kann er heute nur vermuten. Wahrscheinlich war es bereits sein Sohn Elias, von dessen noch so unscheinbarer Existenz in Sarahs Bauch er nichts wusste. Als hätten unsichtbare Fäden die Kontrolle übernommen, zog es ihn hoch, wurde er in Gegenwart der anderen größer und größer, wuchs er so weit über sich hinaus, um Worte von sich zu geben, die keiner der Anwesenden je für möglich gehalten hätte, am allerwenigsten Emil Brunner selbst. Ruhig und deshalb umso überzeugender sein Ton, obwohl er innerlich kochte vor Wut:

»Ich werd' jetzt gehen und nicht wiederkommen. Nie wieder. Verstanden?«

Still wurde es. Bei keinem mehr ein Lachen.

»Du bist ein freier Mensch!«, gaben ihm sein Vater und der ebenso anwesende Brucknerwirt zu verstehen, und Emil Brunner trat ihm gegenüber.

»Niemand ist ein freier Mensch, der es je mit euch zu tun bekommen hat!«

»Jetzt sagt er schon euch!«, blickte Peter durch die Runde und nahm Emil mit Toni Bruckner in die Zange.

»Alles, was hier passiert ist, soll hier und bei euch bleiben. Ihr lasst mir mein Leben. Ich lass euch euer Leben. Keiner streift an dem anderen an! Wir werden uns an der Oberfläche vertragen und begegnen wie immer!«

Das war die Vereinbarung. Und jetzt greifen sie nach Klaus.

»Elias!«, flüstert Emil.

Und jetzt läuft er.

Um das Leben seines Sohnes. Seiner Söhne.

»Klaus! Elias!«

Die Plane reißt er herab von seinem Motorrad, seit seinem Unfall unberührt, steckt die Freisprecheinrichtung in seine Ohren, Helm auf und los.

»Was plärrst so ins Telefon, Brunner?«

»Ich brauch dich, Swoboda!«

»Und was ist das für Lärm? Hört sich an nach – sag nicht, du sitzt nach so viel Jahren wieder auf deiner Ducati-Kraxn!«

»Sie haben Elias und lassen Klaus nicht in Ruh. Lassen wir den Haufen endlich hochgehen!«

»Ich hab kein Auto und sitz im Imbiss vom Baumgartner.«

»Ich hol dich.«

VI
WIEDER DA

Finsternis.

Rund um ihn nur Finsternis.

Der Ort fensterlos. Die Wände feucht, kalt, wohl aus Beton. Entlanggetastet hat er sich, bis er auf eine Eisentüre stieß. Unter Schmerzen, denn sein Unterschenkel scheint gebrochen. Gehen kaum möglich. Sein Klopfen blieb ohne Reaktion, nicht mal ein Hall. Nicht der geringste Lichtstreif unter dem Türspalt. Dunkelheit auch davor. Nacht vielleicht? Ein Keller? Ein Verlies?

Brutal hatten sie ihn aus seinem 2CV gezerrt und in den regennassen Acker gelegt. Mit seinem Bein blieb er dabei im Wagen hängen, grob das Einwirken, stark der stechende Schmerz in seiner Wade. Seine Knochen waren brüchig geworden. Bewusstlos hat er sich gestellt. Mehr an Selbstschutz blieb ihm auch nicht mehr.

Zwei Personen waren es. Mit kräftigen Armen wurde er auf breite Schultern geladen und ohne ein Wort zu einem Wagen gebracht. Muskulöse, männliche Schultern zwar, und doch war da dieser typisch beißende, muffige Geruch, den Alfred nur von Burschen kannte, die grob von ihrer Pubertät befallen wurden. Dasselbe Aroma, das nach Hertas Ermordung in der Stube des Wohlmuthsederhofes hing.

Ein Verdacht, der sich im Wagen dann bestätigte. Auf der Rückbank ist Alfred gelegen. Sein Aufpasser neben ihm. Er hätte besser die Augen geschlossen halten sollen, doch zu groß war seine Neugierde. Ein Anblick, der ihn mit einer Schwere erfüllte, einer Zukunftsangst, und das trotz des Wissens, diese Zukunft nicht mehr miterleben zu müssen. Zu weinen hat er begonnen.

»Verdammt, der Alte ist wach!«

»Klaus!«, konnte er nicht anders, »ich kenn dich doch seit deiner Geburt. Was hab ich dir getan? Warum nur?«

»Darum!« Dann wurde es dunkel.

Müde ist er. Unendlich müde.

Unter ihm eine dünne Matratze, ein Polster, eine Wolldecke.

Schwer fühlt sich sein Körper an. Arme und Beine wie die Glieder eines Hampelmannes. Die Schnur längst gerissen.

Spielpuppe ohne Spieler.

Maxi fällt ihm ein. Wie sie davonflog.

»Was soll das werden, Alfred?«, wollte seine Grundschullehrerin Frau Hammerschmidt damals wissen. Pro Schüler hatte sie eine Kartonplatte vorbereitet, darauf Kopf, Rumpf, zwei Arme, zwei Beine skizziert und diesen zukünftigen Hampelmann mit »Maxi« beschriftet. Entsprechend auch Alfreds verunsicherte Antwort.

»Wie sie uns aufgetragen haben, Frau Hammerschmidt. Das wird Maxi.« Mit großer stumpfer Schere war er gerade emsig dabei, links und rechts des Rumpfteiles über den Rand der Markierungen hinauszuschneiden. Je einen kleinen überstehenden Halbkreis. Dazu eine schmale Taille. »Du schneidest viel zu schlampig, Alfred, hier über den Rand hinaus und hier zu weit davon entfernt. Warum? Und das hier: Was soll das werden?«

»Zwei Zöpfe!« Beinah aufgesprungen wäre er vor Entrüstung: »Ich bin nicht schlampig! Maxi ist eine SIE. Wie Maximiliane.«

Verwundert blieb die so klein und zart geratene Frau Hammerschmidt stehen. Ihre feenhafte Erscheinung schien im Gegensatz zu ihrer meist hantigen Art stets wie die Rebellion dem eigenen wuchtigen Mädchennamen Hammerschmidt gegenüber. Nun aber wich jede Anspannung aus ihrem vergrämten Gesicht und sank sie vorsichtig neben der Schulbank auf die Knie. Eine ihrer straff zurückgeknoteten Locken schummelte sich auf ihre Stirn, eine seltene Sanftheit in ihre Stimme.

»Weiblich? So lange arbeite ich schon hier, und du, Fredi, bist das erste Kind, das ich kennenlerne, das statt einem Hampelmann eine Hampelfrau bastelt! Selbstbewusst wirkt sie. Kämpferisch. Schön ist das!«

»Ich schenk sie Ihnen, Frau Hammerschmidt, wenn sie fertig ist.« »Hab vielen Dank. Ein gutes Herz hast du. Bewahre es dir.« Es dauerte damals nicht lange, da verschwand auch Frau Hammerschmidt, wie schon zuvor die Mitschülerin Maximiliane samt ihrer Familie.

Nichts blieb von ihr.

Nicht einmal Maxi. Es war tiefe Nacht, als das Schulgebäude, in dessen Oberstock Frau Hammerschmidt wohnte, Feuer fing. Alfred, Herta, Leni, all die Kinder ihrer Klasse kamen angelaufen, wollten retten, was zu retten war, doch da war vieles schon geräumt, hing nur noch die Hampelfrau an der Wand, ihren Blick hinausgerichtet auf dieses einst so schöne Land, ihr Körper starr. In Lauerstellung. Als könnte, wenn all die Ungeheuer hereinbrechen über dieses Leben, ein kurzes Ziehen an Maxis Schnur schon reichen, um aus den so unscheinbar, tatenlos vor sich hin baumelnden Pappkarton-Teilen ein nach allen Seiten greifendes Zauberwesen werden zu lassen. Wie Flügelschläge hinauf in den Himmel. Und weg.

»Wehrhaftigkeit braucht einen Ruck.« Begriff er damals, als auch Maxi zu brennen anfing.

»Seid ihr lebensmüde? Weg hier!«, hatte plötzlich ein stattlicher Mann in Uniform dagestanden. Jeder hier in der Gegend kannte ihn. Richard von Ebersfeld. »Bringt die Kinder weg. Zündet die Scheune an, und dann sucht das Pack!«

Ein Feuer, das lange brannte. Das Dunkel der Glaubenthaler zum Leuchten brachte, das ganze Dorf, das ganze Land. Aus Richard von Ebersfeld und seiner Burg wurde ein Quartier der SS. Und als der Krieg vorbei war, stand diese Burg immer noch, und mit ihr Richard von Ebersfeld. Ja, und eines Tages stand er in der Stube des Wohlmuthsederhofes, den offiziell verstorbenen Bürgermeister Heinz Wohlmuthseder vor Augen und seine treuesten Gefolgsmänner neben sich. Adolf Bruckner, der Großvater des jetzigen neuen Bürgermeisters Anton Bruckner, und Kilian Lorenz, der Urgroßvater der beiden Lorenzbrüder.

Ein ganzes Menschenleben ist seither vergangen.

Und nun?

Ist all das wieder da.

Gewisse Dinge kann sich die alte Huber beim besten Willen nicht vorstellen. Beispielsweise so einen Haufen Außerirdischer, die irgendwo auf ihrem Planeten hocken, die Erde im Visier, und sich dabei denken: »Super! Die Kugel reiß ma uns unter den Nagel!« Wem bitte soll so etwas einfallen?

Nicht, dass Hannelore an der Existenz weiteren Lebens da draußen auch nur den geringsten Zweifel hätte oder die Erde als eroberungsunwürdig empfände.

Sie wird nur einfach viel zu gut verteidigt. Jede höhere Intelligenz würde sofort sehen: lebensgefährlich! Unkalkulierbare Verrückte, die fantastische Dinge erfinden, dann aus reinster Neugierde, Langeweile, Not oder Sadomasochismus völlig zweckentfremdet verwenden und einen gewaltigen Schaden damit anrichten.

»Na, der Vollpfosten glaubt wohl, er ist ein Oktopus und ihm wachsen die Fangarme wieder nach!«, hört es die gute Hannelore neben sich aus Angelikas Mund, und so gerne sie auch würde: Wegsehen ist unmöglich.

In sicherem Abstand von einem Kreis Schaulustiger umgeben steht ein Mann inmitten der ganz auf Spektakel ausgerichteten Lagerwiese vor der Burg Ebersfeld. Kräftig, groß, Knickerbocker, rote Wollsocken, Bergschuhe, der Oberkörper nackt, reichlich tätowiert, darunter der Schriftzug *Bonnie*, das Haar strubbelig lang mit Stirnfransen, ein wenig auf Limahl mit Pony. *Never ending story.*

Und leider wirft er seine Motorsäge nicht nur an, sondern auch in die Luft, wartet, bis sie den einmaligen Ausflug um die eigene Achse absolviert hat, und fängt sie wieder auf.

»Yeah!«, ruft er. »Wer das probiert, ist danach blutleer!« Davon, es nachzuahmen, wird also abgeraten.

Applaus von allen Seiten. Jubel unter den Kindern. Darunter auch ein Haufen Pfadfinder samt Wölfling Elias. Allesamt in den ersten Reihen.

»Verrückt, die Kleinen so weit vorne stehen zu lassen!«, erklärt Angelika Unterberger-Sattler, sichtlich dankbar dafür, ihre eigenen gut untergebracht zu haben.

Und auch die alte Huber ist froh. Obendrein nach einer Fahrt, die sie nicht nur reichlich Nerven gekostet, sondern auch noch den letzten Hauch einer kleinen, gelegentlich auftauchenden Traurigkeit die eigene Kinderlosigkeit betreffend im Keim erstickt hat. Zwischen zwei brüllend besetzten Kindersitzen eingepfercht hatte sie auf der Rückbank Platz genommen, Aug in Aug mit Emma, die auf der Beifahrerseite gegen die Fahrtrichtung fixiert in ihrem Maxi-Cosi lag. Herumgerudert wurde auf allen Seiten, als wäre auf offenem Meer der Wind ausgeblieben oder Motor ausgefallen. Dazu dieses Gebrüll. Bald zusammen mit ihrer Mutter, denn auch Angelika Unterberger-Sattler erweckte nicht den Eindruck, beruhigt werden zu können oder beruhigt werden zu wollen. Jeder Versuch, unterwegs ihren Mann Martin zu erreichen, war für ihre Zurückhaltung das reinste Gift. Immer lauter und offenherziger wurden ihre Ausbrüche.

Ohne darum gebeten zu haben, wusste Hannelore im

Nu nicht nur, vor welch scheinbar unüberwindbaren Beziehungsproblemen die Unterberger-Sattler-Ehe stand. In einem nicht enden wollenden Redeschwall schüttete Angelika der einzigen anderen Erwachsenen im Wagen ihr Herz aus: der Hanni Huber. Und zwar komplett.

»Sie wollten ja wissen, wo mein Mann ist! Auf dem besten Weg, mein Ex zu werden. Zurzeit ist er bei seiner Mutter und denkt über sein weiteres Leben nach. In welche Richtung es gehen soll.«

Obwohl die Hanni sich beste Mühe gab, auf keinen Fall so zu wirken, als würden sie weitere Details interessieren, fuhr Angelika gleich fort: »In flagranti erwischt hab ich ihn!« Und jetzt rutscht es ihr doch raus: »Mit einer anderen?«

»Nein. *Einem* anderen. In unserer Beziehung ist sozusagen der Wurm drin. Model gestanden hat er bei Motorsägenschnitzer und Gleitschirmflieger Waldemar.« Trocken, ihr Humor, mit bitterem Beigeschmack: »Und da ist ihm dann eben ein Schnitzer zu viel passiert, leider nicht beim Entasten. Aber bitte, wahrscheinlich besser, er wohnt eines Tages mit einem geistig ein wenig minderbemittelten Mann ums Eck und ist weiter für seine Kinder da, als dass er zuerst mit einer durchtriebenen jungen Trutschen durchbrennt und sich später womöglich noch einmal fortpflanzt. Und verstehen kann man's ja. Ist nicht der Hellste, aber schaut gut aus, der Waldemar.«

Eins und eins zählt die alte Huber da zusammen, warum die kleine Emma ihren Brüdern Gottlieb und Winfried so gar nicht ähnlich sieht. Binduphala Foluke und Angelika.

Die beiden jeweils Betrogenen, der Hunger nach Ehrlichkeit, Verständnis, Zuneigung, Liebe.

Ja, und als Hannelore nach dieser Offenbarungsfahrt hinter der Burg Ebersfeld aus dem eingeparkten, zerbeulten Berlingo stieg und Angelika ihre Kinder in dem Lieferantenzugang der neu eröffneten Wacholder-, Wein- und Käse-Bar *Gin, Vino & Veras Kas* an den dort arbeitenden Kellner Binduphala Foluke übergab, kam ihr der leise Verdacht, Madame Unterberger-Sattler könnte über die Entwicklungen in ihrem Privatleben womöglich gar nicht so unglücklich sein.

Und hier steht sie jetzt, die alte Huber, das Limahl-Double Bonnie vor sich, wie er neuerlich seine Motorsäge in die Luft schmeißt, sich zujubeln lässt.

»Und das ist schwer?«, tritt eine weitere Person aus der Menge, mit eigener Kettensäge, zusätzlich aber noch zwei Säbeln in der Hand. »Warum nimmst nicht noch ein paar mehr?«

Eine durchtrainierte Lady mit blonden Zöpfen und straffem, blau gehaltenem Dirndl. Unübersehbar hat sie sich mit pinkem Faden den Namen *Clyde* in ihr Kleid sticken lassen.

Raunen in der Menge.

»Bonnie, schau her!«, startet sie den Motor.

Und Clyde legt los, mit drei Gegenständen. Erfolgreich. Applaus. Waghalsige Nummer eben. Allerdings noch nicht zu Ende.

»Und das ist schwer? Komm, schmeiß sie her!«

Gemeint ist die Motorsäge. Klar.

Ausführlich wird geschildert, die Anwesenden würden nun gleich Zeugen einer Einmaligkeit werden, dies werde nun ein Weltrekordversuch, Eintrag im Buch der Rekorde inklusive.

Jonglieren mit zwei Motorsägen – und Hannelore wendet sich zum Gehen.

»Selbstverstümmelung bei Eidechsen, meinetwegen!«, flüstert sie Angelika zu. »Da wächst nämlich tatsächlich was nach. Diesen Wahnsinn will ich mir nicht ansehen.«

Doch es gibt noch einen zweiten Grund, der sie das Weite suchen lässt.

Plötzlich, wie ein aus dem Nichts aufgetauchter Geist, steht der Tobias Schuster in der Menge und winkt in ihre Richtung. Anfangs ist sich die Hanni nicht sicher, ob diese Höflichkeit tatsächlich ihr gilt. Als der Tobi aber seine Totenkopfhaube zückt und mit ihr zu wedeln beginnt, bevor er wieder in der Menge verschwindet, spätestens da fühlt sie sich gemeint.

»Ich schau mich schnell ein wenig um, Angelika!«

»Bitte passen S' auf Frau Huber!«

»Sind ja eh soviel Leut' hier! Keine Sorge.«

Als wenn das ein Grund zur Beruhigung wäre.

Tobias Schuster hat es eilig. Offenbar scheint es ihm ein Anliegen zu sein, Hannelore allein zu sprechen und zu diesem Zweck ein ruhiges Plätzchen aufzusuchen. Der Weg dorthin ist für die alte Huber eine wahre Mühsal, denn Menschenmassen bevölkern die Lagerwiese. Beinah kommt es ihr vor, als hätte irgendein Virus monatelang die Gegend lahmgelegt und endlich dürften die Leut' alle wieder raus.

An jeder Ecke kreischen die Arbeitsgeräte und stellenweise auch die begeisterten Zuschauer. Entlang der kompletten Burgmauer stehen sie, all die ritterhaft in Helmen, Schutzkleidung und mit Kettensägen-Schwertern bewaffneten Teilnehmer. Eine Station folgt der nächsten. Kombinationsschnitt. Kettenwechsel. Präzisionsschnitt. Entastung. Zielfällung.

Baumstämme, soweit das Auge reicht.

Wer es nicht besser weiß, könnte im gemütlichen Vorbeiflug aus Vogelperspektive auf die Idee kommen, einer mittelalterlichen Belagerung beiwohnen zu müssen. Wenn sich laut heimischer Geschichtsschreibung aus Pechnasen und Erkern siedendes Wasser, Öl, geschmolzenes Pech, Fett, Urin über feindlichen Truppen ergoss. Für Hannelore Huber die reinsten Schauermärchen. Das will sie retrospektiv nämlich sehen, wie die belagerten Ebersfelder und ihre Mannen derart wertvolle, teils lebenserhaltende Flüssigstoffe brennend heiß in Kesseln irgendwo hinaufschleppen, um sie von dort dann einfach wegzuschütten. Spitzenidee im Fall des Ausgehungertwerdens! Solche Idioten werden wahrscheinlich selbst die Ebersfelder keine gewesen sein und den Eroberungslustigen folglich Steine, Eisentrümmer, Holz oder schäbiges Ebersfelder Mobiliar auf die Schädel geschmissen haben. Für die Belagerer mit Hirn dann wiederum eine Art Baumarkt, um sich beim Belagern halbwegs häuslich einzurichten.

Ohnedies alles ein Irrsinn.

Tobias Schuster jedenfalls ist beachtlich schnell unterwegs. Offenbar will er nicht zusammen mit der Huberin gesehen werden, was auch ihr sehr recht ist. Dennoch hat sie mit ihren alten Knochen alle Mühe mitzuhalten. Sich durch die Masse zu drängen. Ihn nicht aus dem Blick zu verlieren.

»Huberin, du bist auch da?«, »Hanni, warum hast du's so eilig?«, »Das Klo ist in die andere Richtung!«, erklingen zu ihrer Rechten vertraute Glaubenthaler-Stimmen, zu ihrer Linken aber jault der Kombinationsschnitt: Jeweils eine drei bis acht Zentimeter dicke Scheibe muss mit dem ersten Schnitt von unten und dem zweiten Schnitt von oben aus zwei gegengleich geneigt aufgebockten Stämmen mit fünfunddreißig Zentimeter Durchmesser herausgeschnitten werden. *Brumm, brumm.*

Tobi stößt ein Stück weiter vorne aus der Menge, dreht sich um zwecks Kontrolle, ob ihm die Huberin noch auf den Fersen ist. Und weiter geht's.

»Hanni, pass auf!«

»Machst leicht mit beim Kettenwechseln?«

Ein selbsterklärender Wettbewerb auf Zeit. Zwecks Spannung paarweise absolviert.

Endlos lange wirkt die Burgmauer, die Strecke wie ein Hürdenlauf.

»Verdammt, Huberin, schleich di!«, stört sie den Richi Kronberger beim Präzisionsschnitt. »Ich darf jetzt aber ganz sicher noch einmal. Ja?« Aus zwei wieder fünfunddreißig Zentimeter dicken Stämmen neuerlich je eine drei bis acht Zentimeter dicke Scheibe abtrennen. Diesmal, ohne das unter den Bäumen liegende Brett zu verletzen.

»Im Wald kann dir auch ein Vogerl dazwischenkommen, Richi!«, haben die Zuschauer ihren Spaß.

Ebenso eine Station weiter. Das Entasten. Als Zweikampf angelegt. Jeder der beiden Kettensägen-Ritter steht vor einem waagrecht in Brusthöhe aufgebockten langen Stamm, aus dem künstlich achtundzwanzig bis zweiunddreißig hineingesteckte Rundhölzer herausragen. Als Astimitate, und auf Kommando geht es los. Zack, zack, picobello Äste weg. Die Zuschauer klatschen rhythmisch, und auch die alte Huber ist stehen geblieben. Mit geballter Faust. Ganz in Gedanken an den Angriff im strömenden Regen auf Alfreds 2CV, den dadurch verursachten, beinah tödlichen Unfall und sein Verschwinden wird sie nun Zeugin dieses Duells der Lorenzbrüder. Gemeingefährliche Idioten, die sogar hier, ohne Enduro, aber mit Kettensäge in der Hand, unter ihrem Vollvisierhelm stecken. Dazu ein schwarzes hautenges Trägerleibchen um den gestählten Körper und jeder mit einer »100%«-Tätowierung auf dem Oberarm. Jeder hier weiß, was das in Kombination mit einem in Tannenberg-Schrift hinters Ohrwaschl tätowiertem »2004« heißen soll: *100 Prozent arisch.*

Mit eisern gespannten Armen arbeiten sie sich den Stamm entlang, stets auf gleicher Höhe. Muskelberge, die ihre Motorsägen führen wie Maler ihre Pinsel. Vor dem jeweils letzten Ast angekommen nicken sie sich zu, durchschneiden mit einem synchronen Schwerthieb gleichzeitig das jeweilige Rundholz, legen ihre Motorsägen ab und deuten heroisch auf den nur ein Stück entfernt, unter einer Vitrine stehenden Wander-Pokal des zukünftigen Gesamtsiegers dieser Veranstaltung.

Tosender Applaus.

»Brot und Spiele!« flüstert sie abfällig, die alte Huber.

Ja, auch sie war einst in gewisser Weise Teil eines nicht unähnlichen Spektakels gewesen. Heut noch reden die Alten hier in Glaubenthal davon. Wie sie als einzige Teilnehmerin des jährlichen Hufeisenwerfens zwischen all den Männern stand, höhnisch ausgelacht wurde, »Heb dir keinen Bruch, Mäderl!«, und dann kam, was sonst nur im Kino passiert. Dem ganzen Haufen flog das Wurfgeschoss dermaßen um die Ohren, sogar die Atheisten mussten sich mehrmals bekreuzigen. Und logisch stieg die Zahl der weiblichen Zaungäste an diesem Tag in bis heute unübertroffene Höhen.

Anders als nun den Lorenzbrüdern, war der kleinen Hannelore damals allerdings kein Anzeichen des Hochmuts anzusehen, nicht einmal, als sie nach der Siegerehrung in einer Seelenruhe mit dem 25 Jahre alten Wanderpokal gemütlich zur Glaubenthaler Ache spazierte und dieses Prunkstück von der Amerikanerbrücke aus in hohem Bogen seine weite Reise antreten durfte. »Der schwimmt jetzt hoffentlich bis ins Schwarze Meer!«, so ihre Worte. Reißend, das gerade neben der Hauptstraße den Hang herabströmende Hochwasser. Und obwohl es der Pokal gewohnt war, meist wie eine angebetete Geliebte in den Schlafzimmern der jeweiligen Sieger herumzustehen, wäre trotzdem keiner auf die Idee gekommen, hinterherzuspringen. Sechzehn Jahre war sie an diesem Glaubenthaler Mai-Kirtag des Jahres 1964 gerade alt geworden, die Hannelore Huber.

Alles, was ihr nun hier vor den Mauern der Burg Ebersfeld stehend durch den Sinn geht, ist der Wunsch nach unbändigen Kräften, um auch die Lorenzbrüder in hohem Bogen auf irgendeine weite Reise schicken zu können, gern auch bis ins tote Meer. Ihre ganze Körperhaltung ist bereits darauf ausgerichtet, die beiden wenigstens zur Rede zu stellen. Nur: Daraus wird nichts.

Denn Peter Pointner tritt schnaufend aus der Menge. Entsetzlich sieht er aus. Angsteinflößend. Sein von Gewalteinfluss entstelltes Gesicht, seine in der Hand liegende Polizei-Pistole Kriminal, sprich Walther PPK. »Wieso?«, hält er sie den beiden Lorenzbrüdern entgegen. »Sagt mir wieso?«

»Wieso was?«, ergreifen Herrmann und Manfred synchron ihre Kettensäge.

»Jetzt auch noch Alfred? Wo ist er?«

Kein Mucks in der Zuschauermenge.

»Ihr wart das mit Herta?«

Und immer noch steht die alte Huber einen Schritt vor Reihe eins. Unübersehbar.

»Frag sie!«, deutet Hermann mit dem Schwert seiner Motorsäge in ihre Richtung.

»Dieses Geschichtel, dass es Alfred Eselböck und die Huberin gewesen sein sollen, kenn ich schon. Nur wer sich den Schmarrn ausgedacht hat, weiß ich noch nicht. Euch schließ ich bei allen Dingen, wo es ums Denken geht, ja eigentlich aus. Aber wer weiß!«

Einstimmig starten beide Lorenzbrüder die Motoren. Richi kommt herbeigelaufen, startet ebenso, und Peter beginnt zu lachen. »Glaubt ihr ernsthaft, hier wegzukommen? Damit? Ich lass euch auffliegen, alle!«

Die alte Huber wie ausgeliefert. Was für ein Tag.

Dienstwaffen in Polizistenhänden zeitigen erstaunlicherweise dann doch ihre Wirkung: Angelika Unterberger stößt, begleitet von Lukas Brauneder, dazu, stellt sich dazwischen, beide ihre Waffe in der Hand.

»Weg mit den Motorsägen, weg mit der Walther PPK. Sofort!«

Männer, die nun Folge leisten, ihre Waffen ablegen, die Motoren wieder verstummen lassen. Wie ein verkehrtes Echo breitet sich dieses Schweigen der Anwesenden aus, hört nach und nach der Motorenlärm auf, von Station zu Station, wird zu einer großen Stille. Nur bei der Station Zielfällen bricht einsam knackend ein Stamm ins Leere. Alles scheint wie eingefroren. Standbild.

Bis dann doch passiert, was abgewendet schien: ein Schuss. Sofort Panik, Getümmel, Schreie. Ein Auseinanderlaufen. Mittendrin eine Hand, die Hannelores Oberarm umgreift, sie durch die Menge zieht.

»Sie?«, wehrt sich die alte Huber unterdessen. »Äh, you?«

Einmal mehr. Armin. Absurd, das alles. Eisern und bestimmt zerrt er sie aus der Gefahrenzone. Bleibt irgendwann stehen. Lächelt nur und schüttelt sanft den Kopf.

»Be careful!«

»Kehr?«

»You know Whitney Houston?«

»Husten?«

»I'm your Bodyguard.«

Logisch versteht sie ihn, die alte Huber, akustisch. Der Inhalt aber könnte unheimlicher kaum sein. Vor allem aus dem Munde eines fremden, so großen Mannes. Bodyguard! Schwachsinn, so was. Alles nur noch unbegreiflich. Wirr. Das Chaos rundum und auch in Hannelores Kopf. Gar nichts mehr versteht sie. Angst und bange wird ihr.

Kein Zögern. Die rundum aufgewühlte Menge kommt ihr gelegen, die Polizeisirene und das Durcheinander kommen ihr gelegen, lassen sie in dem Getümmel davonschlüpfen, untertauchen. Klein und zart muss eben nicht immer nur das Schlechteste sein.

Tobi läuft seitlich an ihr vorbei, nimmt sie an der Hand. »Du vertraust Leuten, die du gar nicht kennst, aber mir vertraust du nicht!« Er wirkt wütend, aber ängstlich, leise sein Ton: »Sie werden Alfred Eselböck töten, Huberin! Genauso wie sie auch die alte Brucknerwirtin umgebracht haben, damit Toni Bürgermeister wird. Genauso wie sie auch die Wohlmuthsederin umgebracht haben, weil sie nicht aufgehört hat, Fragen zu stellen. Sie werden es wieder aussehen lassen wollen, als wäre es irgendwer gewesen, und damit durchkommen.«

»Wen meinst du mit sie, Tobi?«

»Klaus ist dabei. Wir müssen das beenden. Bitte!« Diesmal bleibt die gute Hannelore an seiner Seite und er an ihrer.

Und irgendwo im Graben neben der Bundesstraße liegen die Überreste einer verwaisten Ducati.

Einen steilen, sich in Serpentinen schlängelnden Weg ging es hinauf auf eine Anhöhe. Weit ließ es sich von hier aus auf das Land blicken, die Burg war zu sehen, der sich auflösende Tumult, die immer noch eintreffenden Einsatzfahrzeuge, ein Rettungshubschrauber.

Im Hintergrund ragten aus der Hügellandschaft die am höchsten liegenden Gebäude Glaubenthals hervor, die Pfarrkirche mit Zwiebelturm, ja, auch Hannis Häuschen und ein Stück weiter östlich sogar Sankt Ursula.

Seit sicher schon dreißig Minuten sind sie unterwegs.

Genauso, wie es ihr Tobi auch angekündigt hatte.

»Wir müssen ein Stück gehen, auch damit uns keiner sieht.« Er wisse nämlich, wo Alfred Eselböck festgehalten werde!

»Woher?«, wollte Hannelore natürlich sofort wissen. Und Tobi schilderte, er kenne Klaus schon so lange, aber Klaus habe sich plötzlich verändert. Beim letzten Pfadfindertreffen sei er stutzig geworden und dem Klaus dann nachgeschlichen, weil der sich so abwesend, ja angespannt verhalten habe. Komisch sei auch gewesen, dass Klaus im Anschluss an das Pfadfindertreffen von der Bruckner Elfie, die ja die Gruppenleiterin sei, heimlich einen halben Laib Brot und zwei Flaschen Bier überreicht bekommen habe. Klaus sei schnurstracks damit losmarschiert – und er, Tobi, eben hinterher.

Brot und Bier seien für Alfred gedacht gewesen, darum

wisse Tobi nun, wo sich Alfred befände. Und wie es weitergehen solle, wolle er nun mit der ganzen Familie besprechen, die sei schon informiert. Man würde dann zusammen helfen und überlegen, was zu tun sei.

Hannelore, das konnte sie nicht leugnen, war froh über Tobis vernünftige Entscheidung, Vater Franz, Mutter Rosi und seine Schwester Hannah nicht im Unklaren zu lassen und um Hilfe zu bitten. Menschen, denen auch die alte Huber vertraut. So wie Tobias.

Seit Stunde eins kennt sie den Schusterbauern-Buben. Der stets ein fröhliches Wesen hatte, einen guten Charakter, der seinem Vater, wann immer es möglich war, zur Hand ging.

»Ist nicht mehr so weit!«, erklärt er.

Mittlerweile ist der Weg flach geworden und führt durch eine der weitläufigsten, augenscheinlich unberührtesten Ebenen, die diese Gegend zu bieten hat. Schier endlos scheint dieses zwischen dem Ebersfelder Wald und dem Glaubenthaler Hochmoor liegende Naturparadies, durch das sich friedlich ein stilles Bächlein schlängelt. Ein Eldorado für Ornithologen. Im Frühling und Herbst bereichsweise von Feuchtwiesen durchzogen, steht hier nur die alte Jagdhütte von Hermann Windisch.

»Hier geht's rein!«, biegt er nun in einen Pfad.

»Ich kenn die Gegend ja ganz gut, Tobi, aber in diesem Winkel war ich noch nie«, sagt die Huber und folgt ihm schnaufend.

»Meine Familie ist gern hier!«

Seltsam ist das, in welchen Augenblicken das Hirn

warum auch immer gewisse Assoziationen oder Erinnerungen hervorzaubert.

Justament das Wort »Domino« kommt der alten Huber nämlich in den Sinn, wie sie da auf dem schmalen Weg dem Schusterbauern-Buben hinterhermarschiert. Sie hat es immer gehasst, dieses idiotische Spiel. Kompliziert etwas aufbauen, nur um im Anschluss dabei zusehen zu können, wie sich die Steine gegenseitig alle umschmeißen, einer nach dem anderen. Endlos mühsam etwas aufbauen. Und dann ruckzuck zerstören. Sogar Weltmeisterschaften werden ausgetragen. Besser kann sich die Menschheit ja gar nicht selbst beschreiben.

Domino. Was bitte soll daran lustig sein?

Heute aber kann womöglich sie mit diesem so gutherzigen Bauernbuben der Stein des Anstoßes sein. Leise fängt er zu summen an. Irgendwas.

Beinah nach Schmunzeln zumute ist ihr jetzt vor Erleichterung, der guten Hannelore, den Schusterbauern-Buben vor sich. Wie er dahinspaziert, ihr das eingenähte Sitzpolster seiner Radlerhose wackelnd entgegenlacht. Und es beruhigt sie. Schickt ihr einen Spruch durch den Kopf. »Wo man singt, da lass dich ruhig nieder, böse Menschen haben keine Lieder!« Und schon drängt sich ihrem Gemüt die nächste Erinnerung auf.

Ein Streit ihres Vaters Josef Brandl mit einem wildfremden Mann, der plötzlich als unerwarteter Besucher vor ihrem Zaun stand, die kleine siebenjährige Hanni auf der Gartenschaukel.

»Wo ist denn deine Mutter, mein Kind?«

»Die ist weg!«

»Was heißt weg?«

»Gegangen!«

»Dann stimmt es, was man sich im Dorf erzählt? Hat sie dich und deinen Papa also verlassen?«

Völlig aufgelöst kam ihr Vater mit der Holzaxt in der Hand aus dem Schuppen gelaufen.

»Geh bitte ins Haus, Hanni!«

Und wie immer, wenn ihr als Kind die Angst und Anspannung den Atem raubte, hat sie zu summen begonnen und ist davon. Worauf der Fremde genau diesen Spruch von sich gab, mit höhnischem Unterton: »Wo man singt, da lass dich ruhig nieder, böse Menschen haben keine Lieder!« So laut wurde ihr Vater, wie sie ihn nie zuvor gehört hatte: »Wenn du hier noch einmal auftauchst, vergess ich mich!«

»Wer war der Mann, Papa?«, wollte sie später wissen.

»Du musst keine Angst haben. Er kommt sicher nicht wieder. Ich kenn ihn von früher!«

»Aus dem Krieg?«

»Aus dem Krieg!«, bestätigte ihr der Vater ernst, und Hanni wusste: Dies ist ein Schlusssatz. Allein das Wort *Krieg* aus dem Mund ihres Vaters war mehr, als er sonst zu erwähnen pflegte. Mehr würde sie also nicht erfahren.

Und Tobias Schuster summt immer noch.

Bald ist aus dem Pfad ein verwachsenes, durch den unberührt wirkenden Wald führendes, kaum zu sehendes Nichts geworden. Wenn hier jemals ein Mensch vorbeikommt, dann trifft er so gut wie sicher keinen zweiten.

Hannelore Huber jedenfalls ist noch nie in dieser Ecke ihrer Heimat gewesen, muss mittlerweile, wie Tobi vor ihr, das Gebüsch zur Seite biegen. Und ja: Verunsicherung macht sich breit.

»Du kannst mir sagen, wenn wir uns verirrt haben, Tobi!«

»Das mach ich. Bin mir aber sicher, dass es nur mehr ein kleines Stückchen ist!« Bergab geht es. Die alte Huber muss achtgeben, auf dem feuchten Waldboden nicht auszurutschen.

Dann ist es endlich soweit.

»Wir sind da!«

Fast unscheinbar, von Moos umwuchert und freiliegenden Baumwurzeln umkrallt, ragen die Reste einer Betonwand aus dem Gegenhang. In den abschüssigen Waldboden wurde hier hineingebaut, vor vielen Jahrzehnten schon. In der Mitte eine stockdunkle Öffnung. Ehemals mit versperrbarer Eisentüre. Aufgesprengt vor fast genauso langer Zeit hängt sie verbogen, verrostet, verloren nur noch an einem Scharnier. Und genauso fühlt sich nun auch die alte Huber. Wohl wissend, dass sie mit diesem Bauwerk eindeutig einen Bunker aus der Nazizeit vor sich hat. »Wo sind wir hier, Tobias? Und wo sind die anderen?«

»Gleich!«

Worte folgen, die Hannelore Huber ein letztes Mal noch die Augen öffnen, bevor es dunkel wird.

Mächtig legt sich Tobis Stimme hinein in die Öffnung.

»*Hat die Bäuerin zu viele Kilo, nascht sie heimlich nachts im Silo!*«

Schritte sind zu hören, heraus aus dem Bunker. Angst und bange wird ihr, der guten Hannelore. Familie. Mehr hat Tobias Schuster eigentlich nicht erwähnt. Nur diesen einen Begriff. Familie.

Alles andere – Papa Franz, Mama Rosi, Schwester Hannah – ist einzig Hannelores Wunschdenken entsprungen. Ihrer Blauäugigkeit, ja Dummheit.

»Gut gemacht!« Eine Stimme ist zu hören.

Aus der Finsternis heraus. Hört sich brüchig, weiblich an.

In Tobis Hand befindet sich eine schwarze Stofftasche, wie sie ansonsten zum Einkaufen verwendet wird. Schwungvoll gleitet sie über Hannelores Kopf.

»Endstation, Huberin!«

Finsternis.

»Du musst was essen, Elias. Eine Banane wenigstens. Oder eine Zimtschnecke?«

»Wenn Papa wieder zu Hause ist!«

Niemand kam, um Elias Brunner abzuholen.

Nur Wolfram Swoboda stand plötzlich vor ihm, durchaus froh darüber, ihn gefunden zu haben. Nur: Der Kleine war offensichtlich nie verloren gegangen. »Wieso, ich war doch die ganze Zeit bei meiner Gruppe. Nur einmal am Klo.« Verloren wirkte er erst, nachdem ihm Wolfram Swoboda berichtet hatte, dass sein Vater einen schweren Motorradunfall gehabt habe und im Koma liege.

Die Nachricht von Klaus an seinen Vater war also eine Lüge? Ein Lockmittel? Um ihn mit seiner Maschine von der Straße befördern zu können? Nur warum? Oder warum auch nicht? Was ist Familie? Das, woher wir kommen? Oder das, wohin wir wollen?

Irgendwann trafen Wolfram und Elias auch Angelika Unterberger-Sattler, diese wiederum hielt Ausschau nach der ihr abhandengekommenen Hannelore Huber. Ja, und zu guter Letzt war da noch Irene Moritz, deren Aufgabe darin bestand, sich um den Mordanschlag auf Peter Pointner zu kümmern. Denn sowohl die ganze Motorsägerei als auch das Pfadfinderfest nahmen ein jähes Ende. Eskalation an allen Ecken. Handfeste Auseinandersetzungen. Und irgendwann diese Schreie. »Da liegt wer, da liegt wer!« Ein Bauchstich. Im Getümmel. So wie Emil Brunner kurz zuvor, wurde auch Peter Pointner mit einem Nothub-schrauber abgeholt.

Sein Attentäter konnte jeder gewesen sein.

Einer der beiden Lorenzbrüder vielleicht?

Fragen konnte man weder Manfred noch Herrmann, weil verschwunden. Wohl untergetaucht. Oder war es Richi Kronberger? Fragen konnte man auch ihn samt Papa Sigi nicht. Die Bäckerei Kronberger nämlich blieb krankheitshalber geschlossen. Ein großer Tauchausflug offenbar. Great Barrier Reef. Alle von der Oberfläche verschwunden. Mit dabei wohl ebenso Klaus Brunner, denn zu finden: auch er nicht.

Aufgetaucht hingegen ist eine ganz neue, durchaus erfreuliche Kultur des Miteinanders. Die Kellerstüberl mit all den verbotenen, aber verehrten Flaggen und Fähnchen denunzieren sich nun gegenseitig, schieben sich öffentlich ungeniert die Verantwortung für die Geschehnisse in die Schuhe. Niemand will es gewesen sein. Da gibt es nämlich deutlich ehrenwertere Verdächtigungen, auf die der eine oder andere stolz ist, ohne sie natürlich zu bestätigen. Mit so einer Geschichte wie dieser aber will niemand in Verbindung gebracht werden, man wehrt sich entsprechend mit Händen und Füßen. Übel ist das: Die Dorfälteste an Hitlers Geburtstag und unmittelbar vor ihrem eigenen neunundneunzigsten mit einem HJ-Messer von hinten erstechen; den Dorfältesten Alfred Eselböck verschwinden lassen, womöglich in die Ache schmeißen; die alte Huber dito; den Pointner Peter niederstechen; den Postler Emil von der Straße katapultieren; beide nun auf der Intensivstation. Wodurch Elias und Klaus ohne Vater bleiben – die Mutter und Stiefmutter Sarah ist ja grad sowieso irgendwo. Gar ein bisschen viel Kriminelles auf einmal.

Logisch ist da gleich ein erhöhtes Polizeiaufkommen zu registrieren und bringt es der eine oder andere nicht mit der nötigen Reaktionsgeschwindigkeit übers Herz, das eigene Kellerstüberl rechtzeitig auszuräuchern oder auszuräumen oder einfach nur auszumisten, sprich alle Heiligtümer auf den Müll zu werfen. Ergo hagelt es Verhaftungen. Führerweinflaschen werden sichergestellt, so viel Glühwein können die Glaubenthaler in ihrer Pfadfinder-Weihnachtshütte vor dem Brucknerwirt die nächsten zehn Jahre nicht saufen. Ja, und weil die größten Idioten unter den Idioten, wie es eben die Lorenzbrüder zweifelsohne sind, tatsächlich ein paar Quarthefte, liniert, mit Korrekturrand, unter ihren Kaltschaummatratzen aufbewahrt haben, in denen sie grammatikalisch und inhaltlich verheerend darüber Buch führten, wann sie wo mit wem wie viel Schaden angerichtet und bestenfalls Abschaum beseitigt haben, ist bald mehr Polizei in der Gegend, als es Männer der freiwilligen Feuerwehr gibt. Darunter Beamte, die natürlich die letzten Jahre längst einen näheren Blick auf diesen ganzen neonazistischen Wahnsinn hätten werfen können, anstatt sich am 20. April Eiernockerl mit grünem Salat zu bestellen.

Ja, und trotz so vieler Augen des Gesetzes fehlt von Hannelore Huber, Alfred Eselböck und Klaus Brunner weiter jede Spur.

»Wenn Elias nichts isst, dann, dann …!«

»Na, was dann, Untersattler, Frau G'scheit! Sagen Sie es seiner Mutter? Viel Spaß! Die wird uns lynchen, weil wir es nicht gleich erzählt haben.«

»Ich wäre ja als Mutter schon längst wieder da. Aus Samos. Oder gar nicht erst hingefahren. Leuchtet mir überhaupt nicht ein. Wobei!« Und lachen muss sie nun selbst dabei, das Gebrüll der eigenen Brut im Hintergrund, dazu die Stimme Binduphalas: »Runter vom Kasten. Was ist, wenn ihr nicht im Bett landet? Gottlieb, Winfried! Hört ihr nicht? Wer gibt seinen Kindern solche Namen, verdammt. Gottlieb, Winfried!«

Binduphala Foluke ist kurzerhand zu Angelika gezogen, um auf sie aufzupassen, so alleine mit den Kindern auf ihrem Bauernhof. Vier Kinder, denn aus mütterlichem Instinkt hat Angelika Elias zu sich genommen und Wolfram Swoboda ins Bild gesetzt. Über die Verhältnisse ihrer Ehe mit Martin Sattler, der wahren Neigung ihres Mannes, warum sie selbstredenderweise nicht gleich von Emma erzählt hat und wie nun weiter vorzugehen ist: »Ich halt mich jetzt raus. Freuen Sie sich über Irene Moritz! Die wird Ihnen guttun.«

»Ja, wenn ich in Rente geh!«

»Gehen S' was trinken mit ihr, das wär besser.«

Schwarz. Keine Fenster, kein Licht, keine Wand vor Augen. Nichts zu sehen. Nur zu spüren, die Matratze, die Nässe, die Kälte, wenn die eigene Hand langsam näher kommt und Wärme abstrahlt, wenn sie die Wange berührt und verdeutlicht: Ich, Hannelore, lebe noch.

Von Tobias Schuster in die Falle gelockt, ohne einen spürbaren Hauch schlechten Gewissens. Eingeschlossen ist sie. Wahrscheinlich allein. Nicht festzustellen, ob dieser Gestank von den kahlen, feuchten Bunkerwänden herrührt oder von anderen Anwesenden stammt. Tote. Denn atmen hört sie nur sich selbst.

Vorangetastet hat sie sich, die Mauer entlang. Ein kleiner Raum wie ein Kellerabteil, mit vier Ecken und einer verbeulten, verzogenen Eisentüre.

Hannelore ist längst klar, in welch hoffnungsloser Lage sie steckt. Niemand, der sich als Sieger, als Meister vor die Besiegten stellte, größenwahnsinnig eine Erklärung lieferte. Für das große Gesamte. Die Hintergründe. Die Antwort auf die Frage lieferte, was hier eigentlich warum geschehen war. Mit Antonia Bruckner, Herta Wohlmuthseder, Alfred Eselböck, mit ihr, Peter …

Nichts dergleichen. Im Dunkeln gelassen auch damit.

Abgelegt. Endlager. Grabkammer. Wahrscheinlich in einem der vielen Nazi-Bunker.

»Was in diesem Land unter der Erde schlummert,

Hanni, trägt es vielerorts immer noch.« Hat ihr der alte Eselböck kürzlich erst erklärt. Als Grundlage des Denkens. Wobei, es schlummert nicht mehr. Bereits hellwach ist es. Die Ewiggestrigen stehen als Wiederheutige in vorderster Front. Jung, dynamisch, eiskalt. Vergangenheit und Zukunft als Endlosschleife.

Auch der Hanni scheint es so. Längst weiß sie nicht mehr: Ist es Nacht, ist es Tag? Wenn Tag, dann welcher? Wie lange war sie betäubt? Wie lange hat sie geschlafen? Wie lange schon ist sie hier?

Zeit. Nur eine Illusion.

Zeit ohne wahrnehmbare Zeitmessung, ohne jegliche Sicht, ohne Klang ist nur noch Raum. Und Traum. Wachzustand und Schlaf vermischen sich. In einer Dunkelheit, die ihr nichts anhaben kann. Die sich anfühlt wie das Schlupfloch ihrer Kindheit. Denn immer, wenn da die Angst kam, das Verlangen nach Rückzug, kroch sie unter diesen finsteren Spalt zwischen Fußboden und Lattenrost. Ein magischer Ort, der nicht nur Socken, Hauspatschen und den Lurch verschwinden lassen konnte, sondern auch das Gefühl, wehrlos, ausgeliefert zu sein. Mit all den Dingen, die ihr als Kind den Eindruck vermittelten, Schutz zu geben, Teppichklopfer, Rechenschieber, Steckenpferd, lag sie dann stets noch hinter einer dicken Wolldecke versteckt Arm in Arm mit ihrem Stoffbären an die Wand gepresst, ganz auf ihr Gehör konzentriert, bis der Schlaf kam – und sie wieder geweckt wurde.

Irgendwann Schritte. So auch jetzt. Zwei Personen. Durch die am Rande aufgebogene, verbeulte Eisentüre sind die Geräusche des Ganges zu hören. Jemand kommt. Öffnet. Aktiviert eine Taschenlampe. Helligkeit für Sekunden.

Hannelore muss die Arme hochreißen, vom Licht geblendet.

»Tobias, bist du das?« Die Augen schmerzen, tränen, dennoch nützt sie die Chance, erhebt sich, sieht sich um und in allem bestätigt. Der kahle, kalte Raum. »Was fällt euch ein, mich hier festzuhalten!« Einen schnellen Schritt setzt sie vorwärts, greift mit ihrer Hand energisch nach der Taschenlampe. Diese wird rechtzeitig weggezogen, hochgerissen, der Lichtkegel dabei ungünstig für die Besucher, günstig hingegen für Hannelore. Das kurze Aufhellen reicht ihr völlig, um tatsächlich Tobias zu erkennen: »Tobi, was soll das? Erklär mit bitte, was hier los ist!«

Er ist nicht alleine.

»*Dreh die Taschenlampe ab. Und raus hier. Sofort.*« Schrill ertönt sie, die weibliche, brüchig klingende Stimme, eine, die auf dem Weg zum Manne ist, denn das kurze Bild lässt keine Zweifel offen. »Klaus!«

Die verbeulte Tür fällt zu. Hanni hinterher. Stemmt sich dagegen, will sie aufdrücken.

»Was soll das hier werden?«

»*Drück, verdammt!*«

Zu kräftig, die beiden.

»*Ich hab gesagt, die zähe Alte braucht Kabelbinder!*«

»*Wozu? Kein Mensch kommt hier raus. Und jetzt weiter.*«

Ein Stück entfernt dann das nächste Öffnen. Wieder Licht. Und Hannelore hört jedes Wort.

»*Lebt er noch?*«
　　»*Keine Ahnung.*«
　　»*Dann sieh nach.*«
　　»*Wie?*«
　　»*Idiot! Ob er noch atmet. Sich sein Bauch bewegt.*«
　　»*Dann lebt er noch.*«

»Ihr habt Alfred da drüben?« Hannelore hat sich zur Tür gestellt.
　　»*Und knebeln hätten wir sie auch sollen!*«
　　»*Vergiss sie einfach!*«
　　»Wer weiß noch davon?«
　　»*Keiner weiß irgendwas! Und so soll's auch bleiben!*«
Hannelore bringt vor Entsetzen kaum einen Gedanken zustande, auch weil die Lösung so klar vor Augen liegt.
　　»Warum?«, ruft sie.
　　»*Was machen wir, wenn sie jemand hört.*«
　　»*Ich schwör dir, da draußen hört das kein Mensch.*«
　　»Warum?« Immer lauter das Schreien der alten Huber.
　　»*Los! Lass uns abhauen.*«
　　»Warum habt ihr Herta Wohlmuthseder umgebracht? Warum? Ihr elenden Teufel!«
　　»*Jetzt steh nicht herum, Tobi, und komm.*«
　　»*Wir wollten ihr nur einen Schrecken einjagen, mehr nicht, und dann, dann …*«
　　»*Lass uns abhauen, verdammt.*«

»*Eselböck hat ihr das Messer reingerammt. Es war Eselböck.*«

Gesprächsbereitschaft. Das Bedürfnis, sich mitzuteilen. Vielleicht der Rettungsanker, um hier rauszukommen. Alle Kraft nimmt die alte Huber zusammen, auf dass ihre Stimme entsprechend gnadenlos wirke.

»Ihr wollt uns hier verrotten lassen und glaubt ernsthaft, damit leben zu können? Ihr werdet uns niemals los. Niemals. Ihr werdet aufwachen mit unseren Gesichtern. Jeden Tag. Ihr werdet …«

»*Weg hier, Tobi.*«

»… einschlafen mit unseren Gesichtern. Jeden Tag. Wenn ihr euch verliebt, vielleicht eine Frau findet, wenn ihr sie in den Arm nehmt, wenn ihr Eltern werdet und in die Augen eurer Kinder schaut: Ihr werdet immer nur uns sehen.«

»*Halt's Maul. Und jetzt kommt, Tobi, vergiss die Hexe!*«

»*Hexe? Warum sagst du das, Klaus. Glaubst du …*«

»So wie ihr uns unser Leben nehmt, werden wir euch euer Leben nehmen, jeden Tag. Und nur jetzt habt ihr noch die Chance, dem zu entkommen. Wenn ihr uns freilasst, lassen auch wir euch frei. Und ich helf euch aus dem Schlamassel raus, so gut es geht!«

»*Das Maul sollst du halten oder ich bring es gleich jetzt zu Ende, Huberin.*«

»*Aber Klaus! Vielleicht sollten wir mit ihr reden.*«

»*Nicht mir ihr, Tobi. Wenn, dann müssen wir es vorher den anderen erzählen. Und jetzt los.*«

Still wird es.

Und drückend, schwer.

Klaus und Tobi. Da sind doch Eltern, die Fürsorge, Liebe, Heimat geben. Da ist doch ein Umfeld, das niemanden fallen lässt. Und trotzdem sind andere Mächte größer. Gibt es Menschen, deren Einfluss alles übertrifft.

Das Unbegreifliche setzt der alten Huber zu, wiegt so gewaltig, lässt sie müde werden, unendlich müde, schickt ihr noch einen klaren Gedanken an Alfred, er lebt, bevor sich alles vermischt.

Und wieder vergeht Zeit. Nur wie viel? Sind es Minuten? Sind es Stunden? Hannelore weiß es nicht.

Umgeben von Dunkelheit wird der Geist zum Gaukler. Zauberkünstler, zum Tyrannen. Und er schickt sie hin und her, die alte Huber. Durch wirre Gedanken, Illusionen, lässt sie als kleine fünfjährige Hanni durch die Lüfte schweben, vorbei an ihrer Mutter. »Mama, Mama! Hier bin ich, hier!« Erfüllt den Gestank des Bunkers mit Lavendelduft, Mutters Lavendelduft, Geruch der Verlorenheit, der Sehnsucht. »Papa, Papa! Wo ist Mama?« Reißaus genommen. Über Nacht. Und Übersee. »Aber warum, Papa? Warum?« Leidenschaft, Hoffnung, Perspektive. »Liebe eben, Hanni. Liebe!« Hanni mit zwölf, allein am Frühstückstisch, gedeckt für zwei. »Papa, wo bist du? Papa?« Emil Brunners Vater Otto im Vorbeirollen: »Eing'schlafen am Stammtisch. Im Grunde ein schöner Tod, ein schneller! Kann man sich eigentlich nur wünschen.«

Jetzt. Bitte.

Einfach so.

Zeit im Fluss. Nur wohin?

Musik in Hannis Kopf. Christian Anders: »*Es fährt ein Zug nach Nirgendwo, mit mir allein als Passagier, mit jeder Stunde, die vergeht, führt er mich weiter weg von dir.*«

Vielleicht schläft sie.

Vielleicht auch nicht.

Sie kennt den Unterschied kaum noch.

Was ist Traum, was Wirklichkeit?

Gedimmt ist das Licht der Weinbar auf Burg Ebersfeld.
Modisch schick die Einrichtung. Und heimelig zugleich.
Das dunkel gehaltene Ambiente, diese Mischung aus Gold-
und Brauntönen, die tief über den Eichentischen hängenden gedimmten Glaslampen, die mit schwarzbraunem
Leder überzogenen Hocker. Passenderweise tönt Dean
Martin aus den Boxen und hört sich eben auch genau wie
so ein Dean Martin an, jemand also, der wahrscheinlich
sein Lebtag keine einzige Textzeile nüchtern ein- oder vor-
gesungen hat.

Hier fehlt es an nichts, nur an Gästen.

Einzig der abgelegenste Tisch ist besetzt.

»Wir trauen uns ganz schön was!«

»Wieso trauen? Ich versteh nicht, worauf Sie hinauswollen, Kollege Swoboda?«

»Weil … Na, weil es mit uns nicht so optimal begonnen
hat, und jetzt, jetzt sitzen wir hier beisammen, um, um …«

»… um ein Glas Wein zu konsumieren! Oder hatten Sie
bei Ihrer unverbindlichen Anfrage irgendwelche verbind-
lichen Hintergedanken?«

Verdammt, ist das kompliziert!

War seine Bemerkung also schon wieder zu viel des Guten! Oder Schlechten? Offenbar auf jeden Fall eine Grenz-
überschreitung.

Wolfram Swoboda kennt sich einfach nicht mehr aus,

eben weil früher alles einfach war. Heute fühlt er sich wie ein Analphabet in einem fremden Land. Kann die Zeichen der Zeit nicht mehr lesen, steht mit seiner Sprache auf verlorenem Posten, weiß kaum noch, was er wie sagen soll, von der Genderei ganz zu schweigen.

Obendrein ist Irene Moritz als Strafverschärfung völlig schmähbefreit. Keine Miene verzieht sie bei seinen Witzen. Dienstlich pflegt sie die direkte Gerade, das Kommunizieren ohne Umwege, privat aber umgibt sie eine unsichtbare Mauer. Diese eng anliegende, an ihr zugegeben verdammt gut aussehende Lederjacke wirkt wie eine zweite Haut, eine Rüstung. In diesem Fall ein dunkelrotes Modell, nicht die obligate schwarze. Auch ihre Lippen, Wangen, Augen haben Farbe bekommen.

Sie hat sich für dieses erste offiziell private Zusammentreffen also zweifelsohne herausgeputzt – und chauffieren lassen obendrein.

»Wollen wir außerhalb der Dienstzeit unverbindlich etwas trinken gehen, Frau Kollegin?«, so seine Frage.

»Wird wohl nicht schaden!«, kam es retour. Weder entzückt noch romantisch noch irgendwas. Trotzdem ein Ja.

»Das freut mich«, rang sich hingegen Swoboda das Beschreiben seiner Gefühle ab, gefolgt von einem Hauch Gentleman: »Soll ich Sie von zu Hause abholen, Chefin?«

»Davon geh ich aus!«

Na bitte. Rendezvous.

Da darf ein Mann doch ein wenig das Unausgesprochene zu deuten beginnen! Sich ein dezentes »Die Oide steht auf mich!« zusammenreimen. Und ja, beinah wäre

Swoboda vor lauter Übermut schon beim Aufhalten der Wagentüre ein Fauxpas passiert, ein kleines Huldigen ihrer Proportionen: »Na bitte! Meine Chefin macht auch privat eine verdammt gute Figur! Bad Girl als Catwoman!«

Zum Glück hat er geschwiegen.

Auch an ihm spaziert die Gegenwart eben nicht spurlos vorbei.

Jahrzehntelang gab es für ihn als Mann keinerlei Bedenken, seine Machosprücherl anzubringen. Entweder wurde ihm als Echo schlagfertig ein Sprücherl zurück an den Schädel geworfen, eine Ladung Zynismus, ja und gar nicht so selten, so zumindest hatte er irgendwie den Eindruck, Dankbarkeit. Schließlich war so ein bisserl Schweinigeln, so ein lockeres mehrdeutiges Schmähführen auch die klare Nachricht an die jeweils damit bedachte Dame, begehrt zu werden, als Marionettenspielerin die Fäden in Händen zu halten und sich nur noch entscheiden zu müssen: Will ich den Kerl, oder will ich ihn nicht? Der Mann als wandelnde Speisekarte. Haubenlokal oder Fast Food, ganz wie gewünscht. Und was ist heute?

Aufplatteln kann er sich lassen, nur wegen so eines simplen: *Wir trauen uns ganz schön was!*

»Chefin ans Fußvolk. Sind Sie noch anwesend, Swoboda? Oder bereits intellektuell auf Durchzug? Ein Swobonimma-da?«

»So eine Überraschung: Moritz hat also Witz.«

Mit strenger Miene streckt Irene Moritz den Kopf ein wenig vor, deutet ihrem Gegenüber mit dem Zeigefinger näher zu kommen, mustert das leicht pikierte Gesicht und analysiert: »Alles klar, daher weht der Wind. Der arme Wolfram ist beleidigt.«

»Beleidigt? Sie Ahnungslose! Erleichtert bin ich. Geradezu dankbar. Wehe, ich hätte mir so eine Bemerkung erlaubt: *Chef ans Fußvolk. Sind Sie noch anwesend, Swoboda? Oder bereits intellektuell auf Durchzug? Ein Swobo-nimmada?* Wetten, Sie hätten mir den *alten weißen Mann voll toxischer Männlichkeit* um den Schädel geschmissen?«

»Na, wenn Sie nicht beleidigt sind, dann weiß ich auch nicht«, hebt Irene Moritz die Hand und winkt dem Kellner zu. »Ich gratuliere aber zu Ihrer Selbsterkenntnis, Swoboda. Die erste Runde geht auf mich.«

Und jetzt wird er wirklich sauer.

»Wissen Sie, was mir immer wieder mein Leben ruiniert hat, Irene?« Ja, Irene nennt er sie nun, pfeif drauf. »Die *toxische Weiblichkeit.* Heimtückisch und geduldig ist die, nicht so aufbrausend und leicht zu durchschauen wie meine männliche! An dem Gift, das eine Frau versprüht, sind schon ganze Heerscharen von Männern elendiglich verreckt. Dagegen gibt's kein Antihistaminikum! Und jetzt brauch ich wirklich was zu trinken, bevor mir die Nüchternheit weiter zu Kopf steigt.«

»Na, dann fragen wir, ob es für den armen Buben hier histaminfreien Wein gibt«, kommt es entsprechend nüchtern zurück.

Drauf wetten will Wolfram Swoboda jetzt nicht, aber in die roten Lippen der Irene Moritz ist grad kaum merklich der Schwerkraft entgegengesetzte Bewegung gekommen.

Und wenn er nicht aufpasst, verliebt er sich gleich Hals über Kopf.

»Da haben Sie recht. Ein guter Roter ist die beste Antwort!«, ergreift Wolfram Swoboda die Weinkarte.

»Jetzt bin ich aber gespannt!«

»Können Sie auch. Denn ich sag Ihnen jetzt voraus, was Sie sich bestellen werden, Frau Kollegin!« Und Irene Moritz könnte neugieriger grad gar nicht dreinblicken.

»Die Spannung steigt ins Unerträgliche!«

Aufmerksam mustert Swoboda sein Gegenüber.

»Charmant ausgedrückt würd ich schätzen, Sie nehmen so einen Blaufränkisch-Weiberrosé oder Weiberrosé als Prosecco-Sekt-Schampus!«

»Ihr Charme ist umwerfend, Herr Kollege. Und Sie nehmen garantiert ein gutes Achterl Blauen Zweigelt!«

So ehrlich ist er jetzt, nicht extra etwas anderes zu bestellen. Also wird gratuliert: »Die meistverbreitete Rotweinrebe dieses Landes. Da bleibt mir nur mehr, den Hut vor Ihnen zu ziehen!« Irene Moritz schweigt, bis der Kellner, in diesem Fall leider nicht Binduphala, zum Tisch kommt und die Bestellung aufnimmt.

»Mir bringen Sie bitte ein Achtel Gemischten Satz, Auswahl überlasse ich Ihnen, und dem Herrn hier bringen Sie bitte ein Achterl Uhudler!« Nicht dass dem Kellner gerade Schweißtropfen aus der Stirne treten, der Blick in seine eigene Karte aber verrät dezente Überforderung.

»Uhudler haben wir leider keinen!«

»Ich will auch keinen Uhudler!«, so Wolfram Swoboda.

»Wenn die kan Uhudler hab'n, gehen wir wieder ham!«,

lässt Irene Moritz den Schelm hinter ihrem Entsetzen erkennen: »Na, dann bringen S' dem Herrn eben seinen Blauen Zweigelt, und wir schauen, ob er ihn trinkt!«

»Warum, wieso, weshalb sollte ich nicht?«

»Weil im Wein die Wahrheit liegt. Wissen Sie eigentlich, warum der Zweigelt heißt, wie er heißt?«

»Sind wir jetzt in der Millionenshow oder in der Schule?«, stößt sich Wolfram Swoboda ein wenig an der Prüferei und ergänzt spöttisch: »Wahrscheinlich, weil ich *zwei Geld* dafür zahlen muss.«

»Auch Ihr Wortwitz ist umwerfend, Herr Kollege!«

Und dann erzählt sie ihm, die Frau G'scheit, über den Blauen Zweigelt. 1922 neu gezüchtet aus St. Laurent und Blaufränkischem, ursprünglich von seinem Züchter Fritz Zweigelt als Rotburger bezeichnet. Nur war der Fritz im Lauf seines Lebens nicht nur ein Insekten- und Pflanzenkundler, sondern auch ein Nazi und Mitglied der NSDAP. Glühend und wortgewaltig. Nach Kriegsende kam er sogar wegen Volksverhetzung eine überschaubare Weile in die Obhut einer Gefängniszelle, sechs Monate später wieder raus, und dem Rotburger war das alles natürlich wurscht. Prost. Dem Uhudler aber nicht. Ein Wein, der aus kräftigen, abwehrstarken Reben entsteht, die Ende des 19. Jahrhunderts nach dem großen Reblausbefall nach Europa importiert wurden.

Aus Amerika. Amerikanerreben also.

Jeden Winzer, der solchen Wein herstellte, hat Zweigelt als Verbrecher abgestempelt und zu diesem Zwecke extra herausfinden lassen, Uhudler mache hysterisch, gefährde die Gebärfähigkeit der Frau, und Menschen, die dieses Gift regelmäßig saufen, bekämen eine fahle Gesichtsfarbe, zitterten am ganzen Körper und siechten dahin, während Bauern mit veredelten Weingärten kinderreiche Familien hätten, gesund und arbeitsam seien.

Erst ab 1995 war der Uhudler nicht mehr verboten.

»Der wahre Irrsinn aber ist«, so Irene Moritz, »im Jahr 1975, zehn Jahre nach Zweigelts Tod, darauf zu kommen, diesen Wein doch nach seinem Herrchen benennen und in Blauen Zweigelt umtaufen zu können!« Auf dass fortan der braune Fritz durch die Adern seiner Landsleute, ja sogar weit über die Landesgrenzen hinaus fließen könne: »Weil im Wein eben die Wahrheit liegt! Und so ein Kunststück bringen S' auch nur bei uns zusammen. Der ab 2002 an Weingüter verliehene Dr. Fritz Zweigelt-Preis wurde 2015 aus Gründen wieder eingestampft. Der Zweigelt heißt aber noch immer so! Die braune Vergangenheit wird hierzulande verdrängt, weil der Wein so ein wichtiger Wirtschaftsfaktor ist.«

»Heftige und blöde G'schicht natürlich. Aber irrsinnig ungerecht, Ihr Argument, Frau Major. Weil Winzerfamilien, die Zweigelt produzieren und davon leben, hundertprozentig nicht automatisch Nazis sind. Manche sind sogar das Gegenteil und müssen sich als Gutmenschen beschimpfen lassen. Und drum trink ich den Wein jetzt trotzdem. Prost.«

»Da geb ich Ihnen recht, Herr Kollege. Trinken S' nur. Aber zumindest kennen sollt man die G'schicht dahinter. Und je mehr es wissen, desto eher steigt die Chance, den

Wein als heimisches Kulturgut neu zu benennen. Denkmäler solcher Art müssen fallen! Darum gleich zum nächsten. Reden wir doch über uns.«

Und noch bevor Wolfram Swoboda die hellhörig gewordenen Hormone durch den Körper schießen, legt ihm Irene Moritz einen Packen Quarthefte auf den Tisch.

»Weil ja im Wein die Wahrheit liegt: Sie wissen, was das ist, Herr Kollege?«

Dass ihm der Schweiß so schnell aus den Poren treten kann, ohne aus einem klimatisierten Flugzeug in Kuba auf die Landebahn geworfen zu werden, hätte sich Swoboda auch nicht gedacht.

»Sie werden es mir gleich sagen!«

»Das sind die Whistleblower-Quarthefteln, sprich die Aufzeichnungen der Lorenzbrüder, die vermutlich als sogenannte Hoberstein-Lattenrost-Papers in die Glaubenthaler Geschichte eingehen werden. Unglaubliches steht da drinnen. Detaillierte Eckdaten: Mord, Schutzgelderpressung, schwerer Betrug, Diebstahl. Was das Herz begehrt. Und natürlich Bestechung. Dazu meine Frage an Sie, Kollege Swoboda: Warum kommen denn Sie da so häufig vor?«

>*Wir wollen uns verstecken,*
in ein, zwei, drei, vier Ecken.
Wir wollen uns verkriechen,
auf fünf, sechs, sieben Stiegen.«

»*Hannerl!*« Leise das Flüstern aus Alfreds Zelle. Laut hingegen Hannelores Schwebezustand. Durch entlegene Gedankenräume, ferne Innenwelten.

>*Wir wollen niederkauern,*
an acht, neun, zehn Mauern.
Und wollen uns nicht rühren,
wenn wir den Häscher spüren.«

Zwar nur ein Selbstgespräch und doch wie ein Dialog mit dem geträumten Gegenüber. So lebendig, greifbar steht es vor Augen.

»Hanni. Es ist zu spät, wir müssen los.«

»Bitte, Mami, bitte, bitte. Eine Runde noch. Diesmal nur im Haus und nicht auch im Garten. Versprochen!«

»*Hannerl? Ich hör dich doch sprechen.*« All seine Kraftreserven kostet es den alten Eselböck, dieser so kräftig durch das Dunkel bis zu ihm dringenden Stimme seinen schwachen Ton entgegenzuhalten. »*Ich bin's, Hannerl, Alfred!*«

»Heut nicht, Hanni. Onkel Alfred wartet schon. Und jetzt komm!«

»Aber Mama …«

»*Bitte wach auf, Hanni. Ich muss dir erzählen, was mit Herta …*«

»Ich will nicht mit zum Wohlmuthsederhof. Darf ich bei Papa bleiben? Bitte Mama!«

»Papa geht aber mit.«

»Wenn Papa mich trägt und nie wieder absetzt, geh ich auch mit, ja. Aber du musst es mir versprechen!«

uf den Schultern ihres Vaters sitzt sie, und von dort oben, dem Nackensattel des Herrn Papa, sieht die Welt natürlich gleich viel übersichtlicher und sicherer aus als in Hüfthöhe der Erwachsenen.

10. Mai 1952, Tod des Heinz Wohlmuthseder, Hertas Schwiegervater. Der Bürgermeister. Haufenweise kommen die Menschen, um den Toten zu verabschieden. Verwandte, Bekannte, Freunde, Dorfbewohner, Vertreter diverser Vereine, aus dem nahen und weiten Umfeld. So viele Menschen, dazu Musik von alten Schellackplatten. Hannis Eltern.

Und all das Schmalzgebäck. Der Anblick überwältigend.

Kindliches Schlaraffenland. Außerstande, irgendetwas anderes zu sehen. »Papi, lass mich runter!«,

»Also doch! Warum?«

»Naschen!«

Viele Bäuerinnen haben zu Ehren des Bürgermeisters kistenweise Topfenmäuse, Polsterzipf, Bauernkrapfen und auch Strauben geliefert. In Schüsseln auf dem Esstisch, überall stehen die Leut' herum, nur einer liegt nebenan in

seinem Schlafzimmer. Bürgermeister Heinz Wohlmuthseder. Regungslos, elfenbeinblass und adrett angezogen. Im
Trachtenanzug. Das Sterbebett frisch gemacht, die Hände
entspannt neben sich, die Augen geschlossen, das Kinn
und somit der ansonsten offene Mund mit einem Leinen-
tuch hinaufgebunden, die Lippen somit geschlossen, ja,
und droben, auf dem Scheitelpunkt seines Kopfes, die beiden weißen Zipfel des dort verknoteten Knotens.

Hanni sieht ihn. Alles rundum verliert an Bedeutung:
»Mama, Mama, schau, der Bürgermeister hat so schlimme
Zahnweh und liegt im Bett!« Schlagartig zuerst Stille, dann
Rührung rundum, ja vereinzelt sogar ein Schmunzeln.
Und Einigkeit, denn wenn Heinzi Wohlmuthseder es noch
zeigen könnte, er wäre dankbar für so viel unbekümmer-
ten Frohsinn.

Alfred Eselböck, sportliche fünfundzwanzig, beugt sich
zu ihr, flüstert: »Weißt, Hanni, der Bürgermeister darf jetzt
dort oben bei den Engeln seine Witze erzählen, damit die
auch endlich einmal ein wenig Gaudi haben. Und jetzt
pass auf, er hat mir noch einen dalassen, extra für dich:
Fragt der Lehrer Klein-Hermannchen: Was ergibt sieben
und sieben? Sagt Hermannchen ...«

Irgendein zweiter vorlauter Knirps ruft heraus: »Den
kenn ich schon, den kenn ich schon! Hermannchen sagt:
feinen Sand. Sieben und sieben ergibt feinen Sand.«

Lachen. Frohsinn somit überall, trotz Trauer.

»Kommt!«, verschwindet eine kleine Gruppe in die Küche. Hanni, ihre Eltern Marlene und Josef, Herta und Alfred. Mit Staubzucker eingeschneites Schmalzgebäck wird

gegessen, Wacholderschnaps dazu getrunken, die Kinder kriegen natürlich Wasser. Herta hat dabei den Blick auf Hannis Mutter gerichtet, hebt das Glas und verkündet: »Auf die Königin!«

»Warum sagt die Tante Herta Königin zu dir? Bin ich dann eine Prinzessin?«, will Hanni wissen.

»Meine Prinzessin bist du auf jeden Fall!« Zur Eckbank gehen die beiden, Mutter und Tochter. »Komm auf meinen Schoß.«

Jedes Wort dieses Gesprächs plötzlich präsent, ebenso das unter dem Kleid ihrer Mutter herausblitzende Messer. »Jetzt gerade, Hanni, während wir hier sitzen, an diesem 10. Mai 1952, erleben wir, wie aus einer Prinzessin eine Königin und somit alles werden kann. Denn in London tritt Elizabeth Alexandra Mary als frischgebackene Queen in die Fußstapfen ihres geliebten verstorbenen Vaters, King Georg des Sechsten!« All das, während in Westberlin, ebenso an diesem Tag, ein zukünftiger Monarch geboren wird, um als Findelkind in armen Verhältnissen bei seiner Pflegemutter aufzuwachsen und erst Jahrzehnte später von dem adoptierten Ronald Keiler zu dem deutschen Kaiser Roland zu werden.

Hanni kann die angespannte Stimmung ihrer Mutter spüren, kann sehen, wie sie plötzlich den Messergriff ergreift, als die Stubentüre sich öffnet und Adolf Bruckner, der Großvater des jetzigen neuen Bürgermeisters Anton Bruckner, und Kilian Lorenz, der Urgroßvater der beiden Lorenzbrüder, in Begleitung eines fremden, aber freundlich wirkenden Mannes die Stube des Wohlmuthsederhofes betreten. Ein gertenschlanker, aufrechter Mann von angsteinflößender Freundlichkeit. Ident mit jenem Foto, das der alten Huber in ihrer Stube von Irene Moritz gezeigt wurde:

>*Das ist der Kriegsverbrecher Richard von Ebersfeld, im Jahr 1952 Nationalratsabgeordneter im Parlament und einstiger SS-Brigadeführer, Inspekteur des SS-Reiterwesens, Träger des Ehrenwinkels der SS und des Goldenen Parteiabzeichens der NSDAP. Hier in Glaubenthal wurde er erstochen, mit genauso einem HJ-Messer. Ebenso zwei weitere Männer. Seine treuesten Gefolgsmänner, Adolf Bruckner, der Großvater des neuen Bürgermeisters Anton Bruckner, und Kilian Lorenz, der Urgroßvater der beiden Lorenzbrüder. Die Morde wurden nie aufgeklärt.«*

Hannis Mutter Marlene setzt ihre Tochter ab und sich langsam in Bewegung, überraschend grob aufgehalten von Hannis Vater Josef Brandl und Herta!

Schlagartig wird es still. Die ersten Besucher verneigen sich leicht, als wäre tatsächlich ein König eingetreten, manche schütteln wie Vertraute seine Hand, ja, und manche stehlen sich davon. So auch ein Teil der Familie Brandl.

»Kommt!«, will Josef seine Frau und seine Tochter durch einen Seitenausgang ins Freie ziehen, doch Hannis Mutter bleibt. »Ich komm nach, Hannerl, aber Papa bringt dich heim. Hier!«, gibt sie Hannis Papa eine gefüllte Stoffserviette.

»Wer war das?«, will Hanni dann unterwegs nach Hause wissen. »Nur ein Politiker. Weil der Heinzi, unser Bürgermeister, ja auch ein Politiker war, weißt, die kommen sich dann eben gegenseitig besuchen. Schau, Hanni, hier!«, reicht ihr der so liebevolle Herr Papa die gefüllte Stoffserviette, »Polsterzipf und Topfenmäuse. Die magst du doch so gern.«

»Das duftet wie drinnen beim Bürgermeister Wohlmuthseder!«

»Hast recht, Hanni!«, nahm sie ihr Vater wieder auf die Schulter: »Der Tod riecht irgendwie nach Schmalzgebäck.«

Der nächste Tag aber, der 11. Mai 1952, duftete dann nach Lavendel. Geruch der Verlorenheit, der Sehnsucht. Jener Tag, an dem Hannis Mutter verschwand.

»Hanni! Hanni ...!«

48 Es werde …

»… Hanni! Hanni, bitte!«

Es ist ein Rufen, das aus der kleinen Hanni wieder die alte Huber herausfischt, sie mit geistiger Klarheit zurück ans Ufer ihrer Realität stellt. Richtig verorten. Der Bunker. Das Jahr 2023. Und Eselböcks Stimme. Endlich.

»Alfred! Geht es dir gut?«

Die Freude auf der Gegenseite ist groß, aber gedämpft. Scheint nun der Schwäche, der Ermattung nachzugeben.

»Ging schon besser, Hanni. Aber froh bin ich, dich nicht nur zu hören, sondern auch zu sprechen.«

»Meine Mutter hat sie umgebracht. Damals. Oder? Alle drei. Darum ist sie weg. Hab ich recht, Alfred?«

»Darum ist sie damals weg, Hanni. Ganz genau. Wir wollten es ihr ausreden, doch ihr Widerstandswille war zu groß. So wie schon während der Kriegsjahre. Es gab keine stärkere, mutigere Frau im Dorf als Marlene Brandl. Deine Mama. Und später Deinen Papa. Der alles mitgetragen hat.«

»Und warum steckt dann ein HJ-Messer in Hertas Rücken?«

Alfred Eselböck kämpft. Mit der Atmung, der Stimme, mit seiner Kraft.

»Damit wir Alten, solange es noch möglich ist, am Ende unseres Lebens einmal noch das Richtige tun. Wir wollten Herta gratulieren, und –«

Plötzlich Licht.

»Gst, Alfred. Ruhig!«

Nur ein zaghaftes.

Flackerndes. Ein Feuerzeug.

Erleuchtet den Gang. Auch die Schritte sind zurückhaltend, kaum zu hören. Auf leisen Sohlen. Bis zu Hannelores Zelle kommen sie. Und die einsetzende Stimme ist nun keine Überraschung.

»*Huberin?*«

Tobias Schuster ist zurück. Er hat es also mit der Angst zu tun bekommen und wird gleich sein blaues Wunder erleben. Hannelore steht noch hinter der Türe. Keinen halben Meter von Tobi entfernt. Wie in einem Beichtstuhl.

»*Huberin? Du hast doch gesagt, du kannst uns helfen?*«

Wie gern würde sie ihm antworten: »Hast du uns wenigstens etwas zu trinken mitgebracht?« Aber nein. So leise wie möglich lässt sie den Atem strömen und steigt dabei einen Schritt zur Seite.

»*Dann sag ich dir auch, was passiert ist, Huberin.*«

Keinen Mucks soll er von ihr zu hören bekommen.

Er wartet ab, unsicher.

»*Huberin? Na gut, dann sag ich es dir eben jetzt. Die Wohlmuthsederin hat einfach keine Ruhe gegeben wegen der alten Brucknerwirtin. Hat alle möglichen Leut' angerufen und erzählt, dass es ein Mord war.*«

Eine weitere Pause legt er ein, schnell geht sein Atem. Als würde er vor einer Klippe stehen und wissen: Die einzige Chance ist der Sprung ins kalte Wasser.

Und Tobi springt.

»*Und es war ja auch ein Mord. Die Elfie hat uns nach der Pfadfindergruppe gesagt, bevor der Klaus und ich in der Nacht die letzte Wahlwerbung in die Postkästen austragen gegangen sind, es wäre ein Wunder, wenn ihre verteufelte Schwiegermutter, die alte Brucknerwirtin, kurz vor der Wahl abkratzt und es so aussehen könnt, als hätte der Stadlmüller irgendwas damit zu tun. Also haben wir zu dritt eben ein wenig herumüberlegt. Die Elfie hat gemeint, sie macht der Alten heut einen Kaiserschmarrn mit Rum. Ob wir ihr helfen wollen. Logisch haben wir geholfen. Auch zusammen Rum getrunken, aber nur ganz wenig. Und es hat Spaß gemacht, bis es komisch für mich geworden ist. Weil der Klaus so verliebt ist in die Elfie und die beiden sich plötzlich vor mir geküsst haben. Der Klaus macht alles für die Elfie. Alles. Und dann haben wir es eben auch so g'macht. Ich hab vom Waldemar Wurm die Uhr gestohlen und in den Vorgarten gelegt, weil eben auch der Wurm für den Stadlmüller alles machen würde. Der Klaus hat in der Nacht die alte Brucknerwirtin im Schlaf mit einem Polster erstickt, zum Tisch gesetzt, auf dem der fertige Kaiserschmarrn stand. Und der Brucknerwirt ist Bürgermeister geworden, so wie die Elfie das vorausgesagt hat.*«

Tobias Schusters Stimme wird während seiner Schilderungen immer schneller, wie eine Befreiung wirkt es.

»*Die Wohlmuthsederin hat dann nach der Wahl alle aufgehusst, Klaus wollt ihr eine Lektion erteilen, und um Mitternacht, also zwischen Hitlers Geburtstag und ihrem eigenen neunundneunzigsten, wollt er sie eine 88er-Flasche austrinken lassen und dann einen Kübel Kröten im Schlafzimmer ausleeren. Aber sie wollte nicht, weil sie daran sterben würde, hat sie gesagt. Wegen ihrer Zuckerkrankheit und vor allem der schweren Histaminintoleranz. Klaus hat nur gemeint: Umso besser, soll das ganze Dorf ruhig sehen, wer sie umgebracht hat. Der Führer! Und dann hat sie getrunken. Es war so schrecklich. Wie sie plötzlich rot angelaufen herumgetaumelt ist und nach Luft geröchelt hat. Wie sie gestürzt ist, sich den Kopf aufgeschlagen hat und, und ... Hörst du mir überhaupt zu?«*

Hüten wird sie sich, die gute Hannelore, auch nur einen Ton zu wagen. Denn darauf lässt sie es nun ankommen.

»Huberin? Alles in Ordnung?«

Dezent pocht er an die Tür.

»Mach auf!«

Erste Anzeichen von Stress und Realitätsverlust. Denn wie soll Hanni als Eingesperrte aufsperren? Und logisch würde sie ihm nun gern den entsprechenden Hinweis geben, ist sich aber ihrer Sache sicher. Tobias Schuster wird ganz von allein draufkommen und gleich selbst öffnen. Immer energischer sein Klopfen. Hektischer.

»Lebst du überhaupt noch? Hallo!«

Panik.

»Huberin, Huberin.«

Brandl! Geht es ihr nun durch den Kopf, während sich Tobi an dem Schloss zu schaffen macht. Ich heiße Brandl! Hanni Brandl. In ihrem Herzen ist sie immer eine solche geblieben. Besonders als mit ihrem zwölften Lebensjahr und dem Tod des Vaters die ständige Herabwürdigung ihr Alltag und

Großonkel Richard Huber, der Ehemann von Gertrude, der Cousine von Hannis Mutter Marlene, ihr Erziehungsberechtigter wurde. »Komm ja nie auf die Idee, Stiefvater oder gar Vater zu mir zu sagen. Meine zwei Kinder heißen Hans und Walter. Und was dich angeht, fütt're ich die Tochter einer Schlamp'n, die ihre Familie sitzen hat lassen, sicher nicht für nix und wieder nix durch! Die Brut des Teufels ist das, deine Mutter. Verbrannt hätt man sie früher, drunten bei der Sommerlinde. Und dich gleich dazu!«

Was für Hannelores leiblichen Vater immer ein Datum des Lichtes war, der 1. Mai um 1 Uhr nachts, Hannelores Geburtsstunde, galt für Richard Huber als das Symbol des Bösen. Die letzte Finsternis der dunklen Jahreshälfte, wenn sich Zaubermächte und dämonische Wesen entfesseln, die Hexen auf ihren Reisigbesen über das Land reiten, um sich auf jeder noch so kleinen, lachhaften Erhebung im Tanz mit dem Satan zu vermählen.

Es war nicht oft zu hören damals, aber immer dann, wenn dieses Kreischen losbrach mitten in der Nacht, als würde einer Frau bei lebendigem Leib die Haut abgezogen oder mit glühendem Eisen die Zunge entfernt, ließ es sich der gute Onkel Richard nicht nehmen, an sein Stiefkind adressiert durchs Haus zu brüllen: »Da hörst du, wie sie heut noch alle in den Flammen schreien!«

Unmöglich für die kleine Hanni, auch nur eine Nacht angstfrei durchzuschlafen. Bis dann schließlich ihr dreizehnter Geburtstag vor der Türe stand. »Den feiern wir nicht. Die Zahl bringt Unglück, so wie du!«

Aus dem Despoten Richard Huber wurde ein boshafter Greis, aus seinem Stammhalter Walter wurde für 53 Jahre Hannelores Ehemann. Ja, und die alte Huber selbst wurde, wenn schon nicht glücklicher, dann zumindest klüger. Denn wenn da jemand zuletzt stirbt, dann ist es bei eigener Passivität sicher nicht die Hoffnung, sondern sind es die Arschlöcher.

»*Huberin?*«

Es ist so weit.

Tobias Schuster hat die Eisentüre geöffnet, tritt vorsichtig ein, streckt sein Feuerzeug von sich, Flamme an, sichtlich in Sorge, neuerlich von vorne angesprungen zu werden. Doch die Gefahr lauert längst ganz woanders. Hannelore ist hinter ihm im Schutz der Finsternis hinaus auf den Gang getreten, wirft die Türe ins Schloss, und so schnell kann Tobias gar nicht reagieren, hat sie auch schon zugesperrt.

»*Nein, Nein! Du wolltest mir doch helfen.*«

Ihm? Um hier zu helfen, ist sie garantiert die Falsche. Energisch beginnt er an der Tür zu rütteln, zu pochen. Verkehrte Welt.

»*Das kannst du doch nicht machen, Huberin. So sag doch was!*«

Kein Mitleid. Keine Antwort. Nur den Schlüssel abziehen und weiter zu Alfred. Während sich Tobias Schuster im Hintergrund die Seele aus dem Leib brüllt. Und es sind bedenkliche Worte.

»Hast du noch Kraftreserven, Alfred?«, sperrt sie auf.

»*Weißt du, was der Vorteil ist, wenn sich Freunde immer*

erreichen und spätestens nach einer halben Stunde nicht zu-
rückgemeldet haben?«

»Alfred?« Keine Antwort. Die Hand legt sie auf seine
Stirn. »Du fieberst. Alfred, ich bitt dich, jetzt sag doch
was.« Nur von Tobias kommt eine.

»Wenn ich mich nicht mehr bei ihm rühr, weiß er haar-
genau, wo ich hin bin, auch wenn ich ihm gar nichts davon
erzählt hab!«

Plötzlich Alfreds Stimme. Leise. Aber unmissverständ-
lich. »Mein Bein ist gebrochen, Hanni. Du musst dir selbst
die Nächste sein und mich hierlassen.«

»Ja, ganz bestimmt!«

Es ist ein überraschend weiter Weg, den Hannelore hinaus ins Freie zurücklegen muss. Alfred bei sich, gestützt. So leicht wiegt ein gewichtiges Leben, und doch lastet es schwer in ihren Armen. Jede Stunde ihrer täglichen Gartenarbeit, ihrer Alleinversorgung, das Holzhacken, die Schlepperei, die Ruhelosigkeit, genau jetzt zählt sie doppelt. Kein Aufgeben.

Kurz kommt ihr unterwegs der Verdacht, im Innenhof der Burg Ebersfeld herauszukommen, so endlos scheint der Tunnel. Den Mond erblickt sie aber genau dort, wo sie zuletzt auch das Tageslicht verlassen hat. Die so unscheinbare, von Moos umwucherte und freiliegenden Baumwurzeln umkrallte, aus einem Hang herausragende Betonwand.

Nacht ist es. Gut für Hannelores Augen. All die Dunkelheit der letzten Zeit. Also weiter. Kraftlosigkeit gibt es nicht. Den abschüssigen Waldboden müht sie sich hinauf, kämpft sich durch das Dickicht, hört Alfreds schweren Atem, spürt sein Zittern, seinen Schweiß, sein Fiebern. Heftige Schmerzen muss ihm all die Erschütterung seines gebrochenen Beins bereiten, und doch kommt da kein Jammern, zieht er sich anfangs so gut es möglich ist fest und eng an Hannelore heran, bringt sich näher an ihren Schwerpunkt, will ihr dadurch das Tragen erleichtern. Bis die Kraft nachlässt, er nachgeben muss, auch dem Fieberwahn.

An den Waldrand schafft es Hannelore mit ihm, will weiter in die Wiese und spürt sofort das Schlürfen unter ihren Füßen. Wie die Schuhe nass in der Feuchtwiese versinken.

»Jetzt wird es happig«, beschließt sie eine Pause einzulegen.

Kein Naturlehrpfad wie drüben im Glaubenthaler Hochmoor mit all seinen Holzstegen und ausgeschilderten Wegen führt durch dieses Feuchtgebiet. Nur der Ortskundige kennt den sicheren Weg, und selbst dieser ist stets im Wandel begriffen.

Das nächste Stück braucht Konzentration.

In der Ferne nämlich sieht sie ein blasses Licht. Erleuchtete Fenster.

»Das muss die Windisch-Jagdhütte sein«, flüstert sie dem alten Eselböck zu, als könnte ihr dieser bestätigend entgegnen: »Aber sicher doch, Hanni!«

»Vielleicht sollten wir auf den Tagesanbruch warten«, hilft sie Alfred, sich auf den trockenen Waldboden zu legen. Setzt sich neben ihn. Dankbar, ihn zu hören, seinen zwar gehetzten Atmen, sein Fiebern. Doch solange Kraft in seinem Körper steckt, ist alles gut. Behutsam nimmt sie seine Hand. Versucht sich in Optimismus. Flüstert ihm zu: »Keine Sorge. Da ist noch jede Menge Leben in dir, Fredl. Wahrscheinlich spazierst du ein paarmal hintereinander die Strudlhofstiege auf und ab, eines schönen Tages.«

»Hör mir zu, Hanni!«, zieht er Hannelore zu sich. Kaum zu verstehen, so leise seine Worte. Er bringt alle Kraft auf, um seine Erzählung zu Ende zu bringen. »Zu ihrem Geburtstag wollten wir sie überraschen. Die Herta. Also sind wir zu ihrem Hof marschiert, durch den Nebel«, beginnt er. »Kurz vor Mitternacht. Wir wollten ihr noch ein Ständchen singen, bevor wir dann alle schlafen gehen und uns auf den großen, gemeinsamen Tag freuen. Auf alles, was wir schon ausgemacht hatten. Auf das kleine Fest, das wir zusammen feiern wollten, wenn du dann kommst mit dem Gugelhupf, Hanni, später vielleicht auch mit Peter, Hertas Ziehsohn. Wenn wir alle vereint sind, versöhnt, in Frieden. So lange haben wir uns das schon ausgemacht und uns geschworen, den Moment nicht verpassen zu wollen.«

So viele Fragen liegen Hannelore auf der Zunge, vor allem aber diese eine: »Wer das sein soll, dieses *wir?*« Doch sie will Alfred nicht unterbrechen, ihm die spürbar schwindende Kraft nicht zusätzlich rauben. Also hört sie weiter zu, hört zutiefst Erschütterndes. »Wir sind an ihrem Küchenfenster vorbeigekommen, und, und da haben wir es gesehen ...«

Alfred weint. Immer wieder brechen ihm die Worte weg, während er nun diesen schrecklichen Anblick schildert, als würde er ihn neuerlich miterleben: Klaus und Tobias in der Stube, lachend. Das Böse im Gesicht. Herta in ihrem Nachthemd. Taumelnd. Die Flasche Wein vor sich. Ihr ganz persönliches Gift: Histamin. Das Gesicht voller roter Flecken. Wie sie von den beiden zum Trinken gezwungen wird. Dann der tödliche Sturz. Wie sie zusammenbricht, Alfred an die Scheibe pocht. Wie die beiden panisch Flucht ergreifen, Klaus und Tobias.

»Für Herta kam jede Hilfe zu spät. Nicht aber für das

Dorf, Hanni. Hörst du. Nicht für das Dorf. Ein schönes Kleid haben wir ihr angezogen, würdig, sie auf den Boden gelegt, ihr Strauben gebacken, die Weinflasche auf den Tisch gestellt. Das Messer hab ich aus der Kredenz genommen und Herta in den Rücken gestoßen. Es war so schrecklich, aber … Verstehst du, Hanni? Ich musste es tun. Damit es Aufruhr gibt im Dorf. Damit es für diesen Mord keine billige Ausrede mehr gibt, er eine eindeutige Kennzeichnung bekommt. Einmal noch wollten wir Widerstand leisten, Hanni. Einmal unsere Verantwortung wahrnehmen –« die weiteren Worte sind nur noch ein Hauchen, ein letzter Wunsch: »Frieden finden, bevor wird uns verabschieden hinauf-hinüber-hinunter, ins weite Überall-und-Nirgendswo zum großen Ich-Du-Er-Sie-Es.«

Alfred Eselböck schließt ermattet seine Augen und schläft ein.

In Hannelores Kopf Fragen über Fragen.

Wir? Wer ist dieses Wir? Warum wird auch Hannelore nach dem Leben getrachtet? Hatte Tobi bei seiner Flucht die Haube verloren? Hat er nach Hannis Besuch am Schusterbauern umgehend Klaus informiert? Hätte Hannelore dieser Spur also nicht folgen sollen, und wurde ihr deshalb von Klaus als Warnung Caruso umgebracht?

Beide so beeinflussbar, Klaus und Tobi, geleitet durch die Dummheit, Kurzsichtigkeit, dem Übermut, der Hingabe. In ihrer Aufopferungsfähigkeit Jugend, Begierde der Brucknerwirtin Elfie ausgeliefert, deren Bereitschaft zum Äußersten die alte Huber erst jetzt im ganzen Umfang begreift. Eflie, besessen von Ehrgeiz. Und politisch von

Gift erfüllt. Dazu der Wille, all das an die Jugend weiterzugeben. Sie, eine Frau voll Weiblichkeit, in deren Arme sich vielleicht so manch Pubertierender sehnt. Dieser Mischung aus Mütterlichkeit und Erotik.

Wem dient all ihr Eifer? Dem Erfolg ihres Mannes? Toni Bruckner, wortgewaltig, einflussreich. Elfie und er kennen die Geheimnisse des Dorfes, hören die Geschichten ihrer Gäste, jeden Tag, feiern Taufen, Geburtstage, Begräbnisse, alles an Leben läuft in ihrer Gaststube zusammen. Sie kennen die Stärken und Schwächen ihrer Mitmenschen. Kennen die Wirksamen und die Hilflosen. Elfie als Gruppenleiterin der Pfadfinder weiß um die Verlorenen. Die Frage ist also nicht: Wie weit würden die beiden selbst gehen, um ihre Ziele zu erreichen, sondern wie weit würden die beiden andere dafür gehen und wie viele über die Klinge springen lassen.

Das Grundwesen aller Manipulation: Die eigenen Visionen, Verantwortlichkeiten, die hellen und dunklen Seiten derart zu Aufgaben anderer werden zu lassen, als wollten diese es selbst. Alles ist möglich, wenn das Individuum zur Gruppe wird.

In diesem Fall leider eine verdammt schnelle Gruppe, denn im Wald kommt Bewegung auf. Eine, die Hannelore nur deshalb wahrnimmt, weil sie selbst grad regungslos neben Alfred in der Wiese liegt.

Leise knackende Äste. Zu viele in kurzer Zeit. Zu aufgeteilt. Zu weit weg anfangs und immer näher kommend. Konsequent wird dabei auf Sprechen und Licht verzichtet, was es für Hannelore ungemein gefährlich werden lässt.

Von der anderen Seite muss der Trupp wohl mit Fahrzeugen in die Nähe des Bunkers gefahren sein, Tobi herausgeholt und sofort die Suche begonnen haben.

Aus ist es jedenfalls mit dem kurzen Moment der Ruhe, dem Gefühl von brüchiger Sicherheit. Hinter ihr das Knacken, vor ihr die Ausläufer des Glaubenthaler Moores, die Feuchtwiese, der unmarkierte Weg. Von wegen Alfred und die Strudlhofstiege auf und ab, eines Tages. Jetzt wär's gut, könnte er überhaupt laufen. Und vor allem: schweigen. Nach wie vor spricht er im Fieber, fantasiert. Viel zu laut!

»Dort, hört ihr es? Weit können die nicht sein!«

»Wir teilen uns auf. Zwei und zwei. Klaus, du kommst mit mir.«

Stimmlich zweifelsohne die Lorenzbrüder.

Dazu Tobi: »Ich hab es dir gesagt, Huberin. Oder? Ich hab es dir gesagt.«

Und logisch kommt der alten Huber nun die Angst.

»*Bei Angst gibt es zwei Möglichkeiten*«, fällt ihr justament der alte Eselböck höchstpersönlich ein! Anstatt neben sich liegen, sieht sie ihn nun richtiggehend vor sich stehen. In seinen derben weißen Stoff gehüllt, an Arm- und Beinenden mit Bändern verschlossen. Dazu Handschuhe mit langen Stulpen, feste Schuhe und natürlich der weiße Hut samt Schleier. Hannelore damals erstmals in ihrem Leben in derselben Kleidung, rundum dieses Summen.

»*Entweder du gehst von dieser Angst weit weg und verlierst sie aus den Augen. Oder du gehst in diese Angst hinein und dann einfach darüber hinweg. Über Mauern springen, ohne das Dahinter zu kennen. Davor stehen bleiben, dir in die Hosen machen und draufstarren wie ein Frosch ins Licht, ist kein Weg. Da kommst du nicht vom Fleck!«* Seinen Smoker hat Alfred dabei durch die Luft tanzen lassen wie sonst der Dorfpfarrer seinen Weihrauchschwenker. Es wurde der erste Honig ihres Lebens.

»Schön kühl, trocken und dunkel lagern, Hanni, dann hält er ewig. Weil bei einem so niedrigen Wassergehalt wie in unserm Honig, geht es jedem Lebewesen an den Kragen!« Und eines der Gläser steht heute noch in ihrem Keller.

Und immer näher kommen die Stimmen. Konsequent wird auf jedes Wort, jedes Licht verzichtet.

Kein anderer Ausweg bleibt der guten Hannelore.

Also hinein in die Angst.

Hermann Windisch braucht diese Solo-Abende wie einen
Bissen Brot. Nicht dass es mit Luise Kappelberger keine
Liebe wäre. In gewisser Weise. Mehr Liebe zu zweit als
komplett mit sich allein ist es auf jeden Fall.

Trotzdem spürt er das wahre Glück erst dann, wenn
er wie verschluckt in seiner Jagdhütte steht und, umgeben von dieser fast grenzenlos lang wirkenden, sumpfigen
Ebene, seinem Hobby nachgeht.

Der überfahrene Dachs, den er kürzlich neben der
Straße gefunden hat, ist jedenfalls noch einen Versuch
wert. Abgesehen davon hat er ein zuerst wahrscheinlich
entlaufenes, von einem Raubvogel gerissenes und später
abgeworfenes Albino-Kaninchen übrig, da lassen sich die
völlig ruinierten weißen Fellteile schon halbwegs flicken.

Er liebt diese Atmosphäre, die bis hinaus in seinen Garten reicht. Umgeben von all den friedlich auf ihn herab-
sehenden Glasaugen ist keinerlei Druck zu verspüren. Es
sind Blicke ohne Verlangen, ohne Fordern. Nur ein Hin-
nehmen, ein Gegenwärtig-, ja, Vorhandensein. Genau diesen Zustand bekommt Hermann Windisch durch all seine
hier stehenden, hängenden und schwebenden Präparate
vermittelt. Einfach nur *zu sein*. Bedingungslos.

Drüben in Glaubenthal schlägt ihm ja ohnedies nur entgegen, was andere von und in ihm sehen wollen.

Spitzname: »Der Aufsichtsrat«.

Und zugegeben, heut lacht er darüber. Denn harmlos

war das nicht, wenn er mit dem Rad unterwegs war, seine Brillen weiß der Teufel wo, nur eben nicht auf der Nase. Brandgefährlich wurde es. Für ihn und alle anderen. Er, ohne Sehbehelf auf seinem Drahtesel die steile Bundesstraße auf den Glaubenthaler Hauptplatz herab, und im Dorf brach zu Recht die Panik aus: »Aufpassen, der Windisch fährt auf Sicht Rad!«

»Ein Aufsichtsrat eben!«, gab der Dorfälteste und Bibliothekar Alfred Eselböck vor seiner kleinen Bücherei stehend dazu kund.

»Stimmt!«, hat Hermann zurückgerufen. »Wenn's hart auf hart kommt, geht so ein Aufsichtsrat nämlich über Leichen!«

»Mach keine Scherze, Windisch, wenn'st nicht aufpasst, passiert eines Tages noch ein Unglück!«, fuhr ihm damals Luise Kappelberger, ebenfalls auf ihrem Rad sitzend, furchtlos entgegen. Situation Lanzenturnier. Still wurde es im Dorf. Unbeschadet rollten die beiden aneinander vorbei. Er roch ihr Drei-Wetter-Taft und die Schrundensalbe, sie die Chemiefahne seines gerade erst frisch präparierten Fischotters, und der Grundstein ihrer Liebe war gelegt.

Ja, und hin und wieder, wenn es Zeit wird, gewisse Dinge auszuprobieren, die im Dorf aber wirklich niemanden etwas angehen, verirrt sich Luise Kappelberger sogar in seine Intimzone, sein Reich.

Ansonsten nämlich wagt sich keiner hierher.

Sogar unter Rot-, Dam- und sonstigem Wild hatte es

sich herumgesprochen, wie übel das ausgeht, dem schwer sehbehinderten Windisch durch sein Schussfeld zu spazieren. Von auf der Stelle tot kann danach nämlich keine Rede sein. Und so etwas wünscht selbst der böswilligste Einheimische seinen schlimmsten Feinden, sprich unmittelbaren Nachbarn, nicht: Mit einer schlamperten Windisch-Kugel irgendwo im Gedärm tagelang durch den Wald laufen und dabei elendiglich verrecken müssen.

»Hermann, wenn'st nicht aufhörst, auf die Pirsch zu gehen, verstecken wir dir als erstes das Jagdgewehr und als zweites den Jagdschein! Die Viecher können einem leidtun«, wurde ihm vor aller Ohren drunten beim Brucknerwirt gesagt. Und mehr als einmal.

Beeindruckte ihn aber nicht. Geschossen wird also trotzdem.

Wahrlich ein Grund, den in seinem Revier herumwerkenden Hermann weiträumig zu meiden. Ergo treibt sich auch niemand, dem sein Leben lieb ist, hier herum.

Um auf diese seine Pirsch zu gehen, braucht Hermann Windisch nämlich nirgendwo hinaufzusteigen, dabei womöglich auszurutschen, so wie der alte Lorenz. Während des Absturzes hat der sich mit beiden Beinen derart saublöd zwischen zwei Sprossen seiner Jagdkanzel verhakt und den Unterschenkel gebrochen. Den linken und den rechten. Auch auf keinen Hochstand muss er sich hocken, zu den unheiligsten Zeiten, und so wie der Bruckner Toni bei strengem Morgenfrost hundemüde auf sein Jagdgewehr gelehnt mit sabbernden Lippen auf dem Lauf festfrieren. Der Trottel. Nichts dergleichen.

Hermann Windisch lebt quasi im Paradies. Wenn es ihn danach gelüsten würde, könnte nur umhüllt von seiner ausgetragenen Lieblingsunterhose, *Huber-Tricot, 100 % Baumwolle, Doppelripp mit Eingriff* in seiner Jagdhütte auf einem Bärenfell vor dem Holzofen sitzen und mühelos nach getaner Arbeit durchs offene Fenster ein Wildschwein erlegen.

Wildschwein bietet sich schon allein deshalb an, weil ihm die in Massen vorhandenen Viecher mittlerweile bis an die Hausmauer herankommen.

Lebensmüde Sippschaft, natürlich.

Manch einer bezeichnet dieses Verhalten hingegen als Nächstenliebe, Mitleid. Auf dass der Windisch auch wieder einmal Beute mache, wenigstens diese!

Doch wer weiß? Denn so wie es sich anhört, treiben ihm da heut' ein paar Jägersleut' ganz besondere Beute vor den Lauf.

Hannelore hat Alfred hochgezogen, so gut es ging aufs heile Bein gestellt, ein paar Schritte mit ihm probiert und ihn sich schließlich komplett aufgeladen. »Hilft eben alles nix!« Dann ist sie losmarschiert. Stoisch geradeaus. Auf das trübe Licht der Hütte zu, das durch den aufziehenden Nebel schimmert. Feuchter Boden hin oder her.

»Ja, spinnt die komplett?«

»Wieso?«

»Na, was glaubst du, wo die hinrennt?«

Rhetorisch, die Frage. In die sumpfigen Ausläufer des Glaubenthaler Hochmoores rennt sie, das ist allen Beteiligten klar.

Die Jagdhütte des Hermann Windisch ist ihr Ziel.

»Die Alte ist lebensmüde. Wenn die nicht wo stecken bleibt, dann läuft sie dem Windisch vor die Linse. Beides tödlich!«

»Uns kann's nur recht sein.«

»Außer sie schafft es.«

Und Hannelore bewegt sich schnell.

»Huberin! Da ist kein Weg, du wirst ersaufen! Komm lieber zu uns, brauchst nichts zu fürchten!«, ruft ihr einer der Lorenzbrüder hinterher.

Aber sicher, denkt sich die Hanni und legt noch einen Zahn zu. Sie weiß jedenfalls haargenau, wo sie den Haufen hinter sich nun hinführen wird, auch wenn sie den Weg nicht kennt. Hinein in die Angst. So zumindest lautet die Devise.

Noch ein Stück weiter muss sie, tiefer in das nächtliche Grauen dieses Landstriches, denn wie bei einem Kessel, der sich für ein Festmahl aufheizt, steigt immer stärker der Nebel aus dem feuchten Boden empor. Ein Fuß vor den anderen setzen und wenn die Schuhe ein Stück versinken, schlürfend hängen bleiben, sich nicht irritieren lassen. Über das Schwinggras laufen, als wäre es ein Federtuch.

»Wir kriegen dich sowieso, Huberin!«, kommen die Stimmen hinter ihr nicht wirklich näher. Was kein Wunder ist. Jedes Kilo wiegt hier doppelt schwer, und so ein Lorenzbruder schlägt als Masse das Duo Hanni-Alfred allemal. Die beiden Affen werden sie also nicht so rasch einholen können. Und leider wissen sie das offenbar selbst.

»Klaus, Tobi! Wo bleibt ihr? Geht voran, wir kommen hinterher.« Die beiden Leichteren sollen die Häscher sein.

»Hier! Wir sind hier!«, rufen die beiden. Von wo genau erschließt sich der Huberin nicht.

Der Lichtkegel einer Handytaschenlampe leuchtet auf. Zumindest kurz.

»Dreht das sofort wieder ab, da hinten!«

»Aber wir sehen sonst nichts!«

»Dafür sieht man jetzt euch, ihr Hosenscheißer!«

»Wir sind keine Hosenscheißer«, überschlägt sich die Stimme des Brunner-Juniors mehrfach, und seinen Mut darf er gleich beweisen.

»Umso besser. Nach vorn jetzt mit euch!«

Ein kurzer Aufschrei, ein Fluchen, ein verzweifeltes:

»Fuck, mein Handy!« Klaus Brunner hat offenbar sein Smartphone verloren, und für Hannelore wird es höchste Zeit.

Jetzt heißt es, mit aller Kraft und Inbrunst das Maximum aus dem Fundus ihrer eigenen düsteren Erfahrung zu schöpfen, jedem einzelnen der Verfolger gleichermaßen das Blut in den Adern gefrieren zu lassen, wie einst ihr selbst das eigene gefroren ist.

Damals, vor vielen, vielen Jahren.

Die Dunkelheit des 30. April hatte sich längst über den Tag gesenkt, die Familie Huber komplett zu Bett begeben. Hannelore stand einen Tag vor ihrem dreizehnten Geburtstag vater- und mutterseelenallein hinter dem Fenster ihrer Dachbodenkammer und sah dieses alljährliche Lodern am Rande des Ortes. Brennende Holzscheite, mannshoch aufgetürmt.

Hörte es irgendwo kreischen.

Genau dieses Kreischen, als würde einer Frau bei lebendigem Leib die Haut abgezogen oder mit glühendem Eisen die Zunge entfernt. »Da hörst du, wie sie heut noch alle in den Flammen schreien!«, hatte ihr Onkel Richard freimütig erklärt. So etwas bleibt hängen.

Alles in ihr war Angst und Neugierde zugleich.

»Entweder? Oder?«, flüsterte sie. Der Wind pfiff durch die Fensterritzen, ließ sie bibbern, in ihre Jacke schlüpfen, die Stiefel, das Kopftuch überstreifen. Dann ist sie los, hinaus in die Walpurgisnacht.

Schnell lagen die letzten Häuser hinter, die weiten Felder

Glaubenthals vor ihr. Alle Aufmerksamkeit auf das Licht des Feuers gerichtet, wurde jeder Schritt immer schwerer, die Finsternis in ihrem Rücken bald wie ein schwerer schwarzer Mantel auf den Schultern, dazu die Angst. Unsichtbar, geräuschlos. Hing ihr an den Fersen, schoss tatsächlich vorbei. Schrill. Mit diesem ihr wohlbekannten, messerscharf durch den Körper fahrenden Geschrei.

Dämonen. Wie ein unerbittlicher Kampf hörte es sich an. Direkt vor ihr.

Und Hanni brüllte dagegen, schrie die ganze Bangigkeit aus sich heraus, ebenso schrill, dämonisch, kaum zu unterscheiden wäre es für fremde Ohren gewesen. Sie schrie so lang, bis es vor ihr still wurde, sie in zwei große, neugierige Augenpaare sah, auf die Knie sank und zu lachen begann. »Ihr seid das?« Jahrelang hatte es ihr die Angst verwehrt, der Wahrheit einfach ins Gesicht blicken zu können. Dämonen? Hexen? Schwachsinn. Verfressene, streitlustige, kreischende Nachtjäger sind das. Mehr nicht. Steinmarder. Zwar hundeartige Raubtiere, nur bellen können sie halt nicht.

In diesem Moment, am 30. April, kurz vor Mitternacht, blieb ein Teil ihres Großonkels Richard Huber auf immer und ewig im Acker zurück, war es endgültig vorbei damit, Erwachsene zwangsläufig ernst zu nehmen, nur weil sie erwachsen sind.

Lang noch stand sie dann neben den Flammen des Walpurgisfeuers, ihr Körper bald von Wärme gefüllt, und sah zu, wie ihre Angst lichterloh darin verbrannte. Keine Spur von wilden Hexentänzen, Geisterbeschwörungen oder weiß der Teufel. Eine Walpurgisnacht der Stille und Liebe war das. Nur ein paar Menschen, die in die Flammen sehen, alles Alte darin verglühen lassen, sich auf das Neue freuen, manche Arm in Arm, manche die Körper aneinander gelehnt, manche Hand in Hand über das Feuer springend, auf dass die Liebe ein Leben lang halte, und gesprochen wurde dabei kaum. Auch nicht, als eigentlich ein Geburtstagsständchen fällig gewesen wäre, denn wer hätte davon wissen sollen? Ganz allein für sich ist Hannelore an diesem ersten Mai um 1 Uhr nachts dreizehn Jahre alt geworden. Und keinen schöneren Geburtstag hat sie seither erlebt.

Was hingegen nun Manfred und Hermann Lorenz, Klaus Brunner und Tobias Schuster erwartet, wird auch jede dieser vier Personen altern lassen, aber gewaltig. Brucknerwirtin Elfie und in weiterer Folge ihr Gemahl Toni, die mit all dem durch sie persönlich Angestifteten und wieder salonfähig Gewordenen natürlich nichts zu tun haben wollen, werden hier ja wohl kaum persönlich zugegen sein.

»Na dann«, geht Hannelore ohne Rücksicht auf Verluste direkt zwischen den Latschenkiefern auf das Windisch-Häuschen zu, »lasset die Spiele beginnen.« Weit genug in den Nebel hinein vorgedrungen ist sie ja bereits. Fehlt nur mehr das Grauen.

Also tief einatmen, ausatmen, als würde sie auch die Lunge des nach wie vor in ihren Armen liegenden Gerippes eines Mannes füllen wollen. Und Alfred Eselböck scheint diese gut gebrauchen zu können. Nunmehr kaum noch ein Laut von ihm, nur hin und wieder ein Wimmern, wenn der Schmerz zu arg ins Bein fährt.

»Achtung, Fredl, nicht erschrecken!«

Einmal noch holt sie Luft, dann geht es los.

Ohrenbetäubend schrill, ihr plötzlich ausgestoßener Schrei. Einer, der die ganze Fauna weckt.

Die Reaktion folgt prompt.

»Was zum Teufel war das?«

»Auf jeden Fall bis in die Hölle zu hören. Kommt besser wieder zurück.«

Und gleich der nächste Brüller, noch schriller.

»Huberin, was ist da los? Bist du das? Huberin?«

Und Hanni entgehen sie nicht, diese ersten Schreckensschreie, die da auf der Gegenseite einsetzen.

Ergo Zeit für die nächste Eskalationsstufe. Erstmals eine mit Inhalt. Falsche Wahrheiten, markerschütternd dargeboten in Hannelores Mezzosopran: »Hilfe, Hilfe. Da ist was, da ist wa… Hilfe!« Und sie weiß haargenau, wie es sich anfühlt, wenn da im Finstern etwas abscheulich Unbekanntes sein Unwesen treibt. Ein Horror allererster Güte.

»Nein, nein. Bitte nicht, bitte!«, fährt sie fort. »Hilfe, Hilfe!«

Für Klaus Brunners unter achtzehnjährige Nerven einfach zu viel des Schlechten. Austeilen ja, einstecken nein.

Denn wie es den Anschein hat, startet er als Erster los und lässt seinen Mitläufer, den jüngeren Tobias, somit allein stehen an vorderster Front. Entsprechend bricht Tobi, von Dunkelheit und vom Grau des Nebels umhüllt, in Panik aus: »Klaus, bleib bei mir! Klaus, so warte doch. Klaus!« Leiser wird dabei seine Stimme, ergo läuft nun auch er, und die Richtungswahl ist keine kluge. Ohrenbetäubend bald sein Rufen.

»Ich steck fest, ich steck fest.«

Direkt leidtun könnte er der alten Huber, wären da nicht die Lorenzbrüder. Denn logisch sind die beiden nicht pudelnackt, sprich ohne Schusswaffe, ausgerückt. Und selbstverständlich gibt es schlauere Einfälle, als wahllos in den Nebel zu schießen, offenbar sogar für Manfred, den an sich größeren Trottel der beiden: »Nicht ins Leere ballern, Herrmann. Wer weiß, wen du triffst!«

Für Hannelore ist das rettende Jagdhaus bereits in Sichtweite, trotzdem stockt auch ihr nun der Atem.

Denn Wolfsgeheul setzt ein.

Hermann Windisch ist vor die Jagdhütte getreten. Alarm-
anlage braucht er keine, denn erstens eilt ihm ja der tödliche Ruf eines zwar einsatzfreudigen, aber miserablen
Schützen voraus und zweitens kann er heulen wie Meister
Isegrim persönlich – da legen dann selbst die zumeist in
Städten sesshaften, streichelzoogeprägten Wildtier-Wie-
derbesiedlungsfanatiker ihre Wolfsliebe kurz ad acta und
eine zackige Kehrtwende in den Matsch.

Selbstsicher in seiner *Doppelripp mit Eingriff* richtet
Windisch per Hüftanschlag das Jagdgewehr gegen den Angriff in die Dunkelheit. Wozu auch groß zielen, ohne Brille,
ohne Sicht? Und nebelig ist es obendrein. Schließlich wird
da draußen bereits herumgeschossen, offenbar von Herrmann Lorenz in seine Hermann-Windisch-Richtung.
Herrmann gegen Hermann. Da kann es selbstverständlich
nur einen geben, ergo kann zusätzlich zu dem Abschre-
ckungsgeheule ein unmittelbares Zurückballern wohl ein
Fehler nicht sein. Also *bumm*.

Lebensgefährlich so was.

Dem Windisch seine Huber-Tricot-Untergatte sieht
die Huber Hanni demzufolge nur von hinten. Längst
befindet sie sich außerhalb der Gefahrenzone, schleicht
sie während des Feuergefechts die Hausmauer entlang,
verschwindet in der Jagdhütte, legt Alfred auf das Sofa,
freut sich sowohl über das Vorhandensein einer Über-
landleitung, sprich eines Festnetztelefons, als auch über

die in ihrem Kittelkleid steckende Visitenkarte von Irene Moritz.

Ein kurzer Anruf bringt ihr zumindest die Gewissheit: »Bewegen Sie sich nicht vom Fleck, Frau Huber, wir beeilen uns.« Ja, und ein Schmerzensschrei außerhalb des Hauses legt nahe: Auch da bewegt sich einer wohl nicht mehr so schnell vom Fleck, ein Herrmann oder Hermann.

Zum Glück hat es den Richtigen getroffen, denn Windisch betritt stolz und aufrecht sein Reich, wundert sich zwar kurz – »Was machst Du denn hier? Und Alfred?« –, kleidet sich wieder an, freut sich nach Hannis kurzer Schilderung gleich umso mehr über seinen Treffer und brüstet sich mit taktischem Fachwissen: »Ein Verletzter ist eben allemal besser als ein Toter und bindet immer noch einen Zweiten, somit fällt nicht nur ein Mann aus!«

Barbarische Logik des Kriegs.

Hörbar. Denn grauenvoll ertönt das Schmerzgeschrei des Herrmann Lorenz. Entsprechend verzweifelt das Rufen seines Bruders Manfred: »Wir brauchen Hilfe! Holt wer die Rettung? Ich bitt euch!«

Wird also schon etwas Gröberes sein.

Für Hannelore aber heißt es, sich um jemand anderen zu kümmern.

Ohne zu fragen, greift sie nach einem der Gehstöcke des fußmaroden Hermann Windisch und verlässt die Jagdhütte mit den Worten:

»Los, Windisch, gib mir ein Seil oder einen Strick!«

»Hab ich zurzeit beides nicht hier!«

»Stümper. Dann her mit deinem Gürtel, und bitte pass auf Alfred auf!«

All das nur, um weit über ihren eigenen Schatten zu springen und die Jugend eines Besseren zu belehren. Denn draußen, irgendwo im nebeligen Dunkel, klingt es immer noch verzweifelt, wenn auch mittlerweile nur noch schwach.

»Helft mir doch, bitte, ich steck fest!«

»Klaus? Wo bist du?«

Hier trennt sich nun die kriminelle Spreu vom Weizen. Denn keine Sekunde denkt Hannelore daran, irgendjemand könnt die ehrliche Verzweiflung, ja Todesangst eines Kindes als Köder nutzen wollen.

Lang muss sich die alte Huber nicht neuerlich an den vielen Gräser- und Moosarten vorbeimühen, über schwammige Wiesenabschnitte gehen, die ihr den Eindruck vermitteln, als würde sie darauf durch die Nacht schweben. Tobias Schuster ist leicht zu finden.

»Hier! Ich bin hier!«

Das ist ja auch wirklich ein Elend mit Gebieten wie diesem hier. Dort Moor, irgendwo Übergangszonen, dann Feuchtwiese. Wer weiß da schon so genau, wo das eine anfängt, wo das andere aufhört. Entsprechend steckt Tobias tatsächlich fest. Bereits brusttief eingesunken. Seine Tränen echt. »Es geht so schnell runter, Huberin. Du musst mir helfen, bitte!«

Und es ist weiter von dem festen Boden unter ihren Füßen bis zu der verzweifelt in die Luft gestreckten Hand, als Hannelore das vermutet hätte.

»Wo ist Klaus?«, will sie zuerst von Tobias wissen.

»Weg, einfach weg. Nicht mehr zurückgekommen!«

»Gut, dann halt dich fest!«, sinkt sie nun auf die Knie und versucht ihm den Gürtel zuzuwerfen. Doch vergeblich.

»Wart!«, lässt Tobi seine Hand verschwinden, müht sich ab. Hannelore kann dabei zusehen, wie ihn seine Bewegung ein Stück abwärts sinken lässt. »Hier!«, wirft er ihr schließlich seinen eigenen Gürtel zu. Und wieder reicht es nicht. Also zieht Hannelore ihre schweren, knöchelhohen orthopädischen Schnürschuhe aus, stellt sie zur Seite, fädelt den Gehstock durch den Verschluss wie eine Nadel durch die Öse, steigt ein Stück in den Morast, hält den Stock, als würde sie am Ufer der Glaubenthaler Ache eine Angel auswerfen, sieht Tobi zugreifen, »Ich hab ihn, ich hab ihn!«, sieht noch aus dem Augenwinkel diesen ruckartig sich bewegenden Ast zu ihrer Rechten, reagiert aber zu spät. Zu schnell der Sturmlauf, zu heftig der Schlag gegen ihren Kopf.

»Hab ich dich!«

Weich wenigstens der Sturz zu Boden. Hinaus ins Schwebegras.

Doch das Bewusstsein bleibt ihr. Sie lauscht.

»Glaubst du wirklich, ich lass dich im Stich, Toni?«

Klaus. Verflucht! Immer wieder Klaus.

Höhnisch klingt sein Lachen, nach dem Hochmut eines Siegers: »Weibersentimentalität. Ich hätte wetten können, sie kommt dich holen!«

»Ich wusste nicht, dass Klaus hier wartet, Huberin, ich

wusste es nicht!« Tobias ist fassungslos, keine Spur von Freude. Klaus nimmt die zu Boden gefallene Angel an sich, streckt sich vor. »Jetzt sei kein Weichling und halt dich fest, damit ihr zwei die Plätze tauschen könnt.«

Es ist dieser Moment des Zögerns, der Hannelore die Zuversicht zurückgibt. Denn Tobias Schuster bräuchte nur zuzugreifen, um sich von Klaus herausholen zu lassen. Doch er regt sich nicht, wirkt wie gelähmt, als hinge ihm das Gewissen bleischwer an den Beinen.

»Tobi, was soll das, du Warmduscher? Willst du dein Leben hinwerfen für die Alte? Jetzt nimm schon!«, streckt Klaus sich noch weiter vor.

Zeit, die der alten Huber nun bleibt, sich ihrer einstigen Fähigkeiten zu entsinnen. Wie sie als verhöhnte Sechzehn-jährige und einziger weiblicher Teilnehmer des jährlichen Hufeisenwerfens dem ganzen Haufen Primaten das Wurf-geschoss nur so um die Ohren schmiss.

Wehe, so ein Teil trifft einen Hinterkopf oder gar die Schläfe.

Aus wär's!

Ja, und Hannis Schnürschuhe, wie sie da so fein säuber-lich neben ihr im Schwebegras stehen, sind nun wahrlich auch keine Leichtgewichte.

»Kommt gar nicht infrage! Ich leg mich doch nicht tagelang mit dem Alfred ins Spital und lass mich hint' und
vorn verwöhnen! Er hat ja schließlich wirklich was«, gibt
Hannelore Huber bereits nach den ersten beiden Infusio-
nen zum Besten, und ganz sicher ist sich die Oberschwester Liwayway nicht, wie groß daran die Lücke namens Humor sein soll, durch die ja bekanntlich die Wahrheit pfeift.

Was wohl auch an der Tatsache liegt, dass der im Hintergrund sitzende alte Eselböck hier stürmisch die Herzen
aller Frauen erobert hat. Nämlich genau damit: mit seinem
großartigen Humor. Und – da ist er etwas anders gestrickt
als die gute Hannelore – seiner Freundlichkeit.

Im selben Haus, andere Station allerdings, hat Peter Pointner schweigsam seine ersten Schritte gewagt. Er wird
wieder gehen, reden und dann lachen lernen. Aber noch
nicht jetzt. Ja, und Emil Brunner, der nach seinem Motorradunfall bereits wieder seinen jüngeren Sohn Elias
zumindest auf dem Schoß sitzen lassen kann, braucht in
dieser Konstellation ohnedies nur sein Köpfchen zu nei-
gen oder mit der Wimper zu zucken, und alle Wünsche
werden von seinen Lippen abgelesen.

Er, der zurzeit alleinerziehende Vater, dessen Ehefrau
Sarah vor ihrem Auslandseinsatz Kinderkrankenschwester
des hiesigen Spitals war, die folglich jeder hier kennt, ach-
tet, schätzt. Eine Anerkennung und Zuneigung, die auch
Emil zuteilwird. Zu bitter die Ereignisse rund um seinen

älteren Sohn Klaus, der von einem fliegenden orthopädischen Schuh ausgeknockt direkt aus dem Hochmoor in das Tiefgeschoss seines Lebens übersiedeln musste. Strafmündig. Ohne Nachsehen.

Für Tobias Schuster sind die Zukunftsaussichten zwar nicht gar so düster, dennoch alles andere als rosig.

Für die gute Hannelore ist jetzt also der einzig richtige Weg der nach Hause. Ganz genau weiß sie es zwar nicht, aber die umgehend nach Bekanntwerden ihres Auftauchens eingegangenen Anrufe hier in der Station, zuerst von Angelika Unterberger-Sattler, dann von Irene Moritz, dann noch von Betti Pointner, könnten durchaus bedeuten: Es hat sich jemand Sorgen gemacht und freut sich über ihre Gesundheit. Hermann Windisch jedenfalls, der sofort die Rettung verständigt hatte, kam sie gleich persönlich besuchen, sogar in Begleitung von Luise Kappelberger, der tatsächlich Freude über Hannelores Zustand anzusehen war: »Jetzt reicht's dann aber, Huberin! Sonst wirst du eines Tages wirklich noch dein eigener Pflegefall, und ich muss womöglich nicht nur der Angelika ihren Gschrappen die Windeln wechseln kommen, sondern auch dir!«

Nein, die alte Huber kann es nicht leugnen: All das gibt ihr ein warmes Gefühl, ein gutes. Und irgendwie den unguten Verdacht: Womöglich muss man sich eben auch auf das »Zusammen« einlassen, um solchen Zusammenhalt erst zu spüren. Wer weiß, vielleicht lernt sie es ja jetzt, die gute Hannelore. Sie ist ja schließlich noch jung, der kommende fünfundsiebzigste Geburtstag wirklich kein Alter, und das Wort *Alter* für sie alles andere als eine Abwertung. Ganz im Gegenteil. Die Hanni war schon mit sechzig liebend gern eine alte Huber, oder mit fünfzig, oder weiß der Teufel, wahrscheinlich wäre sie es schon mit dreißig gern gewesen. Vertrottelter kann ein Mensch nämlich gar nicht sein, als einen Zustand, der ihn eines Tages selbst erwartet, mit Herabwürdigung zu betrachten. Das einzige, was am Alter vielleicht nutzlos wird, ist nicht die alte Person an sich, sondern die Idioten, die sie umgeben. Ergo kommt es der Huber Hanni gar nicht in den Sinn, sich für das Alter zu genieren.

Viel mehr Zeit, um nachzudenken, ist dann nicht geblieben, denn so dämlich, wie es sich die alte Huber gelegentlich vorstellt, sind die Menschen in ihrem Umfeld natürlich nicht, insbesondere Oberschwester Liwayway, weshalb sie in Hannelores dritte Infusion auch ein kräftiges Stamperl Schlafmittel gemischt hat.

Um 00:30 Uhr kam sie, wie durch Zauberhand in ein Nachthemd, ein frisch gemachtes Krankenbett und ein Einzelzimmer gesteckt, wieder zu sich. Der Hunger so groß, das auf ihrem Rollwagerl bereitgestellte Essen hätte sie mitsamt der Wärmehaube verschlingen können. Und logisch war da keinerlei Groll in ihr wegen dieser neuerlichen Art von Gefangenschaft. Was wiederum möglicherweise an dem kleinen Stamperl Happy Feelings lag, welches sich dank Oberschwester Liwayway in Infusion Nummer vier geschummelt hatte.

»Endlich munter?«, betritt diese nun das Zimmer, beginnt zu singen, *Happy Birthday,* einen Blumenstrauß in

Händen, so einen großen Blumenstrauß hat die alte Huber bisher nur bei Begräbnissen gesehen.

»Von wem ist der?«

»Von Polizei! Verdienstzeichen, Medaillen, Urkunden, Bundespräsident … kommen später…!« Und wenn so eine philippinische Liwayway lacht, lachen das Li und das Way und das Way, alles eben an und in ihr, von Herzen echt, so ein Lachen bringt ein Glaubenthaler nur hin, wenn, wenn, wenn … Gar nicht eigentlich! Denkt sich die alte Huber und lacht gleich mit.

»Ein Wunsch?«, will Liwayway wissen. »Noch so ein Stamperl zum Schlafen, wäre das möglich!«, antwortet sie schon allein beim Gedanken daran selig.

»Gern!«

Zur Mittagsstunde darauf geht es dann heim. Alfred mit Gips.

»Bitte ein Taxi für uns zwei, liebe Schwester Liwayway!«

Hannelore Huber kann es sehen. Alfred Eselböck ist den Tränen nahe und macht auch keinen Hehl aus seiner Traurigkeit. »Wer weiß, vielleicht waren diese Tage hier die schönsten letzten oder letzten schönsten meines Lebens.«

Und so etwas braucht sie natürlich grad gar nicht, die alte Huber, vor allem auf den letzten Metern. Männliches Selbstmitleid. So romantisch sich das Eselböck Geraunze auch anhört.

»Kannst dich ja noch eine Woche lang in den Bunker setzen, Fredl, damit auch ja kein einziger Tag wirklich schöner wird.«

»Hundsgemein, aber richtig! Bist halt doch schon erwachsen geworden, kleines Hannerl!«, verneigt sich Alfred Eselböck dezent, winkt zusammen mit Emil Brunner dem aus dem Stiegenhaus heraufkommenden Mann zu, und warum überrascht sie das nicht, die alte Huber?

»Armin Hoffman ist also immer noch hier!«, erklärt sie, ohne sich weiter die geringste Mühe zu geben, ein patschertes Englisch herauszukramen. »Vielleicht will er ja noch ein wenig an seinen Bodyguard-Qualitäten arbeiten, um zumindest auf der Angelika ihre Kinder aufpassen zu können.« Wie es scheint, braucht Armin Hoffman keine Übersetzung, denn er faltet seine Hände nicht gottes-, sondern hanniergeben. Kein Wort spricht man während der Fahrt vom Landeskrankenhaus Sankt Ursula zurück nach Glaubenthal.

Die kleine Hauptstraße der Siedlung ist geschmückt an allen Ecken und Enden. Wie befreit wirkt sie aus einer Düsternis, für deren Entstehen das Dorf und seine Menschen ganz allein Verantwortung tragen. Und jeder hier weiß es. Kein Platz mehr für Ausreden. Kein im Nachhinein Beschuldigen anderer für selbstständig getroffene Entscheidungen. Es steckt eine Freundlichkeit in den Gesichtern, an die sich Hannelore Huber nicht erinnern kann, diese je erlebt zu haben. Es werden die Hände gehoben zum Gruß, und dieser Gruß gilt ihr.

Und Alfred.

Ein Held.

Manchmal kreuzen sich Linien, die ein Leben lang hätten weiter auseinanderlaufen sollen, ergeben sich aus dem

Ungeplanten alles bewegende Momente. Ist es diese eine Chance, die sich plötzlich eröffnet, diese Gelegenheit des Handelns, die genutzt werden kann, einzig allein in diesem Zeitfenster.

So nun auch für Hannelore.

Gemeinsam sitzt sie mit Alfred Eselböck auf der Rückbank des Wagens, auf dem Fahrersitz der schweigsame Amerikaner.

»Jetzt sag schon, Alfred: Wer ist Armin?«

»Du meinst den Kerl, der direkt vor deiner Nasn hockt, Hanni? Frag ihn doch selbst?«

»Ich frag aber dich!«

»Na, wenn du mich fragst«, grinst er ihr nun spitzbübisch entgegen, »dann find ich, hat er was von dir. Nicht grad die Statur oder die Hautfarbe, aber die Augen. Wenn dein Walter kein so kleiner Huber, sondern ein großer Hofmann gewesen wäre, könnt man fast glauben …« Energisch schlägt Hannelore zum Glück auf ihren eigenen Oberschenkel. Zornig ihr Ton: »Hör auf, mich auf die Schaufel zu nehmen, Alfred, das ist doch alles kein Spaß. War er das? Du hast, bevor ich mit dir durchs Moor zum Windisch marschiert bin zwar ständig gefiebert, aber trotzdem ziemlich klar von einem *wir* gesprochen. Eins, mit dem du auf dem Wohlmuthsederhof kurz nach Mitternacht auf Hertas Geburtstage anstoßen wolltest, stattdessen aber die Ermordung mitansehen musstest. Wer war da alles dabei, bei diesem *wir*? Er?«

Alfred lächelt, sanftmütig und schüttelt den Kopf.

»Ich hab dir doch erzählt, wir wollten an Hertas Geburtstag alle unser gemeinsames Wiedersehen feiern. Nur daraus wurde nichts.«

»Welches Wiedersehen?«

»Stattdessen haben wir Hertas Leiche entdeckt, wurden dabei gesehen.«, übergeht er Hannis Frage. »Und um zu verhindern, dass es nicht auch uns erwischt, musste wir uns in Sicherheit bringen, bis der Fall geklärt wird. Armin ist jedenfalls nicht meinetwegen und auch nicht wegen Herta hier, Hanni.«

»Sondern?«

Unmittelbar vor dem Gasthof Bruckner und der dort wartenden neuen Wirtin Bettina Pointer steigt Alfred nun zufrieden aus.

»Aber Alfred, was soll ich mit dieser nichtssagenden Information. Weshalb ist Armin hier. Ich …«, fragt die Huberin fassungslos.

»Na, deinetwegen, Hanni. Und jetzt sei nicht so ungeduldig!«

»Ungeduldig?«, versteht Hannelore die Welt nicht mehr.

Und die Menschen winken immer noch. Auch während der Weiterfahrt, bis hinauf zu ihrem Häuschen.

Wortlos hält Armin den Wagen an, steigt aus und öffnet der alten Huber die Türe. Königin. Dazu sein Verbeugen, der tiefe Blick. Augen, die ihr nun tatsächlich erstmals vertraut erscheinen.

Durch das Gartentor hinein in ihr Paradies lässt er sie alleine gehen. Am Jägerzaun befestigt zwei golden schim-

mernde Helium-Luftballons. Die Ziffern 7 und 5. Blumen-
stöcke, Schilf und Gräser, kleine Töpfe mit Kräutern, vor-
gezogenem Gemüse, kleine Obstbäume, überall Pflanzen,
die hier nicht waren, bevor sie ging. Allesamt bestückt mit
Karten: zum fünfundsiebzigsten Geburtstag. Säckeweise
beste Pflanzenerde, eine neue Schreibtruhe, ein kleines
Tischchen mit Sesseln, Sogar ein neuer Italiener kräht ihr
entgegen. Farbschlag Schwarz-Weiß-Columbia.

»Wieder Caruso?«, spaziert sie längst zu Tränen gerührt
dem Hühnerstall entgegen, blickt durch den Zaun, sieht,
wie der neue Herr im Haus von zwei ihrer Hennen um-
schwärmt wird. »Grazia und Dorli!«, flüstert sie, wiederholt es, langsamer. »Gra-zia, Dor-li!« Und lächelt. »Willkommen zu Hause, Grado!«

Ein herzenswarmer Wind weht ihr entgegen, aus allen
Richtungen. Sie fühlt sich – ja, wie? Wie als Kind zuletzt.
Als kleine Hanni, die noch in dem Glauben, für alle Zeit
beschützt zu sein von ihrer Mutter, ihrem Vater, durch die
Welt lief. Frei und getragen zugleich.

»Zu Hause!«, lässt sie den Blick schweifen, über das
Land, das Dorf, auf ihren kleinen Hof, das Küchenfenster
vor sich. Und diese Gestalt.

Besuch? Wer? Woher?

Eine fremde Frau sitzt wartend in der Eckbank. Uralt,
aber mit wachen Augen. Die Haltung wie die der alten Huber: Aufrecht, resolut.

Eine seltsame, vertraute Aufregung erfüllt sie, die gute
Hannelore, lässt sie ihr Kittelkleid richten, das Kopftuch
zurechtzupfen, den Gehstock zur Seite stellen.

Dann tritt sie ein – und bleibt stehen zugleich. Muss sich an den Türstock stützen. Jeder Atemzug ein Staunen.

Ist es möglich? Nach so vielen Jahren. Dieser Duft.

Dieses Wunder.

Lavendel.

Überall.

Lavendel.

Dank

2019–2022: Die Wirklichkeit zeigt sich erst, wenn der Glanz abfällt, der Schnee schmilzt, wenn das Darunter hervortritt und Fundament sichtbar wird: Danke meinem Lebensmenschen Simone, meinem Felsen in der Brandung, danke unseren beiden Töchtern, danke meiner wunderbaren Familie, für all den Zusammenhalt, das nie einander und miteinander Aufgeben, vor allem in diesen so schweren letzten Jahren.

Danke an den fantastischen KiWi Verlag, eine Adresse der Menschlichkeit, der mir so verständnisvoll, so geduldig Zeit und Vertrauen geschenkt hat, selbst wenn nichts mehr ging, ein Zuhause als Schriftsteller. Allen voran meine Verlegerin Kerstin Gleba und mein Lektor Jan Valk. Ihm gebührt besonderer Dank, für all den Sanftmut und ständigen Zuspruch, seinen Ideenreichtum und sein unglaubliches Sprachverständnis.

Danke meiner Schwiegermutter Doris, meinen Freunden Edith und Mario, die immer zur Stelle waren und sind, egal worum es geht.

Danke Petra Barta, Direktorin des Literatur-Hotels DIE WASNERIN, die mir mit ihrem Mann Davor in einem der schönsten Rückzugsorte des Landes über Wochen eine Schreibheimat geschenkt hat.

Danke Elvis Li und Nara, der mich nicht nur kulinarisch, sondern menschlich nur noch staunen und an das Gute glauben hat lassen.

Danke an Andrea Etz und Marcel Hartges, die mir, als nichts mehr ging, immer eine Vision gaben, eine Vorstellung von Weiter, für das es sich zu schreiben lohnt.

Danke den vielen Buchhändlerinnen und Buchhändlern, all den Buchmenschen, die nicht nur für sich, sondern somit auch für uns Autoren und Autorinnen nie aufgehört haben, um die Existenz zu kämpfen.

Danke an 2019–2022, den damit verbundenem Grenzgang, dem plötzliche Wegbrechen eingefahrener Muster, dem Zusammenfall so vieler Selbstverständlichkeiten und dem daraus erwachsenen Neuem.

Frau Huber ermittelt

»Witzig, makaber und skurril ... Ein typischer Raab-Krimi, der richtig viel Spaß beim Lesen macht.« *Die Presse Wien über Helga räumt auf*

Kiepenheuer & Witsch